Küsse, Kekse & Weihnachtszauber

Kortney & Jackson

M.L. Busch

M.L. BUSCH

Küsse, Kekse & Weihnachtszauber

EDEL ELEMENTS

Impressum

Edel Elements
Ein Verlag der Edel Verlagsgruppe

Neumühlen 17, 22763 Hamburg
www.edelelements.de

Lektorat: Nina Krönes

Umschlaggestaltung: Coverboutique, coverboutique.de

Unter Verwendung von Motiven von
deposit, shutterstock und rawpixel

Druck und Bindung: Books on Demand GmbH, Norderstedt

ISBN 978-3-96215-479-0

Für meinen Papa,

der mir 365 Tage im Jahr
leckere Kekse backt.

Kapitel 1

Kortney

Im nächsten Leben möchte ich im Sternzeichen Waage geboren werden. Waagen sind nette, ausgeglichene und friedfertige Menschen. Außerdem sind sie diplomatisch und können Probleme lösen. Nicht nur die eigenen, sondern auch die von anderen.

Kortney, das Leben käme einem Spaziergang in der Sonne gleich, wenn du Sternzeichen Waage wärst.

Leider bin ich Skorpion. Skorpione sind entschlossen und draufgängerisch. Sie haben einen feinen Instinkt und sind nicht selten Perfektionisten.

Leider machen sich übergenaue Menschen das Leben schwer und stellen hohe Ansprüche an sich selbst. Keiner weiß das besser als ich. Ich bin die Queen der Perfektionistinnen. Zu jeder Zeit verlange ich hundertfünfzig Prozent von mir. Strebsam wie ich bin, gebe ich mich nicht mit weniger zufrieden. Alles muss vollkommen und fehlerfrei sein oder ich mache es nochmal. Im Notfall wiederhole ich den Vorgang, bis ich ausnahmslos zufrieden bin. Höchstwahrscheinlich bin ich nur einen Wimpernschlag von einer Zwangsneurose entfernt.

Der Drang, die selbstgesteckten Maßstäbe und Ziele einhalten zu wollen, ist anstrengend und kräftezehrend. Manchmal wünschte ich, ich könnte es gut sein lassen und zu einer Sache einfach Ja und Amen sagen. Vor allem in Momenten wie diesen, in denen ich nicht glauben kann, was man von mir verlangt. Mit offenem Mund starre ich meinen Chef an. Wie kann er nur?

»Sie möchten also, dass wir Tassenpudding aus der Mikrowelle anbieten? Im Restaurant?«

Unvorstellbar! Was für eine Beleidigung der Geschmacksnerven – und aller Puddings dieser Welt!

»Ja genau«, antwortet Mr Dontell, Direktor des *Green Lane Zoos* in Boston, und leider Mitbestimmer der Speisekarte im ansässigen Restaurant. »Natürlich fordert das nicht ihre kreativen Backtalente, Miss Starr, aber die Fertigmischungen sind kostenneutraler und schnell zubereitet. Wir würden gut daran verdienen und könnten sie in der Hauptsaison sogar an den Verkaufsständen im Außenbereich anbieten. Wir müssten nur ein paar Mikrowellen anschaffen und schon könnte es losgehen.« Er macht eine Handbewegung, die mir Angst einflößt. »Ruckzuck.« Seine Euphorie in allen Ehren, mich steckt sie nicht an. Das Gegenteil ist der Fall.

Unauffällig hole ich Luft und wünsche mir Zen-ähnliche Gelassenheit. Warum bin ich nicht Waage? Warum kann ich nicht einfach Ja und Amen sagen? Die Sterne sind schuld an meinem Dilemma!

Frustriert starre ich in die Rührschüssel vor mir, in der ich gerade das Crunchy für eine besondere Cookiefüllung zubereiten wollte. Die nächsten Worte sollte ich mir gut überlegen. Mit dem Direktor, der nächstes Jahr sechzig wird und etwas von einem Oberfeldwebel hat, darf ich es mir nicht verscherzen. Der Rechthaber kann mich nicht besonders gut leiden und sucht ständig nach einem Vorwand, meine feste Stelle auf einen Aushilfsjob herunterzustufen. Kosten einzusparen ist sein Ding. Die Idee mit dem Tassenpudding ist der beste Beweis dafür.

Meine Wild Animal Cookies sind das Highlight des Zoorestaurants. Neben den Cake-Pops, die an besagten Ständen im Außenbereich angeboten werden, sind sie allseits beliebt und werden vor allem von den Kindern geschätzt und bewundert. Die zuckersüßen Tierchen, die ohne vorgefertigte Form hergestellt werden, sind der Grund, warum ich eine Anstellung im Zoorestaurant bekommen habe. Und das, obwohl ich keine qualifizierte Ausbildung als Konditorin besitze. Jedes Kekskunstwerk, das ich herstelle, ist einzigartig. Keines gleicht dem anderen. Und das Beste … nahezu alle Zoobesucher wollen eins meiner originellen Wild Animal Cookies probieren.

Und jetzt soll ich Fertigmischungen einsetzen? Was für ein Dilemma. Wie kann Mr Dontell glauben, Tassenpudding aus der Mikrowelle würde sich ähnlich gut verkaufen? Wie kann er davon überzeugt sein, ein frischer Keks ließe sich durch lauwarmen Fertigpudding ersetzen?

»Mr Dontell …«, setze ich zur Gegenwehr an.

»Ich weiß, was Sie sagen wollen, Miss Starr …«, werde ich mit erhobener Hand unterbrochen, »aber glauben sie mir, nicht jede Leckerei muss immer gleich ein Kunstwerk sein.« Er winkt ab. »Die Kinder machen an den Außenständen den Großteil unseres Umsatzes aus. Meist sind die kleinen Quälgeister mit jeglicher Form von Zucker zufrieden. Hauptsache es schmeckt süß und klebt die Zähne zusammen.«

»Und Tassenpudding ist süß – sehr süß«, schlussfolgere ich.

»Richtig erkannt, Miss Starr.« Mit einem listigen Grinsen applaudiert mein Chef sich selbst. »Und für die Eltern kostengünstiger.«

Wie umsichtig.

Verdammte Zwickmühle. Ganz falsch liegt Mr Dontell nicht. Was soll ich dazu sagen? Mir fehlen leider die schlagfertigen Argumente, um dagegen zu halten. Noch …

Zeit zum Nachdenken wäre jetzt nicht schlecht.

»Wir sind ein Zoo und keine Bäckerei. Hin und wieder scheinen Sie das zu vergessen, Miss Starr.«

Den Rüffel habe ich vermutlich verdient. Aber muss er ständig meinen Namen sagen? Ich fühle mich wie vor den Schuldirektor zitiert.

Irgendwie ist er ja auch ein Direktor, Kortney. Ein Zoodirektor.

Das Mr Dontell ständig einen Anzug samt Krawatte trägt, verstärkt das Gefühl, von einem Oberaufseher kontrolliert zu werden noch.

»Für die Stände im Außenbereich mag ihre Einschätzung zutreffen«, pflichte ich ihm bei. Hoffentlich kann ich durch mein Verständnis ein wenig Boden gut machen. »Dort verkaufen sich auch herkömmliche Schokoriegel sehr gut. Aber möchten Sie wirklich im Restaurant die Karte ändern und die beliebten Wild Animal Cookies streichen?« Meine Augenbrauen heben sich. Auf die Antwort bin ich gespannt. »Die meisten Restaurantbesucher möchten eher nichts aus der Mikrowelle essen«, setze ich noch einen drauf und überschreite eine Grenze.

»Seien Sie nicht albern!«, werde ich prompt angefahren. »Natürlich müssen Sie sich für den Pudding einen reizvollen Namen ausdenken, damit es funktioniert. Vielleicht etwas Lustiges. Kreativität ist doch Ihre Stärke. Die Besucher werden bestellen, weil sie neugierig sind.«

Einmal vielleicht. Doch sobald die Stammgäste die Fertigmischung gekostet haben, werden sie beim nächsten Mal nach Alternativen suchen oder auf die Nachspeise verzichten. Unglücklicherweise wird mein Gegenüber das nicht verstehen. Besser ich halte mich zurück – obwohl es schwerfällt. Enttäuscht und vorerst geschlagen fange ich an zu nicken.

»Natürlich … wenn Sie es wünschen, kann ich mir einen ansprechenden Dessertnamen überlegen.« Was soll ich auch anderes antworten. Mr Dontell ist der Boss und ich eine Angestellte ohne die nötige Qualifikation, die tut was von ihr erwartet wird.

»Bravo, dann sind wir uns einig.« Mit gehobenem Kinn richtet er seine Krawatte, die es nicht nötig hat zurechtgerückt zu werden. »Seien Sie erfinderisch.

Denken Sie sich etwas Erfreuliches und vor allem Gewinnbringendes aus!« Begierig beugt er sich vor und starrt in meine Rührschüssel mit dem halbfertigen Crunchy. Dabei hält er die Hand auf der Krawatte, damit das Ende nicht in der Schüssel landet. »Sobald diese Kekse aus dem Ofen sind,« weißt er mich mit einem hungrigen Blick an, »bringen Sie mir bitte ein paar davon in mein Büro, Miss Starr.«

»Natürlich.« Alles, was mir sonst noch auf der Zunge liegt, verkneife ich mir. Ich schaffe es sogar, nicht das Gesicht zu verziehen.

Kaum hat dieser Besserwisser sich umgedreht, rutscht mir versehentlich die Zunge ein Stückchen heraus.

Teufel! Kein sehr reifes Verhalten, aber dieser Mann mit den unmöglichen Ideen hat es nicht anders verdient.

Zwei Stunden später mache ich mich auf den Weg, um die Verkäufer der Außenstände mit frischen Backwaren zu versorgen. Der *Green Lane Zoo*, der aufgrund seiner länglichen Form und seiner einzigartigen Grünanlagen diesen Namen trägt, hat neben dem Restaurant drei Kioske. Sie sind an strategisch wichtigen Plätzen im Zoo aufgestellt. Der größte mit dem stärksten Umsatz befindet sich gleich neben dem Spielplatz. Dann gibt es noch einen bei den Affen und einen winzigen, nahe beim zukünftigen Elefantenhaus.

Heute ist Sonntag, der umsatzstärkste Tag im Zoo. Besser ich spute mich ein wenig, bevor meinen Kollegen die Kekse und Cake-Pops ausgehen. Das Gespräch mit

Mr Dontell hat meinen Zeitplan ein wenig aus dem Konzept gebracht. Dass ich danach so durcheinander war und eine Ladung Kekse im Ofen habe verbrennen lassen, hat es auch nicht besser gemacht.

Meinen Handkarren vorwegschiebend, werfe ich Santiago, dem aus Argentinien stammenden Riesenotter, einen Gruß zu und gehe schnellen Schrittes weiter. Für gewöhnlich verweile ich bei dem ein oder anderen Tier und unterhalte mich mit ihnen. Sie sind wunderbare Zuhörer und belohnen meine Gesellschaft oft mit kleinen Kunststückchen oder einem freundlichen Gesicht.

Unser Santiago ist ein aufsässiges Schlitzohr. Meist rutscht er mehr als das er läuft. Mit seiner ausgefallenen Stopptechnik, Nase voraus, bringt er mich jedes Mal zum Lachen. Ich mag den Einzelgänger und seine freche Art sehr. Er ist das komplette Gegenteil von Wilson, dem einzigen Faultier im *Green Lane Zoo* und meinem anderen Liebling.

»Entschuldige Santiago, heute habe ich es eilig. Keine Zeit für ein Schwätzchen.« Ich winke dem stolzen Kerlchen noch mal zu und ernte ein paar verwunderte Blicke von den Zoobesuchern, die am Zaun der Riesenotter stehen. Manche von ihnen halten mich höchstwahrscheinlich für nicht zurechnungsfähig. Aber ich habe aufgehört mich zu erklären oder darauf hinzuweisen, dass alle unsere Zootiere Namen haben und ich mit ihnen spreche. Sollen die Leute von mir denken was sie wollen.

Auf zu den Affen, Kortney. Mike wartet sicher schon auf neue Ware.

Meine Gummistiefel geben ein schmatzendes Geräusch von sich. Die hässlichen grünen Dinger, die mir vom Zoo zur Verfügung gestellt werden, ziehe ich an, sobald ich das Restaurant und die Küche verlasse. Sie sind eine modische Katastrophe, verursachen Blasen und machen beim Gehen Pupsgeräusche, weil sie mir dummerweise eine Nummer zu groß sind. Aber jedes andere Schuhwerk wäre unpraktisch, da ich teilweise über die unbefestigten und ständig schlammigen Wege gehe, die ausschließlich dem Zoopersonal vorbehalten sind.

Ohne diese Abkürzungen wäre ich mit der Auslieferung der Backwaren mehrere Stunden beschäftigt.

Santiago ruft mir etwas hinterher und übertönt damit das Schmatzen meiner Gummistiefel.

Mein kleiner Freund ruft nicht wirklich … es ist mehr ein Murren, das in einem Pfeifen endet. Und ob es wirklich mir gilt, ist fraglich. Aber ich bilde es mir gerne ein.

Santiago und ich, wir verstehen uns eben. Wer braucht schon Männer, die einem hinterherpfeifen, wenn das ein charmanter Riesenotter aus Argentinien viel besser kann?

Mike faltet die Hände und blickt gen Himmel, als er mich mit dem unhandlichen Handkarren, der einem übergroßen Kinderwagen ähnelt, auf seinen Verkaufsstand zukommen sieht. Anscheinend sind ihm bereits einige Leckereien ausgegangen. Aufgebracht und offensichtlich stark unterzuckert funkelt er mich an.

»Kortney! Ich habe dich schon vor einer Stunde erwartet«, wirft er mir vor, kaum dass ich die geöffnete Hintertür erreicht habe.

»Entschuldige. Erst hat mich ein schlechtgelaunter Dontell aufgehalten und danach gab es Probleme mit dem Ofen. Die letzte Ladung Kekse musste ich neu backen.« Dass der Ausrutscher auf mein Konto geht, weil ich die Backzeit überschritten hatte, braucht Mike nicht zu wissen.

»Lass mich raten …«, mein Kollege öffnet die obere Klappe des Hauptfaches und fängt an, die Wild Animal Cookies auszuladen und auf Bleche zu packen. Genau wie ich trägt er das grüne Shirt mit dem Logo des Zoos und die hässlichen Gummistiefel. »Du wurdest von unserem lieben Direktor in die grandiose Idee mit dem Mikrowellenpudding eingeweiht.«

»Stimmt.« Ich hole die Marshmallow-Cake-Pops aus dem Seitenfach. »Was hältst du von der Idee?«, frage ich, obwohl ich mir seiner Antwort sicher bin.

Mike liebt meine Kekse, vor allem die mit dunkler Schokolade. Das Leckermaul bedient sich des Öfteren an dem Keksbruch, den wir nicht mehr in den Verkauf geben können und den ich extra für ihn zurücklege. An manchen Tagen haben wir ziemlich viel Bruch. Dann sieht unser Mike besonders zufrieden aus.

»Nichts. Ich halte gar nichts von dem pampigen Fertigzeug.« Er stoppt in der Bewegung als wäre ihm gerade ein Gedanke gekommen. »Obwohl … vielleicht hat es doch etwas Gutes. Wenn wir auf Mikrowellenpudding im Pappbecher umstellen, kann ich endlich ein paar Kilo abnehmen.« Der gute Mike grinst und reibt sich über das Bäuchlein, das seinem sportlichen Körperbau das gewisse Etwas verleiht. »Hast du heute wieder Ausschuss für mich dabei?« In der Frage liegt ein deutliches Flehen.

»Natürlich«, antworte ich und erwidere sein Grinsen. »Diesmal sind ziemlich viele dunkle Kekse beim Formen zerbrochen.«

»Na ja … sobald Schokolade aushärtet wird sie fest und lässt sich nicht mehr biegen. Das ist ein unwiderlegbarer Fakt«, werde ich mit einem Zwinkern aufgeklärt.

»Einer, für den du mir tagtäglich mehr dankst.« Ich lache laut und schließe das Seitenfach. »Gib es ruhig zu! Meine Kekse haben dich süchtig gemacht.«

»Du bist ja auch mit einem großen Talent gesegnet, Mädchen. Leider sagen dir das viel zu wenige. Ich kenne keine besseren Kekse als deine. Und das will bei meiner Erfahrung als Schleckermaul schon etwas heißen.

»Danke.« Hastig wende ich mich ab und sehe zu Boden. Mein Kollege, der gut zehn Jahre älter ist als ich, braucht mein rotes Gesicht nicht zu sehen. Dass er mich so offen anhimmelt ist peinlich genug. »Ich muss los, sonst beschweren sich bald noch mehr Leute.«

»Die sollen sich ruhig aufregen. Schick unsere lieben Mitarbeiter zu mir, wenn sie dir blöd kommen. Dann regele ich das für dich.« Gespielt lässt er die Fäuste schwingen.

Offensichtlich hat Mike vergessen, dass er vor wenigen Minuten selbst ungeduldig und missgestimmt auf mich gewartet hat.

»Etwas Derartiges wird nicht nötig sein.« Bevor meine Gesichtsfarbe sich ins Unendliche steigert, reiße ich mich los. »Ruf mich in der Restaurantküche an, solltest du im Laufe des Tages noch mal Nachschub benötigen.«

Schleunigst schnappe ich mir meinen Wagen und marschiere mit quietschenden Stiefeln los.

Ich wähle den Weg, der am zukünftigen Elefantenhaus vorbeiführt und gehe davon aus, dass sich dort weniger Menschen aufhalten, was mir das Durchkommen mit dem sperrigen Handkarren enorm erleichtern würde. Dieser Bereich des Zoos wird ausgebaut und verschönert, weswegen einige Gehege und Wege vorübergehend für die Öffentlichkeit gesperrt sind.

Gerade weil hier der Durchgang verboten ist, wundert es mich, dass ein einsamer Zoobesucher auf einer Bank in der Sonne chillt und den Sonntag gut sein lässt. Er hat den Kopf in den Nacken gelegt und das Gesicht dem Himmel zugewendet. Ist er über eine der hölzernen Blockarden geklettert? Hat er nach einem stillen Ort zum Ausspannen gesucht?

Selbst wenn, er kann doch nicht einfach in den abgesperrten Bereich gehen! Eine Unverschämtheit!

»Haben Sie die Schilder nicht gesehen?«, frage ich den Mann ohne eine Begrüßung und ziehe die Bremse an meinem Handwagen. Das Gespräch mit dem Zoodirektor hat dafür gesorgt, dass meine Lunte heute besonders kurz ist. »Es ist verboten, sich in dem abgesperrten Bereich aufzuhalten.« Mein Tonfall ist angriffslustiger als angebracht. Der ungebetene Besucher, der sicher auf die fünfzig zugeht, sieht gutbetucht und ein wenig versnobt aus.

Wie passend … ein Angeber, der nicht ohne Anzug das Haus verlässt. Nicht mal an seinem freien Tag. Warum bin ich heute so anmaßend und kritisch?

»Wenn es verboten ist, sich hier aufzuhalten, warum sind *Sie* dann hier?«, erwidert er mit einem Lächeln und legt das rechte Fußgelenk auf sein linkes Knie. Der Gelassene trägt eine dunkle Hose und italienische Slipper, die teuer aussehen und voller Matsch sind. Den Schlamm verzeiht das weiche Leder sicher nicht. Es scheint Mr Oberschlau nicht zu interessieren, dass seine Schuhe ruiniert sind und die Hose Flecken bekommen hat.

Ihn weiter musternd, hebe ich den Ausweis hoch, der an einem Band um meinen Hals hängt. »Ich bin eine Angestellte des Zoos und darf mich hier aufhalten.« Mit einem auffordernden Blick nähere ich mich der Bank. »Sie hingegen nicht!« Anscheinend braucht der Gaffer eine deutlichere Anweisung. »Bitte verlassen Sie umgehend den Bereich und gehen Sie in den nicht abgesperrten, der unseren Besuchern vorbehalten ist.« Meine Worte unterstütze ich mit einer deutlichen Hopp-hopp-Geste.

Verdammt Kortney! Fahr mal runter. Ein bisschen höflicher hättest du dich schon ausdrücken können.

»Nein.« Der Hartnäckige sieht geradeaus zur Baustelle, auf der bis Anfang nächsten Jahres ein neues Elefantenhaus entstehen soll.

Ist er verrückt? Gibt er mir Widerworte? Fordert er mich heraus? Für einen Moment bin ich verwirrt.

»Nein? Einfach nein? Haben Sie nicht verstanden, was ich gesagt habe?«, frage ich nach und bemühe mich, langsam und verständlich zu sprechen. »Sie müssen verschwinden. Gehen Sie! Sofort!« Wieder winke ich mit der Hand und versuche ihn so zum Aufstehen zu bewegen. Sollte er sich weiterhin weigern, habe ich ein ernstes Problem. Da der Zoo nicht über Sicherheitspersonal verfügt, müsste ich einen starken Tierpfleger zur Hilfe rufen. Besser zwei.

»Die Bank gehört mir und ich darf hier sitzen, wann immer ich es möchte«, bekomme ich eine Abfuhr in unangemessenem Tonfall.

Never ever.

Den Unsinn kann er seiner Oma erzählen. Da möchte jemand Ärger machen – eindeutig.

»Diese Bank …«, ich deute, in der Hoffnung, dass der Mann endlich versteht, auf die goldene Plakette, die an der Rückenlehne angebracht ist und auf der der Name des Sponsors steht, »… wurde von der Baufirma, die hier tätig ist, aufgestellt. Jackson M. Vandas ist der Held, der unserem Zoo zu neuem Ruhm verhelfen wird.« Meine Worte scheinen dem Eigenwilligen nicht zu gefallen, denn er verzieht das Gesicht, als würde ich den größten Schwachsinn überhaupt erzählen.

»Glauben Sie das wirklich?« Seine Stirn kräuselt sich und ich nehme ein winziges Kopfschütteln wahr.

Ich zucke mit den Schultern. »Hier entsteht ein spektakuläres Außengelände. Ein Elefantenhaus, das den neusten Standards entspricht, und so in keinem anderen Zoo auf der Welt zu finden sein wird«, erkläre ich mit Stolz, als wäre ich persönlich dafür verantwortlich.

»Wo sind die Elefanten jetzt?«

»In ihrem Gehege natürlich.« Den *Dummkopf* verkneife ich mir. »Sobald der neue Komplex fertiggestellt ist, werden sie umgesiedelt.« Warum erzähle ich dem Mann das? Er soll endlich verschwinden und keine Reden schwingen. Ist das eine Masche, um Zeit zu schinden? »Würden Sie bitte *jetzt* gehen?« Ein Seufzen kann ich nicht zurückhalten. Für solche langatmigen Diskussionen habe ich keine Nerven. Meine Backwaren müssen verteilt werden!

»Nein, ich denke nicht.« Er wendet sich ab und blickt zur Baustelle. »Ich bin noch nicht fertig.«

Zur Hölle!

Möchte er mich zum Explodieren bringen?

»Womit sind Sie noch nicht fertig?«, frage ich und versuche, Ruhe zu bewahren. »Haben Sie mich nicht verstanden?« Mit gehobenem Kinn baue ich mich vor dem Mann auf. »Die einzigen Personen, die sich hier aufhalten dürfen, sind die Bauleute, die sonntags frei haben, oder Jackson M. Vandas, der diese hübsche Sitzgelegenheit hat aufstellen lassen, damit er auf bequeme Art und Weise, den Fortschritt des Projektes überwachen kann.«

Mein Gegenüber grinst und … einen Wimpernschlag später … fällt es mir wie Schuppen von den Augen.

Ach du heilige Elefantenkacke. Das ist … Nein, bitte nicht. Boden tu dich auf, damit ich mich hinabstürzen kann!

Wie überaus dumm von mir. Warum habe ich nicht nachgedacht, bevor ich die Klappe aufgerissen habe? Warum habe ich mich reizen lassen? Sonst reagiere ich viel gelassener.

Kortney, das hast du verbockt. Aber so was von.

»Darf ich mich vorstellen?«, sagt der Mann, an dem ich meine Laune ausgelassen habe, und lächelt ekelhaft zufrieden. »Mein Name ist Jackson M. Vandas.« Eine Hand streckt sich mir entgegen. »Und ich habe dem *Green Lane Zoo* eine Million Dollar für ein neues Elefantenhaus gespendet.«

Kapitel 2

Jackson

Der sonderbare kleine Feldwebel mit den übergroßen Gummistiefeln nimmt meine dargebotene Hand, drückt sie und weicht im nächsten Moment meinem Blick aus. »Möchten Sie einen Keks?«

Bitte?

Nur mit Mühe kann ich ein Lachen unterdrücken.

Kaum hat sie die Frage ausgesprochen, lässt sie meine Finger los als hätte sie sich verbrannt, und geht zu dem merkwürdig aussehenden Karren, um den Deckel aufzuklappen.

»Unsere hausgemachten Cookies sind sehr beliebt. Mögen … mögen Sie dunkle Schokolade?«

Ich weiß nicht recht, was ich von dem Gestammel halten soll. Die Frau, die sich, anders als ich, nicht vorgestellt hat, ist gerade mal halb so alt wie ich. Zumindest wirkt sie mit ihrem ungeschminkten Gesicht und den dunklen Haaren, die nur locker zu einem unordentlichen Pferdeschwanz gebunden sind, so. Die Mehlspur in ihrem Gesicht, verleiht ihr zusätzlich etwas Mädchenhaftes. Hat sie mit einer Schar Kinder gebacken, bevor sie mit ihrem Wägelchen und den zu großen Gummistiefeln losgestapft ist? Am Eingang habe ich auf einem Plakat gelesen, dass auf Wunsch Kindergeburtstage im Zoo gefeiert werden können. Allzu weit hergeholt ist meine Vermutung also nicht. Unter Umständen kommt sie gerade von einer solchen Geburtstagsparty.

»Möchten Sie?« Ein brauner Schokoladenkeks, der wie ein deformiertes Nashorn mit Stirnfalte aussieht, taucht vor meinen Augen auf. Unverzüglich weiche ich so weit zurück, wie die Rückenlehne der Bank es zulässt. Zugegeben, er riecht nicht schlecht, aber …

»Nein, danke.« Zur Sicherheit hebe ich die Hand und schüttele den Kopf.

Die Frau scheint enttäuscht. »Möchten Sie lieber einen Cake-Pop? Die sind kleiner und nicht so mächtig. Für den kleinen Hunger ideal.«

Das merkwürdige Nashorn verschwindet und ein weißer Minikuchen am Stil taucht auf. Intensiver Mandelgeruch vermischt mit einem Hauch Zitrone steigt mir in die Nase.

»Nein, danke«, wiederhole ich deutlicher. »Leere Kalorien sind nichts für mich.« Ich klinge unhöflicher als beabsichtigt. »Entschuldigen Sie«, fahre ich freundlicher fort. »Mein Hunger ist nicht sonderlich groß, außerdem würde ich lieber ihren Namen erfahren, als mit Zucker bestochen zu werden.« Ein herausforderndes Zwinkern kann ich nicht zurückhalten.

Die eben noch herrische Zooangestellte schnappt nach Luft. »Warum wollen Sie meinen Namen wissen?«

Der Kuchen am Stil verschwindet dahin, wo er hergekommen ist.

Täusche ich mich oder wird sie plötzlich blass um die Nase herum? Hat sie Angst, dass ich mich über sie bei der Leitung des Zoos beschweren könnte? »Sie kennen meinen Namen, deshalb möchte ich wissen, wer vor mir steht. Ist das so schwer zu verstehen?« Wo ist nur die allseits bekannte Höflichkeit geblieben? Für junge Leute scheint sie nicht mehr selbstverständlich zu sein.

»Nein, entschuldigen Sie, Mr Vandas, das ist nicht schwer zu verstehen.« Ein Seufzen, das sie ihrer Miene nach zu urteilen lieber vor mir versteckt hätte, entschlüpft ihr. »Mein Name ist Kortney Starr.« Ihr Blick wandert zu der pinkfarbenen Plastikuhr an ihrem Handgelenk. »Leider habe ich es schrecklich eilig. Da Sie keine meiner Köstlichkeiten möchten und ich Ihnen auch sonst nicht behilflich sein kann, würde ich gerne weitergehen.«

Echt? Plötzlich hat sie es eilig? Gerade wollte sie sich noch mit mir anlegen und mich von meinem neuen Lieblingsplatz, der eine wunderbare Ruhe ausstrahlt, verscheuchen, und jetzt kann sie nicht schnell genug weiterkommen. Sie muss wirklich Angst oder zumindest Respekt vor mir und meiner Stellung haben.

»Lassen Sie mir bitte ein paar ihrer Cookies hier«, weise ich sie an. »Haben Sie eine Tüte? Ich würde sie mir gerne für später aufheben.« Auch wenn ich mich bemühe auf schlechte Kohlenhydrate zu verzichten, kann ich nicht leugnen, dass der Geruch überaus verlockend war. Ich liebe Mandeln.

»Natürlich, Mr Vandas.« Eilig packt Kortney einige Leckereien in eine pink und weiß gestreifte Papiertüte und reicht sie mir. »Guten Appetit.«

Bevor ich mich bedanken kann, ist das zierliche Persönchen losgezogen. Und das, obwohl der Handkarren aussieht als wöge er eine Tonne.

Gerade als ich beschließe den Inhalt der Tüte zu inspizieren, fängt mein Handy in der Hosentasche an zu vibrieren. Vorbei ist die Ruhe, die diesem von der Öffentlichkeit abgeschiedenen Ort anhaftet. Kurz überlege ich den Anruf zu ignorieren, entscheide mich aber dagegen. Sicher ist es Andrew, der Chef meiner PR-Abteilung und außerdem mein bester Freund. Er weiß wie sehr ich meine sonntägliche Auszeit genieße. Niemals würde er mich mit unwichtigem Kram belästigen, wenn es nicht absolut nötig wäre. Sein Anruf wird einen Grund haben.

Frustriert lege ich die Tüte neben mich auf die Bank und fische nach dem vibrierenden Ding in meiner Hosentasche.

Wie ich vermutet habe, ist es Andrew. »Was gibt es?«, frage ich und stoße einen Seufzer aus.

»Genau. Die Welt ist zum Stöhnen«, kommt die Antwort im leidlichen und sehr vertrauten Tonfall.

»Ich habe nicht gestöhnt, nur lange ausgeatmet. Was willst du? Heute ist Sonntag, mein freier Tag.«

Am liebsten würde ich noch mal Seufzen. Mir ist danach.

»Und wenn schon, der Wochentag hat dich bisher nie interessiert, wenn es um wichtige Neuigkeiten die Arbeit betreffend ging.«

»Was willst du?«, wiederhole ich meine Frage mürrisch. Ein leichter Mandelgeruch steigt mir in die Nase und ich sehe sehnsüchtig auf die Tüte, deren Inhalt ich noch nicht näher in Augenschein genommen habe. Daran bin ich viel mehr interessiert, als ich vor dieser befehlshaberischen Kortney zugeben wollte.

»Es gibt neue schlechte Presse«, lässt Andrew die Katze aus dem Sack.

Mist! Womit habe ich das verdient?

Ich nehme mein Fußgelenk vom Knie, beuge mich vor und starre auf den matschigen Boden zwischen meinen Schuhen. Meine Realität ist diesem Dreck, von dem ich umgeben bin, recht ähnlich. Der Name Vandas wird durch den Schmutz gezogen und ich habe keine hübsche Bank mit goldener Plakette, auf die ich mich retten kann. Vielleicht sitze ich deshalb so gern hier und starre auf die Baustelle. Früher bin ich nie in den Zoo gegangen. Tiere, egal ob Haustier oder Wildtier, haben mich nie interessiert. Als Kind haben mich nur Baufahrzeuge und Lastwagen in den Bann gezogen. Ihre schiere Größe und Kraft haben mich überwältigt. Mit zehn durfte ich bei einem Vater meines Freundes zum ersten Mal einen Minibagger bedienen und beim Anlegen eines Gartenteiches helfen. Da war's dann völlig um mich geschehen.

Seitdem bestimmen diese Maschinen, mit denen sich so viel Schönes bauen lässt, mein Leben.

»Bist du noch dran?«

»Ja«, antworte ich und höre auf, über Vergangenes nachzudenken. »Erzähl mir was neues Schreckliches passiert ist. Wo brennt es diesmal?«

»Leider ist dein Image als angesehener Bauunternehmer angeknackster als ich – als wir – vermutet haben. Selbst mit der Spende für den Zoo wird es schwer, das verlorengegangene Vertrauen der Auftraggeber zurückzugewinnen.«

»Geht es immer noch um das desaströse Projekt?« Verärgert reibe ich mir über die Stirn. »Ich dachte, Nachrichten sind kurzlebig und verblassen schnell. Warum ist dieses verdammte Projekt nach Monaten immer noch Thema Nummer eins?« Obwohl meine Schuhe nicht wasserdicht sind stehe ich auf und fange an herumzulaufen. Den Matsch ignoriere ich.

»Solltest du mit desaströsem Projekt das Footballstadion mit seinen fehlerhaften Schweißnähten meinen, dann ja. Für Mängel an der Stahlverarbeitung lassen sich nur schwer Ausreden finden.«

»Die Tatsache ist mir bewusst. Die Zulieferer und die verschiedenen Prüfinstanzen sind schuld an der Misere mit dem Stahl. Nicht *Vandas Construction*.«

Andrew schnauft und ich erkenne Missbilligung. »Ich weiß das und du weißt das. Aber die Presse sieht nur die schlechte Ausführung, die unqualifizierten Arbeitskräfte und die miese Organisation. Von den zusätzlichen Kosten, die für die Beseitigung der Mängel ausgegeben werden mussten, ganz zu schweigen.«

»*Vandas Construction – Projektentwicklung und Baukonzern* gehört zu den führenden Unternehmen im Bauwesen. Wir sind die Besten unseres Fachs und haben solche Schlagzeilen nicht verdient.«

»Das ist richtig. Wir gehören zu den Besten und gerade deshalb fehlt den Auftraggebern momentan das Vertrauen in eine aussichtsreiche Projektführung.«

»Die Subunternehmer tragen einen großen Teil der Schuld«, rechtfertige ich die Misere, in der nicht nur ich, sondern die ganze Firma steckt.

»Jack, jetzt machst du es dir zu einfach, einen Schuldigen zu finden.« Andrew spricht natürlich das aus, was ich nicht hören will. Dafür hat er stets ein besonderes Händchen.

Diese Unterhaltung haben wir bereits zu oft geführt.

»Was gibt es noch?« Da ist sicherlich mehr. Ich spüre es im kleinen Finger. »Weswegen rufst du wirklich an? Was gibt es Neues in der Berichterstattung um Jackson M. Vandas? Schlagzeilen zu alten Fakten sind es sicher nicht. Da ist mehr als ein paar Schweißnähte, die schon vor Monaten ausgebessert wurden.« Ich schlucke und spüre Übelkeit aufsteigen. »Bitte sag nicht, dass es weitere Probleme mit dem Footballstadion gibt.«

Andrew räuspert sich. »Nein. Keine Probleme mit dem Stadion. Dafür wird dein Hang zu schönen und jungen Frauen seit heute in den Schlagzeilen breitgetreten. Einige zweideutige Fotos haben vor wenigen

Stunden einen Shitstorm in den sozialen Medien ausgelöst. Du hast dich ein paar Mal zu oft mit einer Dame vom Escort Service in den Clubs herumgetrieben. Dein guter Ruf ist diesmal ernsthaft in Gefahr.«

»Bullshit!« Empört schnappe ich nach Luft und spüre, wie mein Blutdruck nach oben schießt. »Mit wem ich meine Freizeit verbringe, geht niemanden etwas an. Manchmal habe ich das Gefühl, das Leben besteht nur aus Klatsch und Tratsch.«

Verdammte Paparazzi!

»Da gebe ich dir recht. Aber der Umgang mit der Presse ist wichtig. Aktuell mehr denn je. Du hast das schlechte Licht noch nicht verlassen und schon kommen neue Gerüchte auf. Die Tatsache ist wenig förderlich. ›Any promotion is good promotion‹ trifft nun mal nicht immer zu, mein Freund.«

Wut züngelt unkontrolliert in mir hoch. »Ich wusste nicht, dass Sonya-Sue für einen Escort Service arbeitet. Verdammt, ich habe dem *Green Lane Zoo* eine Million Dollar gespendet. Ich bin ein verdammter Heiliger. Was soll ich noch tun?«, frage ich und stapfe weiter über den unebenen Boden zur Bank zurück.

Kurz herrscht Stille in der Leitung.

»Zeig dich mit deiner Frau in der Öffentlichkeit. Gibt es nächstes Wochenende keine Gala, auf der ihr euch präsentieren könnt?« Andrew gluckst vergnügt. »Macht einen auf ›verliebtes Ehepaar‹. Ich informiere die Paparazzi – gebe ihnen einen Tipp.«

Mit einem erneuten Stirnreiben lasse ich mich auf die Bank fallen. Ein deutliches *Nein* liegt mir auf der Zunge. »Das ist dein Rat? Ich soll mit Shalita eine Gala besuchen?« Ein Blick auf meine Schuhe verrät mir, dass sie ruiniert sind.

»Ja. Eine Spendengala wäre ideal. Da kannst du gleich noch ein paar Scheinchen abdrücken und den Wohltäter spielen. Hilfsbereitschaft wird stets bewundert.«

»Andrew …«

»Nicht Andrew!«, fährt mein Freund und Berater mich an. »Denk zumindest über meinen Vorschlag nach. Irgendwas muss geschehen. Und zwar bald! Solltest du der Medienmeute kein Futter geben, suchen sie sich selbst etwas, das ihnen schmeckt.«

Der Mistkerl hat recht. Ich sitze in der Klemme. »Okay«, antworte ich mit Widerwillen.

»Mir wäre es lieber, wir locken das Monster mit leichter Schonkost weg, als dass es uns mit Haut und Haaren verschlingt, bis von uns nur noch ein paar poröse Knochen übrig sind.« Andrew lacht wenig mitfühlend.

»Ich habe verstanden«, grummele ich und bin schon in Gedanken dabei, meine Frau zu einer Gala zu schleppen. Ich könnte mir nichts Schlimmeres vorstellen.

Teufel auch!

Shalita wird von der Idee mindestens so begeistert sein wie ich.

Kapitel 3

Kortney

Der Mikrowellenpudding könnte den wunderbaren Namen Dotties Schlammgrube *bekommen*, schießt es mir auf meinem Rundgang zu den Außenständen durch den Kopf. Nachdem Mr. Dontell gestern mit dem Vorschlag um die Ecke kam, der, gelinde gesagt, meine Laune auf null hat sinken lassen, denke ich jetzt doch über kreative Bezeichnungen dafür nach.

Unser afrikanisches Flusspferd heißt Dotty und der Tümpel, in dem sie hockt und den Besuchern ihren Hintern zeigt, ist einer Schlammgrube sehr ähnlich. Er hat die gleiche Farbe und Konsistenz wie Schokotassenpudding. Ungewollt muss ich schmunzeln. Mr Dontell könnte die Pappbecher sogar mit einem lustigen Nilpferd bedrucken lassen. Natürlich nur, wenn die zusätzlichen Kosten es zulassen.

Bravo Kortney. So geht kreative Namensfindung. Der Zoodirektor wird begeistert sein.

Mich schüttelt es. Allein der Gedanke an die breiige und lauwarme Masse dieses Puddings lässt mich an Gruselrezepte zu Halloween denken.

Dotties Schlammgrube – Der schaurig-schöne Genuss,

so könnten wir es verkaufen. Das Wort *lecker* sparen wir im Titel absichtlich aus. Unter Umständen erwarten die Käufer bei dem Namen gar kein Geschmackserlebnis. Zumindest kein positives.

Die leicht morbide Idee gefällt mir immer besser.

Hoffentlich nimmt die »dicke Dotty«, wie die Nilpferddame von ihrer Tierpflegerin liebevoll genannt wird, mir meinen Einfall nicht übel. Den Erzählungen zufolge soll sie extrem sensibel sein.

Als ich mit meinem Handwagen, der montags nur mäßig gefüllt ist, an der privaten Bank von Jackson M. Vandas vorbeikomme, sehe ich etwas pink und weiß Gestreiftes auf dem Boden davor liegen.

Entsetzt schnappe ich nach Luft. Das ist … meine Tüte mit dem Backwerk, die ich ihm gestern dagelassen habe und die jetzt aufgequollen im Matsch liegt. Gänzlich aufgeweicht – und noch randvoll mit Köstlichkeiten.

Wie eingebildet muss ein Mensch sein, um Waren im Wert von zwanzig Dollar einfach liegen zu lassen?

Eingebildet nicht, Kortney. Nur reich und versnobt. Er hat die Sachen sowieso nicht haben wollen und nur genommen, weil sie ihm als Spender von einer Millionen Dollar zustehen. Seine oberschlaue Bemerkung über leere Kalorien sollte dir Beweis genug sein. Der Kerl verabscheut Zucker.

Eingebildeter Schnösel.

Wütend und mit dem festen Vorsatz, zukünftig einen Bogen um die Bank zu machen, hebe ich die aufgeweichte Papiertüte auf und lege sie unten in den

Handkarren. Bei nächster Gelegenheit werde ich sie in der Mülltonne entsorgen.

Sollte Mr Vandas bei einem erneuten Aufeinandertreffen Kekse von mir haben wollen, wird er dafür bezahlen müssen. So wie jeder andere Zoobesucher auch. Es ist natürlich keine Garantie dafür, dass er sich in dem Fall zu benehmen weiß, aber zumindest ein kleiner Trost, ihm etwas Geld für die ständig leere Zoo-Kasse aus der Tasche gelockt zu haben.

Da ich Zeit habe und es im Zoo montagnachmittags eher ruhig zugeht, mache ich einen Schlenker zum *Chinesischen Garten*. Hier wird in zwölf Wochen, am 15. November, das *Christmas Paradise* eröffnet. Darauf freue ich mich schon jetzt. Der weihnachtliche Lichterglanz ist ein riesen Spektakel im *Green Lane Zoo* und wird bis Mitte Januar zusätzlich Geld in die Kassen spielen. Zu keiner Zeit ist das Zoorestaurant so gut besucht, wie zur *Christmas Paradise Time*. Außerdem sind dieses Jahr einige Neuerungen geplant, die für gehörig Aufsehen sorgen werden. Es wird eine ausgefallene Lasershow und zu Neujahr eine besondere Festlichkeit geben, auf der, neben einigen Prominenten, auch der Bürgermeister erwartet wird.

Vor dem Eingang zum *Chinesischen Garten* lasse ich meinen Handwagen stehen und gehe den schmalen Pfad aus geschwungenen Steinplatten bis zur Mitte des Pavillons. Die Person die ich suche, dürfte nicht allzu weit von der nach vorn geöffneten Terrasse des achteckigen Aussichtshäuschens, das momentan als Lagerraum dient, entfernt sein.

Volltreffer! Meine Vermutung war die richtige.

Den Kopf hinter einem offenstehenden Aluminiumkoffer versteckt, hockt Benton auf dem Boden und scheint nach etwas in der Kiste, die so groß wie ein Sarg ist, zu suchen. Ein aufgerolltes Verlängerungskabel hängt über seiner Schulter und unter dem Arm steckt etwas, dass nach einer Steckdose mit mindestens zehn Anschlussstellen aussieht.

»Hallo Mr Starr«, begrüße ich meinen Bruder, der sich prompt die Stirn am Kofferdeckel stößt.

»Aua!« Ein Schnaufen schallt aus dem Blechsarg. »Kortney! Verdammt! Musst du mich so erschrecken?«

Weil kleine Schwestern berechtigt sind zu kichern und sich über große Brüder lustig zu machen, tue ich das. Sogar mit Genugtuung.

»Entschuldige«, sage ich wenig mitfühlend und unterdrücke die Belustigung. Mein Bruder lässt keine Gelegenheit aus mich zu necken, weshalb ich augenblicklich wenig Reue für seine pochende Schädeldecke empfinde. Er hat mich früher so oft an den Zöpfen gezogen, dass ich mich mein Leben lang über ihn lustig machen könnte, ohne ein schlechtes Gewissen haben zu müssen.

Benton Starr ist Elektrotechniker und für die Lichteffekte im *Christmas Paradise* zuständig. Ohne ihn und seine fünf Mitarbeiter, sowie die zweitausend Glühbirnen, würde der Garten dunkel bleiben und der heißbegehrte Lichterglanz zur Weihnachtszeit ausfallen.

Unter Umständen sind es auch zweihunderttausend und nicht zweitausend Glühbirnen. Wenn mein Bruder anfängt über die Arbeit und irgendwelche Watt und Volt zu schwadronieren, schaltet mein Hirn sich ab. Hauptsache am Ende leuchtet alles hell, farbenfroh und sehr festlich. Wie es am Ende dazu gekommen ist und wie viel Arbeit in der eindrucksvollen Pracht steckt, ist mir und allen anderen Besuchern ziemlich egal.

»Bringst du mir etwas zu essen?«, fragt Benton und richtet sich zu voller Größe auf. Anders als ich, hat mein Bruder die Gene unseres Vaters abbekommen. Er misst ein Meter fünfundneunzig, hat breite Schultern und die Muskeln, die zu einem Handwerker, der körperliche Arbeit nicht scheut, gehören. Dass er nicht viel vom Rasieren hält und sich nur alle paar Tage um das Unkraut in seinem Gesicht kümmert, verleiht ihm zusätzlich etwas Verwegenes. Die Frauen in seinem Umfeld scheinen diesen Look zu mögen. Wie Hühner laufen sie ihm in Scharen hinterher.

Benton tippt mir an die Stirn. »Hallo, Kleine? Ich habe dich etwas gefragt. Träumst du mit offenen Augen oder muss ich mir Sorgen machen?«

Genervt, weil ich es nicht mag, wenn er meinen Kopf anfasst, schlage ich seinen Arm weg. »Natürlich habe ich Backwerk dabei. Ich bin auf dem Weg zu den Außenständen.« Mein Blick wandert umher. »Wie weit seid ihr?«

Bentons Miene erstrahlt, wie immer wenn er über seine Arbeit reden darf. »Dieses Jahr wird es nicht nur die aufsehenerregende Lasershow geben, von der jeder spricht. Nein, die Eröffnung wird sogar mit einem grandiosen Feuerspektakel gekrönt.«

»Einem Feuerspektakel?«, frage ich nach. Unglaublich. Mr Dontell scheint nur im Restaurant sparen zu müssen. Dem *Christmas Paradise* spendiert er sogar ein Feuerspektakel. Was auch immer das Tolles sein wird.

»Yep. Feuer, Feuer und noch mehr Feuer.«

Bentons Augen bekommen diesen Glanz, der mir immer ein wenig Angst macht. Schon als kleiner Junge hat er gerne gezündelt und mehr Sachen in Brand gesteckt als der Durchschnittsjunge in seinem Alter. Sobald es um Flammen geht, legt mein Bruder kein gesundes Verhalten an den Tag.

»Ich hoffe für die Tiere und den Zoo, dass ein Pyrotechniker sich um dieses spezielle Feuerspektakel kümmert.« Mein Bruder bringt es fertig und fackelt den kompletten *Chinesischen Garten* ab.

»Hast du Angst, ich wäre für die Effekte zuständig?« Er klingt nicht beleidigt, eher ein wenig angefressen.

»Irgendwie schon.« Warum soll ich lügen?

»Die Performance der Feuershow mit all ihren *Special Effects* übernimmt ein Künstlerduo aus Europa«, erklärt Bent mit Stolz in der Stimme, als würde er das Duo bereits kennen und sogar dazugehören. »Du müsstest mal die Requisiten sehen, die bereits geliefert worden sind. Ich sage nur wow. Einfach wow!«

»Benton …«

»Was?«

»Lass die Finger von den Sachen. Sie gehören dir nicht. Mit Feuer zu spielen ist gefährlich. Hat Mom dir das nicht schon oft genug gesagt?«

Großartig! Jetzt klinge ich wie unsere Mutter.

Bentons Gesichtsausdruck zieht sich zusammen. »Für jemanden wie dich, der nur selten hinterm Ofen vorkommt, wird die Show sicher ein Highlight«, ignoriert er meine Stichelei. »Dein Jahreshighlight, Kort.«

Natürlich möchte Bent mich mit der Aussage verletzen. Schließlich habe ich ihn gerade wie ein Kind behandelt. Außerdem habe ich seinen Drang zu zündeln erwähnt. Verständlich, dass er es mir mit gleicher Münze heimzahlen möchte.

Dass er mit der Bemerkung den Ofen betreffend, nicht mal unrecht hat, schmerzt tatsächlich ein wenig. Leider komme ich wirklich kaum aus der Küche. Stunde um Stunde probiere ich neue Rezepte aus und backe. Aber mein Traum von einer eigenen Bakery im Zentrum von Boston finanziert sich eben nicht, indem man sein Leben genießt und sich einen faulen Lenz macht. Ich arbeite gefühlt rund um die Uhr und spare jeden Cent, um in zehn Jahren meinem Traum ein Stück näher gekommen zu sein.

Hier im Zoorestaurant habe ich unendlich viele Möglichkeiten Neues auszuprobieren und sie von einer breit gefächerten Zielgruppe testen zu lassen. Nur aus dem Grund konnte ich im letzten Jahr ein Händchen für die Vorlieben der unterschiedlichen Besucher entwickeln. Mit der hier gesammelten Erfahrung muss meine eigene Bakery ein Erfolg werden. Nichts anderes ist vorstellbar. Nur deshalb lege ich mich so ins Zeug und versuche, mich mit dem überaus schwierigen Zoodirektor gutzustellen. Bisher hat er mir freie Hand in meinen Entscheidungen gelassen. Jedenfalls bevor er auf die Idee mit dem Tassenpudding aus der Mikrowelle gekommen ist. Es wird sich zeigen was die Zukunft bringt.

»Wenn du das Künstlerduo dermaßen anpreist«, komme ich zum Thema zurück und unterdrücke meine Gefühle, »dann werde ich mich auf dieses feurige Jahreshighlight freuen.« Mit etwas Mühe setze ich ein Lächeln auf, schließlich bin ich nicht gekommen, um zu streiten. »Möchtest du ein paar Cookies für dich und deine Männer?«

»Kort, du Wunderbare!« Benton legt eine Hand auf seinen Magen und stößt einen genüsslichen Laut aus. »Ich dachte schon, du fragst nie.« Bevor ich es verhindern kann strubbelt mein nerviger Bruder mir durch die Haare und grinst als wäre nichts gewesen. »Hast du auch diese göttlichen, viel zu süßen Marshmallow Cake-Pops dabei?«

Kapitel 4

Jackson

Nächsten Sonntag

Einer der wenigen Tage, an denen Shalita und ich uns noch über den Weg laufen, ist der Sonntag. Da wir beide keine Langschläfer sind, frühstücken wir in der Regel gemeinsam. Früher – vor Jahren – war unser morgendliches Beisammensein mein Wochenhighlight. Wir haben geredet, uns gegenseitig lustige Anekdoten erzählt und den anderen nicht aus den Augen gelassen. Shalitas seidiger Morgenmantel stand an manchen Sonntagen besonders weit offen. Ich habe es geliebt, wenn meine Frau mich tief hat blicken lassen. Nicht selten haben wir unser Frühstück abgebrochen und sind noch mal zurück ins Bett gekrochen, um einen ganz anderen Hunger zu stillen.

Die Zeiten sind lange her.

O Gott!

Wann habe ich das letzte Mal mit meiner Frau geschlafen? Es ist erbärmlich, aber ich weiß es nicht. Sicher ist es Monate her, vielleicht sogar ein Jahr. Meine Frau und ich, wir haben uns auseinandergelebt. Nicht nur das. Wir haben uns verändert.

Jeder Mensch tut das im Laufe seines Lebens. Ein gewisser Wandel ist normal und gehört zum Altwerden dazu.

Fakt ist, dass ich die neue reifere Version meiner Frau nicht mehr leiden kann. Shalita Vandas ist zu einer mir fremden Person geworden. Einer, die ich nicht verstehe und schon lange nicht mehr liebe. Meine Arbeit und meine häufige Abwesenheit von Zuhause mögen Hauptgründe für ihre Veränderung gewesen sein. Leider.

Obwohl es mir nicht gefällt, einen Großteil der Schuld zu tragen, ist die Tatsache irgendwie nicht von der Hand zu weisen. Wir haben uns entfremdet – auseinandergelebt. Dass unsere Ehe kinderlos geblieben ist, hat uns zusätzlich beeinträchtigt und verhindert, dass unser Bund ein Bindemittel bekommt. Müsste ich raten, würde ich sagen, dass Shalita mittlerweile ebenso wenig Liebe für mich empfindet, wie ich für sie.

Was hat Andrew von mir verlangt?

Zeig dich mit deiner Frau in der Öffentlichkeit. Macht einen auf »verliebtes Ehepaar«.

Es ist zum aus der Haut fahren. Lieber würde ich dem Zoo eine weitere Million Dollar spenden als Shalita um einen Gefallen wie diesen zu bitten.

Du kannst das Jack. Ihr habt schon unzählige Galas besucht. Außerdem liebt Shalita sündhaft teure Abendkleider. Lock sie mit einem Designerfummel, dann wird sie zustimmen.

Ich stoße einen leisen Seufzer aus und blicke meine Frau an, die mir am Kopfende unseres Esszimmertisches gegenübersitzt. Ein seidiger Morgenmantel ist immer noch ihr bevorzugtes Frühstücksoutfit. Es ist mittlerweile ein anderer, aber er ist so sexy wie sein Vorgänger. Nur dass Shalita ihn jetzt hochgeschlossen trägt. Als müsste sie sich dahinter vor mir und meinen Blicken verstecken. Verrückter Gedanke.

Meine Frau trägt ein leichtes Make-up, sowie eine Halskette und Ohrringe. Und das, obwohl sie gerade erst aufgestanden ist. Es ist nicht ihre Ich-präsentiere-mein-Gesicht-der öffentlichkeit-Bemalung. Aber sogar ein Laie wie ich erkennt die aufgeklebten Wimpern und die unnatürlich glänzenden Lippen.

War Shalita früher auch zum Frühstück geschminkt? Ihr freizügiges Dekolleté hat sich mir eingeprägt, an die nach oben gebogenen Wimpern erinnere ich mich nicht.

Die Tatsache ist peinlich und ich schäme mich ein wenig. Was sagt das über mich aus? Verdammt! Ich halte mich nicht für oberflächlich. Bestimmt war sie früher *nicht* geschminkt. Nein. Der Hang zum Malen hat erst in den letzten Jahren zugenommen. Seit Shalita ein graues Haar gleich hinter ihrer Schläfe entdeckt hat. Mit dem einzelnen Übeltäter hat die Veränderung ihren Lauf genommen.

»Was hast du fürs Wochenende geplant?«, wage ich den Vorstoß. Damit sie mir meine Unsicherheit nicht gleich am Gesicht abliest, greife ich nach der Kaffeetasse und trinke. So kann ich wenigstens einen Teil meiner wenig begeisterten Miene verstecken.

Shalita hebt den Blick. »Warum interessiert dich, was ich plane?« Misstrauen, welches ich ihr nicht verdenken kann, schwingt mit. Ich habe schon lange keine Unterhaltung mehr angefangen. Schon gar nicht beim Frühstück.

»Nur so.« Unbeholfen stelle ich die Tasse auf den Unterteller. Sie wackelt.

Bravo, Jackson. Wie alt bist du eigentlich?

»Vielleicht gehe ich mit Serina zu den Hendersons. Unsere Nachbarn weihen den neuen Wintergarten ein und veranstalten ein Barbecue. Wir sind eingeladen.«

Mein Kinn senkt sich und mein Kopf fängt an zu nicken. »Die Hendersons haben im großen Stil an- und umgebaut. Ich erinnere mich, dass wir auch ein Angebot abgegeben haben.« Offensichtlich haben unsere Nachbarn sich für ein anderes Bauunternehmen entschieden.

Shalita ignoriert meine Bemerkung. »Serina hat Zeit und ich auch. Könnte lustig werden.«

Serina ist Shalitas beste Freundin aus Kindertagen. Oft schon hat sie meinen Platz eingenommen, wenn ich beruflich bedingt nicht an Shalitas Seite sein konnte. Die beiden Frauen sind wie Schwestern füreinander.

»Was hältst du von der Idee, dass *ich* dich begleite?« Die Grillparty bei den Hendersons ist zwar keine Gala und die Lokalpresse wird nicht davon berichten, doch es ist ein Anfang. Und irgendwo muss ich schließlich anfangen, wenn ich Shalita auf meine Seite locken will. Von sich aus wird sie mich nicht unterstützen wollen.

»Nichts.«

»Nichts?« Höre ich da eine gewisse Angriffslust heraus? Warum starrt meine Frau mich derart verkniffen an?

»Yep. Genau. Ich halte nichts davon. Ich gehe mit Serina.« Shalitas Miene verschließt sich, ihr Mund wird zu einem geraden Strich.

Okay. Planänderung. Mein Vorhaben wird um einiges schwieriger als ich angenommen hatte. Mit einer derartigen Gegenwehr habe ich nicht gerechnet. Höchste Zeit ein paar ehrliche Worte auszusprechen.

»Andrew möchte, dass wir uns zusammen in der Öffentlichkeit zeigen und …« hier mache ich eine bedeutungsvolle Pause, »… gemeinsam Händchen halten.« Die letzten Worte klingen lächerlich. Warum habe ich das überhaupt gesagt?

Shalita schiebt die Klatschzeitung, für die sie eine Vorliebe hat und die neben ihrem Teller liegt, zur Seite und blickt mich über die Mitte des Tisches hinweg an.

»Ich will die Scheidung.«

Hä!?

Bitte?

Habe ich mich verhört? Haben wir nicht gerade noch über das Barbecue bei den Hendersons geredet?

»Was möchtest du?«, frage ich nach, weil ich es nicht glauben kann. Shalita liebt den Luxus, den ich ihr biete über alles. Für nichts auf der Welt würde sie den aufgeben. Wir haben einen Ehevertrag geschlossen, der ihr nicht viel lässt, sollte der Trennungswunsch von ihr ausgehen.

»Ich will mich von dir scheiden lassen, Jackson. Außerdem möchte ich meinen Mädchennamen wieder annehmen. Du hast den Namen Vandas in den Schmutz gezogen und mich lächerlich gemacht. Als deine Frau stehe ich im Fadenkreuz und muss deinen Mist ausbaden. Nicht nur die negativ Schlagzeilen *Vandas Construction* betreffend, auch deine unzähligen Liebschaften, mit denen du dich zu gerne ablichten lässt, nerven mich.« Shalita hebt das Kinn, schiebt ihren Stuhl zurück und steht auf. »Genug ist genug.« Sie zieht den Gürtel um ihren Morgenmantel stramm. »Ich möchte nicht mehr mit dir verheiratet sein. Meine Gefühle für dich sind erloschen. Ich gehe!«

Ganz die Dramaqueen fliegen ihre Haare, als sie sich schwungvoll umdreht, um mit wackelnden Hüften davon zu stolzieren. Mir bleibt nichts anderes zu tun als ihr hinterher zu starren.

Verflixt! Wie ungünstig.

Diese Wendung der Dinge ist wahrlich eine Überraschung. Fassungslos starre ich auf den leeren Platz mir gegenüber.

Und nun? Wie soll ich Andrew dieses Dilemma erklären? Er wird von der Entwicklung nicht begeistert sein.

Um mich zu sammeln und einen Moment über Shalitas Verhalten nachzugrübeln, trinke ich einen weiteren Schluck Kaffee, der mittlerweile kalt ist.

Sollte ich mich nicht schlecht fühlen? Oder zumindest traurig? Meine Frau hat mir gerade offenbart, dass sie die Scheidung möchte. Sie hat mich am Tisch sitzen lassen und ist davonstolziert.

Ein Lächeln breitet sich auf meinen Lippen aus und dass, obwohl das Gebräu in meinem Mund plötzlich bitter schmeckt. Eine Trennung … das wäre zu schön um wahr zu sein. Würde Shalita tatsächlich die Scheidung einreichen, würde ich die Papiere umgehend und mit Freude unterschreiben und sie ziehen lassen.

Himmel Ja!

Die Entwicklung würde mir gefallen. Sehr sogar.

Stopp!

Bevor ich in Euphorie ausbreche, dämpfe ich das aufsteigende Gefühl, das sich stark nach Freude anfühlt.

Langsam Jackson – langsam. Nichts ist entschieden.

Bedauerlicherweise glaube ich nicht daran, dass sie zu einem Anwalt geht und ihre Drohung in die Tat umsetzt. Zugegeben ihre Miene und auch ihre boshaft ausgesprochenen Worte lassen vermuten, dass sie es ernst meint und mich zu gerne bloßstellen würde. Aber … nein, sicher hat Shalita unseren Ehevertrag vergessen. Sobald ihr klar wird, dass sie nach der Trennung arm wie eine Kirchenmaus ist, wird sie es sich anders überlegen und sich brav an meine Seite stellen. Es ist nur eine Frage der Zeit. Vermutlich wird sie nicht mit mir Händchen halten, aber zu einer Gala wird sie mich begleiten. Da bin ich absolut sicher. Shalita ist berechenbar.

Da ich wenig Zeit habe und – laut Andrew – umgehend ein paar positive Schlagzeilen brauche, greife ich nach meinem Handy und wähle seine Nummer. Mein Freund und Berater geht nach dem zweiten Klingeln ran. Andrew ist 24/7 erreichbar. Sogar sonntags ist er rund um die Uhr bereit, die Welt zu retten. Für mich.

»Andrew! Gut, du bist wach! Ich brauche deine Hilfe, sonst wird das nichts mit den positiven Schlagzeilen«, platze ich heraus, noch bevor er mir einen guten Morgen wünschen kann. »Kauf ein Abendkleid für meine Frau. Am besten ein außergewöhnliches Einzelstück eines bekannten Designers. Der Preis spielt keine Rolle.« Knauserig sein liegt mir nicht. Nicht mal, wenn Shalita mich ärgern möchte.

»Okay.« Mein Gesprächspartner stößt ein Gähnen aus.

»Und anschließend wählst du bitte eine Veranstaltung oder eine Party aus, zu der meine Frau mich begleiten kann. So wie du es vorgeschlagen hast. Am besten etwas, wo viele Fotos gemacht werden. Ein roter Teppich würde Shalita gefallen, da kann sie ihr neues Kleid zur Schau stellen.« Ich kratze mich am Kopf und überlege, ob ich etwas vergessen habe. »Andrew?«, frage ich, weil mein Freund schweigt. »Bist du wieder eingeschlafen?«

»Nein.« Erneut höre ich ein langgezogenes Gähnen. »Vielleicht ein bisschen. Weißt du wie spät es ist?«

Rasch nehme ich das Handy vom Ohr und blicke auf das Display. »Kurz nach neun.«

Ein Stöhnen ertönt. »Es ist Sonntag, Jackson! Verdammt.«

»Stimmt.« Ein Grinsen kann ich mir nicht verkneifen. Andrew ist ein Morgenmuffel der übelsten Sorte. »Warum schaltest du dein Handy nicht auf stumm, wenn du ausschlafen möchtest?«

»Ab morgen mache ich das. Du zahlst mir nicht genug für die Schlafstörungen, die du bei mir verursachst.« Der Tonfall ist verbissen, leicht anklagend. »Gibt es sonst noch etwas, dass der werte Herr benötigt? – Um diese Uhrzeit?«

Himmel, da ist aber jemand empfindlich.

»Nein. Dreh dich um, schlaf weiter, aber vergiss das Kleid nicht. Mein PR-Berater wird sauer, sollte ich mich nicht schnellstens mit meiner Frau in der Öffentlichkeit zeigen.« Es ist ein schwacher Versuch witzig zu klingen.

Bevor Andrew das Gespräch unterbricht, höre ich ihn noch etwas Unverständliches murmeln. Es klingt wie … Milchmann.

Milchmann? Oder … meint er Mistkerl?

Kapitel 5

Kortney

Eine Woche später

Die letzten Tage sind wie im Fluge vergangen. Der Mikrowellenpudding kam nicht mehr zur Sprache und ich fand sogar ein wenig Zeit, um ein neues Rezept für Karamell-Cake-Cops auszuprobieren. Das Ergebnis war nicht zufriedenstellend, aber es ging in die richtige Richtung. Eventuell fehlte Salz.

Gerade ziehe ich eine neue Ladung Wild Animal Cookies aus dem Ofen, da schwingt die Tür zur Küche auf und Colin schneit herein. Selbstbewusst und breit grinsend, wie ich es von ihm gewohnt bin. Der Sohn des Zoodirektors, der oft die gleichen maßgeschneiderten Anzüge wie sein Vater trägt, ist eine ständige Frohnatur. Er ist achtundzwanzig und damit nur ein Jahr älter als ich. Wie der Posten, den er im *Green Lane Zoo* innehat, genau betitelt wird, weiß nur Colin selbst. Vielleicht noch sein Vater, denn Mr Dontell hat dafür gesorgt, dass sein Sohn nach dem Studium einen Job mit Aufstiegschancen bekommt. Colin tritt in der Öffentlichkeit auch als inoffizieller Stellvertreter des Zoos auf.

Ob er über die Einsparungen, die sein Vater in Kürze im Restaurant vornehmen will, Bescheid weiß? Sollte er eingeweiht sein, habe ich unter Umständen die Chance das Ruder nochmal herumzureißen. Colin ist nett und er mag mich. Ständig möchte er mich zu einem Date einladen. Wenn ich ihn richtig einschätze, ist es ihm ein Bedürfnis, mir einen Wunsch zu erfüllen und den Einzug des Mikrowellenpuddings zu verhindern.

O Gott! Ja!

Hoffentlich liege ich richtig. Die Vorstellung wäre zu schön um wahr zu sein. Bye bye pampige Mikrowellenkost.

»Hey du, lange nicht gesehen«, begrüßt mein Besuch mich und gibt mir ein Küsschen auf jede Wange. Wie immer deutet Colin das Küsschen nur an und berührt meine Haut nicht mit seinen Lippen. Zum Glück. Ich lasse mich nicht gerne von Vorgesetzten küssen. Es wirkt immer ein wenig unanständig – zumindest während der Arbeitszeit und in der Küche. Und erst recht, wenn diese *Küsschen* vom Sohnemann persönlich kommen. Niemand soll denken, dass ich es darauf anlege. Meinen Job habe ich, weil ich gut darin bin, nicht weil ich mit meinem Arbeitgeber ausgehe.

Die Küsschen-Geste ist nur eine von Colins vornehmlichen Eigenheiten. Sein Blick wandert für meinen Geschmack ein wenig zu oft in meinen Ausschnitt. Er ist nie anmaßend oder übertrieben aufdringlich, aber so freimütig, dass es auffällt. Es schmeichelt mir, trotzdem finde ich es manchmal unpassend.

»Hallo Colin«, antworte ich und nehme einen Keks von dem Blech mit den abgekühlten Leckereien. »Möchtest du probieren? Sie sind ganz frisch.«

Colin sieht mir tief in die Augen und nicht auf den Keks. Prompt schießt mir Hitze ins Gesicht. Ich kann es nicht verhindern. Es geschieht automatisch. Was soll der Blick bedeuten? Ist das eine Anmache, die ich nicht verstehe?

Gerade will ich meine Hand zurückziehen, da schüttelt er den Kopf und greift nach meinem Handgelenk. »Warte. Ich habe es mir anders überlegt – ich möchte doch.« Er lächelt und ein Grübchen erscheint auf seiner Wange. »Ich sollte kein ungesundes Zeug essen, aber ich kann einfach nicht widerstehen. Frisch gebackene Kekse riechen einfach göttlich.«

»Bist du auf Diät?« Sofort muss ich an Mike vom Außenstand denken. Mein Kollege hat ein winziges Bäuchlein, aber Colin … Colin geht regelmäßig ins Fitnessstudio und trainiert seine Muskeln gezielt. Er könnte jederzeit auf der Titelseite einer Zeitung posieren. Oberkörperfrei.

»Nein.« Er beißt dem Schokoladen-Haselnuss-Büffel den Kopf ab und kaut grinsend. Ich komme nicht drumherum, sein Grübchen zu bewundern, wiedermal. Keine Ahnung, was ich von dem Mann halten soll. Möglicherweise sollte ich seine nächste Einladung zu einem Date annehmen und es herausfinden. Einen Versuch wäre es wert. Colin ist attraktiv, außerdem liebt er die Zootiere, genau wie ich. Vermutlich ist er einnehmend und charmant, und seine anzügliche Art ist nur einer gewissen Unbeholfenheit geschuldet. Ich könnte ihm bei nächster Gelegenheit eine Chance geben.

Verdammte Zwickmühle! In dem Fall würde ich mit meinem Grundsatz brechen, nicht mit Höhergestellten der gleichen Firma auszugehen.

»Warum bist du in meiner Küche?« Flink positioniere ich die nächsten Teigkugeln auf dem Blech und weiche Colins schmachtenden Blicken aus.

»Pesche«, kommt es ihm undeutlich über die Lippen, bevor er die letzten Krümel schlucken kann. »Ich meine natürlich: Presse.« Der Keksesser räuspert sich und ich reiche ihm eine Flasche Wasser, die nah beim Kühlschrank steht.

»Gläser findest du in der Spülmaschine. Sie ist sauber.«

»Danke. Es liegt nicht an deinem Backwerk. Das ist wie immer superlecker. Aber mein Hals fühlt sich furchtbar an. So kratzig. Bestimmt bekomme ich eine Erkältung.«

Möchte Colin vom Thema ablenken oder Mitleid erhaschen? Manchmal werde ich nicht schlau aus ihm.

»Warum ist die Presse im Zoo?«, frage ich seine Wehwehchen ignorierend, und hantiere weiter mit der rohen Teigmasse. Hoffentlich erscheine ich nicht zu neugierig.

»Berichterstattung.« Colin trinkt einen Schluck Wasser. »Es wird zu ehren von *Vandas Construction* ein Bankett geben. Nächste Woche. Wir feiern Mr Vandas großzügige Spende und hoffen, dass sich unter den geladenen

Gästen weitere Unternehmen befinden, die gerne zum Scheckbuch greifen würden.« Er zwinkert mir zu. »Geld kann der Zoo schließlich nie genug haben.«

»Dann wird die Zeitung das Bankett und die Ehrung in der Lokalpresse ankündigen und für uns die Werbetrommel rühren?«, schlussfolgere ich. Mr Dontell weiß, wie er jede noch so kleine Gelegenheit vorteilhaft ausschlachten kann. Für den Zoo ist das ein Segen.

»Genau, deswegen kommt heute ein Vertreter der Zeitung. Er wird Jackson M. Vandas ein paar Fragen zum zukünftigen Elefantenhaus stellen, und mir als Stellvertretender Zoodirektor ebenfalls.«

Colin stellt das Wasser zur Seite und blickt sich suchend in der Küche um. »Hast du ein paar Kekse für unsere Dreierrunde übrig? Mit deinen besten Kreationen, noch warm aus dem Ofen, könnten wir gehörig Eindruck bei dem Journalisten schinden.«

Grundgütiger!

Colins Ideen sind brillant. Am liebsten würde ich ihm um den Hals fallen und vor Freude ins Ohr jauchzen.

An manchen Tagen kommt das Glück von ganz allein zu einem.

»Aber natürlich. Klar doch!« Vor Aufregung lasse ich beinahe das Blech fallen, das ich gerade zum Ofen bringen wollte. Jemand von der Zeitung kommt und probiert meine Kekse. Wie cool ist das denn bitteschön?

So eine Chance ist mit Geld nicht aufzuwiegen. Sollten dem Reporter meine Cookies schmecken, schickt er möglicherweise seine Kollegin für den Bereich *Kulinarisches* zu mir. Wahnsinn. Ich könnte bereits morgen ein Interview geben.

Bleib locker, Kortney. Du übertreibst. Schalt einen Gang runter und atme tief durch.

»Lass mich das Blech für euch abbacken.« Mit einem Lächeln deute ich auf die Kekse, die vor wenigen Augenblicken beinahe zu Boden gegangen wären. »Sie werden dann sicher noch warm sein, wenn eure Besprechung beginnt.«

»Perfekt.« Colin schlägt die Hände zusammen. »Danke, Kort. Ofenfrisch munden sie am besten.«

Routiniert und einhändig öffne ich die Klappe am Ofen und schiebe das Blech hinein. Sicherheitshalber checke ich die Temperaturanzeige. Mit diesen Keksen darf nichts schiefgehen. Sie sind wichtig. Sie könnten meine Zukunft bestimmen.

Colin beobachtet meine Handgriffe mit Argusaugen. Starrt er mir etwa auf den Hintern? Es fühlt sich ein wenig so an.

»Du und deine Kinderuhr«, sagt er plötzlich und stößt ein Glucksen aus. Also hat er mir nicht auf den Hintern gestarrt.

»Lach nicht.« Die Ofentür schließt sich und die Küchenhandschuhe landen auf der Arbeitsfläche. »Ich habe eben ein schmales Handgelenk und nur begrenzte Auswahlmöglichkeiten. Kinderuhren passen meist perfekt.« Fast schon liebevoll streichele ich das Schmuckstück, das auch aus einem Kaugummiautomaten hätte stammen können. »Außerdem brauche ich für die Arbeit in der Küche nichts Kostspieliges. Der Mehlstaub und die ständige Hitze bekommen Armbanduhren nicht sonderlich gut.«

»Das ist deine Meinung.« Colin lächelt. Er gehört zu den Menschen, die aufs Handy sehen, wenn sie wissen wollen, wie spät es ist. Eine Armbanduhr habe ich an ihm noch nie gesehen. »Bringst du uns die Kekse in den Speisesaal, sobald sie fertig sind?«

»Natürlich.«

Colin setzt sich in Bewegung. »Ach …« Er dreht sich noch mal um. »Und Kaffee. Und Wasser und … vielleicht auch ein wenig Apfelschorle. Keine Ahnung, was wir an Getränken brauchen werden. Besser wir sind auf alles vorbereitet.« Er zwinkert mir zu und ich bin verwirrt. Hat er mich gerade zum Kellnern aus der Küche geholt? Verwunderlich ist es nicht. Das Restaurant öffnet erst in zwei Stunden. Außer mir ist niemand im Haus. Die Kollegen und Kolleginnen aus dem Service kommen frühestens in einer Stunde.

»Okay.« Was soll ich auch anders antworten?

»Und Kortney …« Er bleibt erneut stehen. »Leg die Schürze ab und kämm dir die Haare, bevor du den Gastraum betrittst. Wir wollen doch keinen schlechten Eindruck hinterlassen.«

Bitte? Was soll der Spruch?

Warum hat Colin das gesagt? Sehe ich furchtbar aus? So schlimm kann es nicht sein. Meine Schicht hat erst vor einer Stunde angefangen. Ich bin weder verschwitzt, noch habe ich Flecken auf meiner Kochjacke. Sie ist sauber und riecht sogar leicht nach Waschmittel.

Colin hat es mit wenigen Worten geschafft, mir die Laune zu verderben. Ausnahmsweise lasse ich ihm das durchgehen. Bestimmt macht ihn das bevorstehende Treffen nervös. Nur selten wälzt sein Vater diese wichtige Arbeit auf ihn ab.

Hoffentlich steht unser Gast von der Presse auf Süßes. Dass es bei Jackson M. Vandas nicht so ist, weiß ich schließlich schon.

Achtzehn Minuten später ziehe ich die fertigen Cookies aus dem Backofen. Sie riechen köstlich und haben den perfekten Bräunungsgrad. Bevor ich die Ofenklappe geöffnet habe, habe ich die Tür zum Restaurantbereich mit einem Keil festgestellt. Für gewöhnlich bleibt die Schwingtür geschlossen, aber heute … ich möchte, dass sich der Duft von Mandeln und Kakao im gesamten Restaurant verteilt. Dieser warme Wohlfühlgeruch ist mein persönliches Lockmittel, welches ich nicht scheue für meine Zwecke einzusetzen. Es geht hier schließlich um meine Karriere.

Meine Hände fangen an zu zittern, sobald ich mir vorstelle, dass ein Bericht über meine Kekskreationen in der Zeitung abgedruckt werden könnte. Wahnsinn. Einfach unglaublich. Bisher gab es nichts Dergleichen.

Im Fall der Fälle würde ich natürlich mindestens hundert Zeitungen kaufen und mir den Presseartikel, samt Foto von mir und meinen geliebten Wild Animal

Cookies, einrahmen lassen. Ich würde es nicht selbstmachen, nein, ich würde den Zeitungsausschnitt in einen dieser Läden bringen, die sich auf Rahmungen spezialisiert haben und ein farblich abgestimmtes Passepartout aussuchen. Ich könnte mir einen leichten Rosé-Ton vorstellen. Rosé soll das Branding meiner Bakery werden – irgendwann mal. Sobald ich genug gespart habe und mein Traum in greifbare Nähe rückt.

Was für eine fixe Idee. Kortney, wenn du noch lange rumstehst und grübelst, rückt nichts davon in deine Nähe.

Mit der Ermahnung reiße ich mich zusammen und lege die Schürze ab, wie Colin es von mir verlangt hat. Ich fahre mir sogar kurz durch die Haare, wasche mir noch mal die Hände und lege anschließend die warmen Cookies auf einen Präsentierteller.

Da leise Stimmen zu mir in die Küche dringen, gehe ich davon aus, dass der begehrte Besuch bereits da ist. Offensichtlich erwartet Colin, dass ich ohne Aufforderung die Kekse serviere.

Dann mal los!

Nach einem tiefen Durchatmen schnappe ich mir den Teller, positioniere ihn auf meinem Unterarm und mache mich bereit, meine Backkunst der Presse zu präsentieren.

Colin, Jackson M. Vandas und ein Mann mit ergrautem Vollbart sitzen an unserem besten Tisch mit Ausblick in den Zoo. Sobald das Elefantenhaus fertiggestellt ist kann der Gast beim Essen durch das Panoramafenster die Elefanten bewundern. Es ist nicht schwer zu erraten, warum Colin ausgerechnet diesen

Tisch ausgewählt hat. Von hier können alle den Fortschritt des Bauprojektes bewundern. Da das Restaurant noch geschlossen ist, hat die Dreiergruppe genügend Ruhe und Privatsphäre.

»Ah, da ist sie ja«, meint Colin, kaum dass ich mich dem Tisch nähere. »Mr Vandas, Mr Silverman, darf ich Ihnen unsere süße Bäckerin vorstellen? Das ist Kortney Starr.«

Süße Bäckerin? Hat Colin mich gerade süße Bäckerin genannt? Vor diesen wichtigen Leuten? Habe ich mir Herzchen auf die Wangen gemalt, von denen ich nichts weiß? Wieso bin ich süß?

»Guten Tag, die Herren«, sage ich tapfer und schlucke meine Entrüstung hinunter. Dafür ist später immer noch Zeit. »Ich bringe Ihnen ein paar unserer beliebten Wild Animal Cookies.« Die reichlich gefüllte Servierplatte platziere ich mittig auf dem Tisch. »Sie kommen gerade aus dem Ofen und sind noch warm.«

Ich richte mich auf und strahle den Mann von der Presse an. Jackson M. Vandas würdige ich keines Blickes. Seine Meinung zu meinen Keksen kenne ich bereits, schließlich habe ich meine Köstlichkeiten auf dem Boden im Dreck wiedergefunden. Eine deutlichere Sprache gibt es kaum.

»Oh!« Die Augen des Journalisten leuchten groß und hell, als wäre bereits Weihnachten. »Die sehen ja kreativ aus – und so verlockend!«

»Danke.« Stolz schwellt meine Brust. »Sie entstehen ohne vorgefertigte Form. Jedes Tierchen ist somit ein

Unikat. Unsere Wild Animal Cookies sind das Highlight des *Green Lane Zoos.*«

Von Links kommt ein empörtes Schnauben.

»Jetzt übertreibst du, Kortney. Das Highlight sind sicher nicht deine Kekskreationen.« Colin blickt entschuldigend in die Runde und ich spüre den verbalen Dämpfer wie einen Magenschwinger. »Unser neues Elefantenhaus ist das Highlight. Nicht deine Kekse.«

Wie peinlich.

Natürlich sind meine Kekse wichtig. Nur nicht so wichtig. Offenbar hat Colin beschlossen, meine Vorlage zu nutzen, um Jackson M. Vandas ein wenig Honig um den Bart zu schmieren.

Mit nicht mehr ganz so geschwellter Brust sehe ich zu dem Wohltäter und checke die Lage. Der Bauunternehmer lächelt ein winziges bisschen und scheint mir nicht böse zu sein. Wenigstens etwas. Zum Glück verkneift er sich einen Kommentar.

»Bitte, meine Herren, lassen Sie sich die Kekse schmecken«, fordere ich die Dreiergruppe mit einer Geste auf. Gerade als ich mich vom Tisch entfernen will, nicht dass ich mich erneut ins Fettnäpfchen setze, meldet sich der Pressemann.

»Ist Zucker in diesen Wild Animal Cookies?«

»Zucker?«, frage ich nach, weil ich glaube, mich verhört zu haben. Wie kann denn jemand annehmen, dass Kekse ohne Zucker gebacken werden? Wie würde das schmecken?

»Ja, Zucker?«

Umgehend bekomme ich einen entschuldigenden Blick zugeworfen. »Ich bin Diabetiker und darf nicht alle Backwaren essen. » Er verzieht das Gesicht und schiebt die Servierplatte ein Stück von sich weg, als bestünde die Gefahr, dass die böse Süßigkeit ihm direkt ins Gesicht springt. »Zu Weihnachten und Ostern, wenn in den Geschäften ein Übermaß an überzuckerten Köstlichkeiten angeboten wird, ist es besonders schlimm für mich.« Seiner Tonlage zufolge, möchte er eine extra Portion Mitleid für diese Ungerechtigkeit.

Aus und vorbei. Die Seifenblase ist geplatzt.

Keine Empfehlung für den Bereich Kulinarisches. Es wird keinen Artikel über mich und meine Meisterwerke in der Tageszeitung geben. Mein Können bleibt vorerst unentdeckt. So schnell ist der Ruhm verpufft.

Er war noch gar nicht da, Kortney.

Mit einem seltsamen Gefühl im Bauch sacken meine Schultern nach vorn. Enttäuschung lässt meine Haltung regelrecht in sich zusammenfallen. Was soll ich antworten? Erwartet Colin, dass ich Verständnis für das Leiden des Journalisten bekunde? Erwartet der Zuckerkranke das? Zählt Diabetes als Behinderung?

Verdammt!

»Entschuldigen Sie …«, sage ich meine Hände knetend, weil ich nicht weiß, wohin mit ihnen. »… in unseren Wild Animal Cookies ist selbstverständlich Zucker enthalten. Wenn Sie möchten kann ich Ihnen etwas anderes bringen.« Unverzüglich fängt mein Gehirn an zu arbeiten. Obst wäre sicher auch nicht richtig. Der Fruchtzucker wäre genauso ungesund.

»Nein, danke«, kommt die Antwort von dem Journalisten. Er klingt missgestimmt. Ob er von mir genervt ist oder nur frustriert, weil er mal wieder verzichten muss, kann ich nicht sagen.

Was für ein schreckliches Dilemma.

Wahrscheinlich, … wenn ich mich zusammenreiße, komme ich mit einem aufgesetzten Lächeln davon. Lächeln und sich leise und unauffällig zurückziehen. Ist doch ganz einfach.

»Möchten Sie Kaffee?«, höre ich Colin fragen, während ich mich langsam, und die Haltung wahrend, vom Tisch entferne.

Bloß zurück in die Küche. Soll Colin sich selbst um den Kaffee kümmern. Am besten ich backe die nächste Ladung Kekse und vergesse, dass ich gerade die Gelegenheit meines Lebens verpasse. Ein kleiner Keksvorrat für die nächsten Tage kann schließlich nicht schaden. Wenn ich mich voller Eifer in die Arbeit stürze, denke ich wenigstens nicht über verpasste Chancen und mieses Karma nach.

»Kortney?« Höre ich die Stimme in meinem Rücken.

Hat Colin mich mehr als einmal angesprochen? Sein scharfer Tonfall lässt darauf schließen. Seine gute Laune von vorhin scheint wie weggeblasen. Ich drehe mich zu ihm um. »Ja?«

»Kaffee! Hast du nicht zugehört? Unsere Gäste möchten Kaffee. Übernimmst du das – bitte!«

Natürlich. So kann es gehen. Von der kreativen »süßen« Bäckerin zur Kellnerin in wenigen Sekunden.

»Aber natürlich.« Mein Kiefer mahlt, während ich die drei Schritte zurück zum Tisch gehe. »Gerne nehme ich eine Bestellung auf.« Mühsam kleistere ich mir einen höflichen Ausdruck ins Gesicht und tue, was mir aufgetragen wurde.

»Was darf ich Ihnen denn bringen?« Mit einem stillen Seufzen ziehe ich einen Block und einen Stift aus meiner Gesäßtasche und sehe erst Colin und anschließend den Keksverweigerer an. »Cappuccino, Latte Macchiato oder einfach einen Americano?«

Kapitel 6

Jackson

Ach, wie schön! Ein bisher langweiliger Nachmittag nimmt gerade Fahrt auf. Hatte ich ein ermüdendes Gespräch mit dem Pressebeauftragten und dem stellvertretenden Zoodirektor erwartet, werde ich mit der süßen Bäckerin des Zoos überrascht. Der »süßen Bäckerin«, der es nicht gefällt, *Süße* genannt zu werden und die ich bereits letzte Woche kennenlernen durfte.

Bereit mich unterhalten zu lassen, werfe ich einen Blick auf ihr Schuhwerk und stelle fest, dass Ms Starr weiße Sneaker statt Gummistiefel trägt. Die hässlichen Dinger benutzt sie also nur draußen. Anscheinend ist Gummi kein Modetrend, von dem ich nichts mitbekommen habe.

Colin bestellt sich einen Cappuccino und Rubio, mit dem ich nicht zum ersten Mal zusammenarbeite, einen schwarzen Kaffee. Ms Starr blickt mich nicht an, stiert nur auf ihren Block und wartet darauf, dass ich meinen Wunsch äußere. Interessant. Ein guter Grund, um meine Bestellung etwas hinauszuzögern.

Ich möchte, dass diese blauen Augen mich ansehen. Ich möchte wissen, ob sie noch sauer auf mich ist. Anscheinend schmeckt es ihr nicht, wenn Menschen ihre Backkunst ablehnen. Aus welchen Gründen auch immer. Meine Bemerkung von letzter Woche über leere Kalorien hat sie ebenso getroffen, wie die Tatsache, dass Rubio keinen Zucker essen darf. Dabei kann der Gute gar nichts dafür. Er würde gerne zugreifen, das weiß ich genau.

Schau mich an süße Bäckerin!

Die blauen Augen wollen nicht vom Block hochsehen. Malt sie etwa Herzchen um das Wort Cappuccino? Und warum hat sie überhaupt für drei Wörter einen Block aus der Tasche gezogen? Wie eigenartig. Die Bestellung kann doch jeder im Kopf behalten, aufschreiben ist unnötig.

»Mr Vandas, was kann Kortney Ihnen bringen?«, fragt der nervige Colin mich und verhindert, dass Kortney gezwungen wird aufzublicken.

Sehe ich da einen Mundwinkel zucken? Ist die süße Bäckerin belustigt?

»Kaffee, schwarz«, kommt meine Antwort hart und schnell. Colin wird von mir mit Missachtung gestraft. Dieser Nullchecker hat verhindert, dass ich eine Chance auf mein Blickduell bekomme.

Kortney fängt an zu kritzeln und anschließend zu nicken, als hätte sie mit dem Wunsch gerechnet. Dabei lächelt sie still in sich hinein.

»Was ist so lustig?«, frage ich und kann nicht verhindern, dass mein Unmut herauszuhören ist.

Damit bekomme ich, was ich will. Kortney Starr sieht mich an. Nein, sie funkelt mich an. Ihre blauen Augen blitzen förmlich. Sofort bin ich fasziniert.

»Nichts.« Rasch beißt sie sich auf die Unterlippe und verhindert, dass mehr Worte aus ihrem hübschen, sicher vorlauten, Mund kommen.

Wie überaus schade. Ich schüttele den Kopf über diese Ungezogenheit. »Sie wussten, dass ich schwarzen Kaffee möchte«, stelle ich fest und ignoriere die anderen Männer am Tisch, die unseren Schlagabtausch höchstwahrscheinlich beobachten.

»Natürlich. Sie würden niemals leere Kalorien zu sich nehmen. In welcher Form auch immer.« Mit den Worten steckt sie den Block weg und dreht sich um. »Geben Sie mir ein paar Minuten. Ich bin gleich zurück.«

Mist!

Jetzt bleibt mir nichts anders übrig, als auf ihren Hintern zu starren – einen sexy wohlgeformten Hintern. Weiß sie überhaupt, was leere Kalorien sind? Frechheit.

»Ich glaube, sie mag dich.« Rubio stößt ein Lachen aus und lehnt sich zurück. Er streckt sogar die Beine aus und macht es sich bequem, als wären wir im Kino und würden auf Popcorn statt auf Kaffee warten.

»Kennen Sie Kortney?«, fragt mich Colin und wirkt mehr erschrocken als überrascht.

»Ja, flüchtig. Wir haben uns letzte Woche an der Baustelle getroffen. Ihre Angestellte wollte, dass ich meine Bank verlasse.« Derart anklagend hatte ich das gar nicht aussprechen wollen. Aber dass Miss Starr vor meiner Nase mit den Hüften wackelt, womöglich um mich zu provozieren, ist unverschämt.

Endlich schließt sich die Tür zur Küche und sie verschwindet aus meinem Blickfeld.

»Ich entschuldige mich für Miss Starr«, schleimt der Sohn vom Zoodirektor. »Ihre offene Art ist hin und wieder etwas … ungezogen. Bitte haben Sie Nachsicht. Unsere Kortney ist lediglich in der Küche beschäftigt und nicht berechtigt, Anweisungen irgendwelcher Art zu erteilen. Weder im Außengelände noch am zukünftigen Elefantenhaus, nicht mal in der Küche. Selbstverständlich werde ich mit ihr über diesen speziellen Vorfall sprechen.« Colin faltet die Hände und scheint enttäuscht. »Ihr ungebührliches Verhalten wird ein Nachspiel haben. Das verspreche ich Ihnen, Mr Vandas.«

Grundgütiger.

Der Mann ist nicht nur ein Nullchecker, sondern auch ein Speichellecker.

Es ist furchtbar, wenn Menschen derart vor einem katzbuckeln. Was habe ich mit meiner Spende nur angerichtet? Womit habe ich dieses Herumscharwenzeln verdient?

»Bitte lassen Sie es gut sein.« Eindringlich richte ich meine volle Aufmerksamkeit auf Colin. »Miss Starr hat nichts falsch gemacht. Sie wusste nicht, wer ich bin, als sie mich aufgefordert hat, den abgesperrten Bereich um das Elefantenhaus herum, zu verlassen. Ich bin ihr nicht böse.«

Colins Miene hellt sich auf. Die Erleichterung ist ihm anzusehen. »Danke. Sie sind nicht nur großzügig

Mr Vandas, Sie haben auch Verständnis für niedergestellte Mitarbeiter.«

Der Kommentar ist unangebracht und total fehl am Platz.

Und weiter geht das Schleimen. Hoffentlich stellt Rubio bald seine Fragen, damit ich dieser Plauderstunde schnellstmöglich entkommen kann. Was ich von den Dontells halten soll, muss sich noch zeigen. Der Vater ist ein störrischer Brocken, der sich nur ungern in die Karten gucken lässt und der Sohn … Colin Dontell ist ein unreifes Bürschchen, das sich nicht zu schade ist, meine Stiefel zu lecken. Ich mag beide Eigenarten nicht sonderlich.

Warum ich bei dem Gespräch zur Pressemitteilung dabei sein muss, ist mir ohnehin schleierhaft. Gut möglich, dass der Einfall auf Andrews Mist gewachsen ist. Sobald er eine Chance sieht, mich der Presse vorteilhaft vor die Nase zu setzen, greift er zu. Er greift zu und ich muss es anschließend ausbaden. Nach dem heutigen Gespräch, werde ich ein ernstes Wörtchen mit meinem übermotivierten PR-Berater sprechen. So geht es nicht weiter. Die Arbeitszeit ist zu kostbar, als dass ich sie beim Kaffeeklatsch vertrödeln könnte.

Wenig später serviert Kortney uns mit routinierten Handgriffen den Kaffee. Sie hat sogar eine Auswahl kalter Getränke dabei. Erneut weicht sie meinem Blick aus. Das belustigte, leicht herausfordernde Lächeln von eben hat sie abgelegt.

Wie schade.

Rubio stellt endlich seine Fragen und macht sich auf seinem Tablet Notizen. Hier und da ergänze ich. Ich verspreche ihm eine Aufstellung von Zahlen und Fakten über das Elefantenhaus-Projekt, das Mitte Januar fertiggestellt wird, per Mail an die Zeitung zu schicken.

Bevor Rubio um mehr bitten kann – der Mann will ständig Informationen –, stehe ich auf und stehle mich zur Toilette. Eine kleine Auszeit wird wohl erlaubt sein. Außerdem hört sich Colin gern selbst reden, jetzt hat er die Chance dazu. Noch etwas neben dem Katzbuckeln, das mir nicht sonderlich zusagt. Übersteuerte Selbstverliebtheit ist entsetzlich.

Auf dem Gang zur Toilette halte ich inne.

Verdammt riecht das gut.

Miss Starr scheint irgendwelche Lockstoffe in ihren Kreationen zu verbacken. Warum sollte ich sonst in Richtung Küche gehen, anstatt zur Toilette wie ursprünglich geplant?

Letzte Woche habe ich die Tüte mit den Keksen auf der Bank vergessen. Ärgerlich.

Erst Stunden später ist mir der Verlust bewusst geworden. Noch etwas, an dem Andrew schuld ist. Hätte er mich nicht angerufen und zurück ins Büro zitiert, hätte ich meinen Sonntag auf der Bank mit Kortneys Keksen verbracht – zufrieden in der Sonne sitzend.

Ein schöner Gedanke.

Da ich noch einen Moment unentdeckt bleiben möchte, klopfe ich nicht, sondern öffne die Schwingtür und bleibe im Eingang zur Küche stehen. Mit verschränkten Armen beobachte ich die süße Bäckerin, wie sie mit einer Spritzschatulle braunen Teig zu kringeligen walnussgroßen Häufchen formt.

Die Frau, die keine sechs Meter von mir entfernt steht, arbeitet hochkonzentriert und macht lustige akrobatische Übungen mit der Zunge. Zwischendurch murmelt sie leise vor sich hin. Bedauerlicherweise spricht sie zu leise, um von meiner Position aus etwas verstehen zu können.

Neugierig wie ich bin, räuspere ich mich und versuche Aufmerksamkeit zu bekommen.

Kortney verstummt umgehend, blickt über ihre Schulter in meine Richtung und macht anschließend mit ihrer Arbeit weiter, als wäre ich gar nicht anwesend. Ihr unverständliches Gebrabbel setzt sie nicht fort.

Was soll das? Wie unhöflich. Menschen ignorieren mich nicht einfach. Für gewöhnlich sind sogar alle um mich herum darauf bedacht, mich bei Laune zu halten. Unmöglich, dass sie mich übersehen oder mein Räuspern überhört hat. Die Erkenntnis folgt auf dem Fuße; Kortney Starr möchte mich nicht beachten!

Interessant. So leicht kommt sie mir nicht davon.

Einen kurzen Moment gebe ich ihr noch, indem ich sie beobachte und versuche, aus ihrem abwehrenden Verhalten schlau zu werden.

Was sind das für sonderbare Kekse, die sie da formt? Soll die verschlungene Form etwas darstellen? Ein Zootier sicher nicht.

»Backst du Darmverschlingungen?«, frage ich und beschließe ihr keine Zeit mehr zu lassen, um auf mich zu reagieren. Höchstwahrscheinlich würde ich sowieso vergeblich warten.

»Nein.«

Kurz und knapp, aber wenigstens bekomme ich eine Antwort.

Offensichtlich steht es mit Kortneys Laune nicht zum Besten. Unter Umständen hat sie sich etwas von Rubio erhofft. Immerhin hat er Einfluss und könnte ihre Kekse in seinem Bericht für den Zoo erwähnen. Gut möglich, dass die Bäckerin einen Blog hat und es auf einen Bericht in der überregionalen Presse anlegt. Hat heute nicht jeder einen Blog oder zumindest einen Instagram-Account? Ich mache mir eine gedankliche Notiz, später nach Kortney Starr zu forschen.

Lässig, aber mit unterschwelliger Neugier, nähere ich mich meinem Ziel und lasse dabei die rohen Keksklumpen nicht aus den Augen. Besondere Mühe scheint Kortney sich beim Formen nicht zu geben. Diese dahingeklatschten Klößchen sind völlig anders als die detailliert ausgearbeiteten Wild Animal Cookies, die sie uns eben serviert hat.

»Was wird das, wenn es fertig ist?« Ich stehe jetzt direkt neben ihr und bin auf seltsame Weise fasziniert.

»Möchtest du das wirklich wissen?«, fragt sie mich, mit einem provozierenden Unterton in der Stimme. Sie ist meinem Beispiel gefolgt und zum Du übergegangen.

»Natürlich. Sonst hätte ich nicht gefragt.« Auch ich kann pampig sein und mich kindisch benehmen, wenn es von mir gefordert wird.

»Das werden kleine Kackhaufen.« Kortney hält inne und grinst mich hochzufrieden an. »Die hübschen Scheißerchen sind für Colin.« Sie widmet sich wieder ihrer Arbeit und spritzt mehr braunen Teig aus der Tülle. »Bevor du mich für mein kindisches Verhalten maßregeln möchtest ...« Ihr Grinsen verschwindet. »... ich bin zuweilen etwas vorwitzig. Außerdem sind meine Wild Animal Cookies sehr wohl das Highlight des *Green Lane Zoos*. Zumindest so lange, bis dein Elefantenhaus fertig ist.«

Ihr schnippischer Kommentar entlockt mir ein Lachen. Ein kleines feines, aber sehr echtes in mittlerer Lautstärke. Es kommt einfach so über mich. Wann habe ich das letzte Mal spontan gelacht? Es muss eine Ewigkeit her sein.

Bravo! Gedanklich applaudiere ich ihr zu der Idee.

Wäre ich talentiert genug, würde ich Colin Dontell ebenfalls Kackhaufen backen. Nein, ich würde ihm einen einzelnen großen Haufen zubereiten. Aber ich würde die Backzeit unterschreiten, damit der Charakter der Masse weich und unanständig bleibt.

»Braune Würstchen sind eine hervorragende Idee«, lobe ich ihren Einfallsreichtum. »Ich hoffe, du hast Salz statt Zucker in den Teig gegeben.«

Kortney hält erneut inne und wirkt von meinem Vorschlag schockiert. »Himmel, nein. So etwas würde ich niemals tun. Derartiges wäre eine Schande. Außerdem müssten die Kekse später weggeworfen werden.« Ihr Blick wird eindringlich. Er verrät mir, was sie von meinem Vorschlag hält: ziemlich wenig. »Ich bin gegen Lebensmittelverschwendung in jeglicher Form.«

Amen.

Jackson, du bist ein Idiot.

»Natürlich, hast du recht. Entschuldige. Mein Vorschlag war nicht zu Ende gedacht.« Da ich nun weiß, dass der Teig nicht vergiftet ist, tauche ich den Finger in einen Kackhaufen und lecke ihn ab. »Aber für sein aufgeblasenes Getue hätte Dontell junior durchaus eine kleine Strafe verdient.« Zum Glück hat Kortney nicht gehört, wie Colin sie als niedrige Angestellte bezeichnet hat. Etwas Derartiges ist eine Ungeheuerlichkeit und hätte allemal einen versalzenen Keks gerechtfertigt.

Blaue Augen blicken mich an und fangen an zu leuchten.

»Was machst du da?« Ein empörtes Luftschnappen ist zu hören. »Du wagst es tatsächlich, ein paar leere Kalorien zu dir zu nehmen? Hast du dir das auch gut überlegt?«

Meine Antwort ist ein Grinsen, kombiniert mit einem erneuten Fingereintauchen, abschlecken inklusive. Wirklich lecker.

»Ungeheuerlich.« Kortney schüttelt den Kopf und verschränkt die Arme. Ihre Wut auf Colin scheint sie für den Moment vergessen zu haben. Dafür sieht sie mich an, als hätte ich in den letzten Minuten irgendetwas richtig gemacht. Dieser interessierte, fast schon gefesselte Blick, war eben noch nicht da.

»Entschuldige.« Ich zucke mit den Achseln und genieße den Schlagabtausch ein bisschen zu sehr. »Bei rohem Plätzchenteig kann ich nicht widerstehen. Das war früher schon so«, verrate ich ihr meine Schwachstelle.

Kapitel 7

Kortney

Heilige … irgendwas! Mein Erstaunen ist grenzenlos. Ich kann nicht verhindern, dass meine Augenbrauen sich bis zum Ansatz heben und mein Mund ein Stückweit aufklappt, so verwundert bin ich.

Jackson M. Vandas leckt sich in meiner Küche Keksteig von den Fingern. Holla! Der Anblick ist Blockbuster tauglich. Vor allem in Kombination mit dem verschmitzten Lächeln, welches eher zu einem kleinen Jungen als zu einem millionenschweren Bauunternehmer passt. Ohne dass ich einen Einfluss darauf habe, werden mir die Knie weich. Hoffentlich geben sie nicht unter mir nach, sobald ich mich von der Stelle bewege.

Anscheinend kann Mr Vandas Colin noch weniger leiden als ich. Wobei … Stopp! Im Grunde mag ich Colin. Nur heute hat er sich unmöglich benommen. Vermutlich war er nervös, weil er allein mit der Presse reden musste. Er wollte alles richtig machen und hat sich dabei ein wenig zu sehr aufgespielt. Typisch Colin. Bedauerlicherweise wird er oft von Selbstzweifeln geplagt und leidet unter seinem Vater, der mehr von ihm verlangt, als von jedem anderen Angestellten im Zoo.

Die beiden haben ein schwieriges Verhältnis. Ich bekomme in meiner abgeschiedenen Küche nicht alles mit, aber hin und wieder dringt auch zu mir Klatsch und Tratsch durch. Heute hat Colin sich, mit seinem Verhalten mir gegenüber, keinen Blumentopf verdient.

Sobald Colin sein überhebliches Verhalten abgelegt hat, mag ich ihn auch wieder. Dann brauche ich auch keine Kackhaufen mehr zu backen.

Aktuell ist auch nicht Colin das Problem, sondern Jackson. Da er mich Kortney nennt, habe ich beschlossen ihn mit Jackson oder Du anzusprechen. Zumindest … jetzt und hier in meiner Küche. Vor der Presse oder in der Öffentlichkeit würde ich das niemals tun.

Mein Plan, ihn heute größtenteils zu ignorieren und jegliche Unterhaltung zu vermeiden – weil er meine süßen Köstlichkeiten in den Dreck geworfen hat, was ich so schnell nicht vergessen kann, – scheitert grandios, denn jetzt steht er neben mir und lacht. Er lacht …

Jackson lacht immer noch und ich bin fasziniert. Mein Blick wird von dem Geräusch, das offen, herzlich und froh ist, wie magisch angezogen. Sicherheitshalber greife ich nach der Tischkante, meinen Knien ist nicht zu trauen.

Mit einem Schmatzen zieht mein Besuch seinen Finger aus dem Mund. »Lecker.«

»Ist das ein Kompliment?«

Jacksons Lachen wird zu einem Schmunzeln, das mich irgendwie herausfordert.

Himmel!

Durcheinander von meiner Reaktion auf ihn und dem unverhofften Lob, löse ich meine verschränkten Arme und schlage dem Schleckermaul auf die Finger, bevor er sich ein weiteres Mal bedienen kann.

»Zu viel roher Teig ist ungesund. Hat deine Mutter dir das nicht gesagt?«, belehre ich ihn und genieße den strengen Tonfall, mit dem ich ihn maßregele. Er hilft mir wieder klar zu denken und seine Wirkung auf meinen Körper abzuschütteln.

»Oh doch, dass hat sie – mehrfach sogar«, antwortet Jackson und lässt mich nicht aus den Augen. Das attraktive Schmunzeln um seinen Mund ist noch da.

Warum sieht er mich so auffordernd an? Es scheint als wäre er fasziniert von mir. Ich klammere mich mit beiden Händen an meinen Spritzbeutel und überlege, was ich Schlagfertiges sagen könnte.

»Du hast die Tüte mit meinen Keksen in den Dreck geworfen«, beschwere ich mich ohne nachzudenken.

Bravo Kortney, das ist wirklich schlagfertig. Und so gradlinig.

Jacksons Schmunzeln stirbt umgehend einen schnellen Tod.

Verdammt! Jetzt habe ich den Augenblick ruiniert.

Schweigend, und mit einem nicht deutbaren Gesichtsausdruck, greift er nach dem Küchentuch, das neben ihm auf der Arbeitsfläche liegt, und wischt sich den Probierfinger ab.

»Entschuldige. An dem Tag habe ich einen wichtigen Anruf bekommen und musste überstürzt aufbrechen.

Ich habe deine, wie ich jetzt weiß, überaus köstlichen Kreationen auf der Bank vergessen. Ich habe sie nicht in den Dreck geworfen. So etwas würde ich niemals tun.«

Einen Moment denke ich nach. Kann ich ihm das glauben? Unter Umständen hat der Wind seinen Teil zu dem Unglück beigetragen. Einen Grund, an seinen Worten zu zweifeln, hat er mir nicht gegeben.

»Ob meine Kreationen köstlich sind, weißt du nicht. Bisher hast du nichts probiert.« Um meine Unsicherheit zu überspielen, spritze ich neue Kackhaufen aufs Blech. Schließlich befindet sich der Spritzbeutel noch in meiner Hand.

Jackson tritt an mich heran und mir wird heiß. Nicht richtig heiß, aber seine Nähe macht etwas mit mir. Es kribbelt. Sogar mein Herzschlag beschleunigt sich. Der nächste Kackhaufen wird ein mickriges Würstchen. Verflixt! Hoffentlich fällt Jackson meine augenblickliche Unfähigkeit nicht auf. Es wäre mir unangenehm. Ich möchte nicht, dass er weiß, wie sehr mich der Fast-Körperkontakt mit ihm aus dem Konzept bringt.

»Ich habe vor wenigen Sekunden probiert«, beschwert er sich gutmütig verstimmt. Sein Blick klebt an meinen Fingern. Natürlich klebt er an meinen Fingern. Sehen kann ich es aus den Augenwinkeln nicht, aber ich spüre es. Und schon ist das nächste deformierte Würstchen da.

Verflixt!

So wird das nichts! Wütend auf mich selbst lege ich den Spritzbeutel beiseite und schnappe mir das Küchenhandtuch, welches er noch in den Händen hält, um mir selbst die Finger abzuwischen.

Einmal tief durchatmen, Kortney.

»Du hast rohen Teig gekostet«, antworte ich lauter als nötig. »Das ist nicht das gleiche wie fertige Kekse.«

Himmel, wenn du weiter so daherredest, könnte er denken, du wärst eingeschnappt. Schlecht gelaunt und eingeschnappt. Benimm dich nicht als wärst du erst drei Jahre alt.

»Du bist gekränkt, weil ich deine Kekse nicht probiert habe.«

Es ist eine Feststellung, keine Frage. Die Tatsache ist mir nicht entgangen. Das verschmitzte Schmunzeln ist zurück. Breiter als zuvor. Wie nett. Jackson erfreut sich an meiner Verstimmung.

»Da sind Sie ja, Mr Vandas. Ich habe Sie bereits gesucht.« Colin steht plötzlich im Türrahmen und wirkt äußerst überrascht. In der Küche hat er den spendablen Bauunternehmer wohl nicht vermutet. »Ich dachte, Sie wollten sich lediglich kurz frischmachen.«

Erwischt!

Schadenfreude überkommt mich. Schnell beiße ich mir auf die Unterlippe. *Nur nichts anmerken lassen.*

Jackson rollt mit den Augen und nun bin ich es, die das Schmunzeln nicht zurückhalten kann. Er steht mit dem Rücken zu Colin, sodass die Geste unentdeckt zwischen uns beiden bleibt.

Ein Räuspern kommt ihm über die Lippen. »Der köstliche Duft von Gebackenem hat mich in die Küche gelockt«, entschuldigt er sich und dreht sich zu Colin um. »Ich konnte nicht widerstehen dem nachzugehen.«

Der Satz ist für mich bestimmt. Eindeutig eine Widergutmachung.

»Äh …« Colin wirkt zufrieden und ich schiebe meinen Körper vor das Blech, damit er nicht sieht, was sich darauf befindet. »Gut. Okay. Ja.« Der Gute wirkt nervös und völlig von der Rolle. Eindeutig überfordert. »Mr Silverman ist bereits gegangen. Seine Zeit war knapp bemessen. Er erwartet ihre E-Mail, Mr Vandas, und bittet Sie mal wieder im Club vorbeizuschauen.«

»Selbstverständlich«, antwortet Jackson im geschäftigen Tonfall. »Ich werde Rubio sämtliche Informationen, die er für seinen Artikel benötigt, zuschicken lassen. Gleich morgen früh wird meine Assistentin sich darum kümmern.« Jackson richtet seine Krawatte, als wäre das nötig, und tritt einen Schritt zurück.

»Danke, Mr Vandas, das ist äußerst zuvorkommend von Ihnen.«

Hätte ich nicht schon vermutet, dass Colin nervös und angespannt ist, jetzt wüsste ich es sicher. Dass er sich beim Sprechen nicht verhaspelt ist ein Wunder.

»Kortney?« Ich bekomme Jacksons volle Aufmerksamkeit. Prompt setzt das Kribbeln wieder ein. Sein Blick, das markante Gesicht und die dunklen Haare, die über den Ohren bereits grau werden, machen etwas mit mir. Selten hat ein Mann für mich so sehr nach Mann ausgesehen. Ich kann nicht sagen, woran es genau liegt. Am maßgeschneiderten Anzug sicher nicht. Den tragen viele

Männer. Wirkt Colin manchmal wie ein Milchgesicht, ist Jackson dagegen ein ganzer Kerl. Ein reifer gutaussehender Kerl. Wie alt er wohl ist? Ist er zu alt?

Zu alt wofür?

»Kortney?« Diesmal wird die Frage lauter und nach einem Räuspern gestellt.

»Äh … ja.« Die Hitze schießt mir mit Karacho den Hals hinauf.

»Danke, für die vorzügliche Verkostung.« Er hebt den Zeigefinger, was ein wenig unanständig aussieht. »Es war köstlich.« Er zwinkert mir zu und mir fällt nichts Besseres ein als den Mund aufzuklappen. Nicht viel, aber so viel, dass er versteht, dass mir kurzzeitig die Worte fehlen. Was wird Colin von der Fingergeste halten? Und von dem Zwinkern?

Mist!

Die Hitze erreicht mein Gesicht und lässt mich erröten.

»Danke.« Wenigstens bekomme ich das Wort ohne stottern über die Lippen. Was ist nur los mit mir? Umgehend schnappe ich mir den Spritzbeutel, damit meine Hände nichts Dummes anstellen und womöglich zu winken anfangen. Wobei mit dem Beutel in der Hand … besser nicht drüber nachdenken.

»Dann sehen wir uns am Samstag bei der Gala«, unterbricht Colin unser merkwürdiges Irgendwas. »Wir haben für Sie und Ihre Frau einen Platz am ersten Tisch reserviert. Direkt vor der Bühne.«

Seiner Frau?

Der Mann, der gerade von meinem Teig probiert hat, ist verheiratet?

Die Bemerkung ist ein Schock und fühlt sich wie eine Dusche unter Eiswasser an. Hat Jackson mit mir geflirtet, obwohl er vergeben ist? Oder war das gar kein Flirten? War das nur freundliches Benehmen und ich habe seine Signale falsch interpretiert?

Kortney, der Mann ist hundert Jahre älter als du, unglaublich reich und sicher nicht darauf aus, mit dir etwas anzufangen. Wieso glaubst du das?

Verwirrt von meinen eigenen Gedanken drehe ich den Spritzbeutel und halte die Öffnung nach oben, damit kein Teig herauslaufen und auf meine neuen Sneaker tropfen kann. Jacksons Blick weiche ich aus. Natürlich weiß ich so gut wie gar nichts über den Bauunternehmer, der bereit war, dem Zoo mal eben eine Million zu spenden. Woher auch? Ich unwissendes dummes Huhn wollte ihn ja sogar von seiner privaten Bank scheuchen.

»Shalita und ich freuen uns schon sehr auf den Abend«, höre ich ihn antworten. Jacksons Tonfall ist augenblicklich ein anderer. Er hat etwas Angestrengtes an sich. Jegliches Flirten und Spaßen sind verschwunden.

Colin wirkt überaus zufrieden. »Darf ich Sie hinausbegleiten?« Mit der Hand weist er höflich zur Tür.

Jackson zögert – wartet, bis ich ihn ansehe. Kaum habe ich ihm meinen Kopf zugewendet, erstrahlt er ein winziges dezentes bisschen. »Kortney.« Seine Stimme ist sanft. »Ich würde mich freuen, dich bald wiederzutreffen.«

»Äh … Ja?«

Wirklich?

Moment … ist da ein kaum wahrnehmbares Nicken, das er mit einem charmanten Blick kombiniert? Was ist das für eine merkwürdige Verabschiedung? Plant er in Zukunft meine Kekse zu essen? Hier im Zoo? Bei mir?

Kaum bin ich allein, vollende ich die Kackhaufen und schiebe das Blech in den Ofen. *Erledigt.* Solange mich keine Männer ablenken und meine Arbeit stören, bin ich ruckzuck fertig.

Gerade will ich neuen Teig anrühren, da kommt Colin zurück in die Küche. Er scheint gut gelaunt und zufrieden mit dem Verlauf des Meetings zu sein. Die Frohnatur ist zurück, alle Aufregung abgeschüttelt.

»Mein Vater wird sich freuen. Wir können uns glücklich schätzen, dass Mr Silverman heute Zeit für uns hatte. Der Artikel wird die nötige Aufmerksamkeit auf die Spendengala lenken.« Colin reibt sich die Hände. Wie es aussieht, erhofft er sich zusätzliche Gäste und weitere Spenden.

»Das glaube ich auch.« Es freut mich, dass alles wie geplant verlaufen ist. Hat der Zoo genügend Spenden und Einnahmen, ist auch meine Arbeitsstelle gesichert. Mehr möchte ich gar nicht. Ich backe sehr gerne hier. Vorerst jedenfalls. Bis zu meiner Selbstständigkeit ist es schließlich noch ein weiter Weg.

»Was machst du Samstagabend?« Colin scheint mit seinen Gedanken bereits einen Schritt weiter.

»Äh …« Möchte er mich auf ein Date einladen? »Nach der Arbeit habe ich nichts vor«, antworte ich mit Neugier in der Stimme.

Würde ich zu einem Abendessen mit Colin Ja sagen? Hat er nach der heutigen Stichelei überhaupt verdient, dass ich mit ihm ausgehe? Besonders freundlich war er nicht zu mir.

»Perfekt.« Erneut reibt er sich die Hände. »Wir brauchen für die Spendengala zusätzliche Aushilfskräfte im Service. Für eine Veranstaltung dieser Größenordnung reicht unser übliches Personal nicht aus. Erst recht nicht, wenn durch den Artikel ein paar spontane Zusagen reinkommen, die wir nicht ablehnen können.«

Also kein Date. Wie naiv von mir, sowas zu denken.

Ein Seufzen kommt mir automatisch über die Lippen, weil ich sofort an die Schufterei denke.

»Ich soll nach meiner Acht-Stunden-Schicht in der Küche noch kellnern?«, frage ich nach. Kein sehr verlockender Gedanke.

»Warum nicht?« Colin lehnt sich mit der Hüfte an die Arbeitsplatte. »Du hast dich heute wacker geschlagen. Und es würde natürlich Extrageld geben.«

Ist das sein Ernst? »Ich habe drei Kaffee serviert. Eine Gesellschaft habe ich noch nie bedient.«

Colin zuckt mit den Schultern als wäre es ihm egal, wie ich mich entscheide. »Es sollte nur ein Angebot sein. Zusätzliche Hilfskräfte aus dem Servicebereich bekomme ich auch woanders.« Er vergräbt seine Hände in den Hosentaschen und wirkt augenblicklich verlegen. »Ich dachte nur, du könntest einen Bonus gebrauchen.«

Wenn das keine Überraschung ist.

»Es gibt zu dem Extrageld auch einen Bonus?« Meine Güte. So spendabel ist mein Arbeitgeber selten. Nett von Colin an mich zu denken.

»Ja.« Mein Gegenüber grinst. Er weiß, dass ich jeden Dollar spare. In einem geschwätzigen und unbedachten Moment habe ich ihm erzählt, dass ich daran arbeite, meinen Traum zu verwirklichen und dafür eine Menge Geld benötige.

»Mein Vorschlag …«, fährt er fort, bevor ich antworten kann. »Genehmige dir nach deiner Schicht eine Stunde Pause, mach einen kurzen Powernapp, und komm anschließend in den großen Saal, um beim Servieren der Getränke zu helfen. Problemloser geht es nicht. Glaub mir, so leicht hast du noch nie Geld verdient.«

Sagt der Mann, der von seinem Daddy alles in den Hintern gesteckt bekommt und dem es noch nie an etwas gemangelt hat.

Einen Moment wiege ich Vor- und Nachteile ab.

Also schön, was soll's.

»Ich mach's.« Ein solches Angebot kann ich unmöglich ausschlagen. Zusätzliche Einnahmen, egal wie unbeträchtlich sie im ersten Augenblick erscheinen mögen, sind wichtig für mein Vorhaben. Hoffentlich taugt der Bonus was.

Kortney's Bakery … ich komme dir am Samstag ein winziges Stückchen näher.

Kapitel 8

Jackson

An manchen Tagen jagt ein Termin den nächsten. Heute ist leider so ein Tag. Schrecklich.

Ich hatte nicht mal Zeit, mir ein Sandwich zum Lunch zu besorgen. Nicht mal … mir eins besorgen zu lassen. Der Vormittag war mit Telefonkonferenzen ausgefüllt und am Nachmittag nur Termine, Termine, Termine.

Meine Assistentin hat mich schon zwei Mal daran erinnert, dass meine Frau versucht hat, mich zu erreichen. Dass ich nicht umgehend zurückgerufen habe, wird unsere angespannte Situation nicht verbessern. Unter Umständen brauchen wir eine Paartherapie. Dass ich nicht mal das kleinste bisschen Lust verspüre, mich bei Shalita zu melden, ist kein gutes Zeichen. Wir haben uns eindeutig auseinandergelebt. Sollte Shalita morgen die Scheidung einreichen, würde ich zu gerne unterschreiben. Umgehend.

Mit Blick auf das Telefon stoße ich einen Seufzer aus.

Leider wird etwas derartig Verrücktes nicht passieren. Shalita liebt den Wohlstand und den damit verbundenen Luxus zu sehr. Und da ich nicht bereit bin, mir meine Freiheit zu erkaufen, befinden wir uns in einer Sackkasse. Noch. Vielleicht ändert sich das irgendwann. Mal sehen, wann meine Frau den ersten Schritt wagt. Bisher hat sie nur viel Lärm um nichts gemacht.

»Mr Lamar ist da und möchte Sie sprechen«, kündigt meine Assistentin Andrew an, bevor ich zum Hörer greifen und Shalita anrufen kann.

Ich drücke auf den Knopf für die Gegensprechanlage. »Soll reinkommen.« Ein Andrew, der unangekündigt in meinem Büro aufschlägt, kann nichts Gutes bedeuten. Was habe ich jetzt wieder verbrochen? Der Tag wird schlimmer und schlimmer.

»Du hast zehn Minuten«, begrüße ich meinen Freund und Berater und sehe auf die Uhr, um dem engen Zeitplan, dem ich heute folge, Nachdruck zu verleihen. Andrew ist eine Quatschtante mit Sitzfleisch. Manchmal werde ich ihn nur schwer wieder los. An arbeitsreichen Tagen ist das ein Graus.

»Ich brauche nur fünf, wenn du mich ausreden lässt«, kommt die Antwort mit einem Grinsen.

»Was ist das?« Andrew hält ein rosa gestreiftes Päckchen in der Hand, das etwa die Größe eines Schuhkartons hat. Es scheint nicht schwer zu sein.

»Deine Assistentin hat mir diese Kleinigkeit für dich mitgegeben. Es wurde vor wenigen Minuten per Kurier gebracht.« Andrew platziert die Schachtel direkt unter meiner Nase auf dem Schreibtisch.

»Da ist ein Cupcake-Logo auf dem Deckel«, rede ich dümmlich daher, weil ich keinen blassen Schimmer habe, was drin sein könnte. Ich habe nichts bestellt. Erst recht nichts, was in einem rosa Päckchen geliefert wird.

»Yep. Das Logo ist mir auch aufgefallen.« Andrew lässt sich auf den Stuhl vor meinem Schreibtisch fallen. »Vermutlich ist Kuchen drin. Hast du dich mit Shalita versöhnt? Schickt sie dir eine unanständige Torte, die ich mir besser nicht ansehen sollte?«

Bitte?

»Was sind denn unanständige Torten?« Kaum ausgesprochen bereue ich die Frage. »Du denkst gerade an Junggesellenabschiede und Penis-Torten«, lese ich die Gedanken meines Gegenübers.

Andrew lacht. »Eigentlich habe ich mir leckere Busenwunder und Nippelpiercings aus Zucker vorgestellt.«

Ungeduldig öffne ich den Deckel und verzichte auf einen Kommentar. Shalita würde mir niemals etwas ins Büro liefern lassen. Selbst früher, als noch alles in Ordnung zwischen uns war, hat sie das nicht gemacht.

Kaum habe ich das Seidenpapier zur Seite geschlagen, verzieht sich mein Gesicht wie von selbst. Wie überaus schmeichelhaft! Das gibt es nicht. Obwohl Andrew vor mir sitzt und mich beobachtet, muss ich grinsen. Ziemlich breit sogar.

»Sind das kleine Kackhaufen mit Augen?«, fragt mich mein Freund, der aufgestanden ist, und sich neugierig über die Schachtel beugt. »Wen hast du verärgert, dass du solche Post bekommst?«

Andrew lässt sich mit einem Schnauben zurück auf seine vier Buchstaben fallen. »Muss ich wieder

Schadensbegrenzung betreiben? Erzähl mir am besten alles. Sofort.«

Übertrieben theatralisch verdrehe ich die Augen. »Nein! Zum Teufel! Du musst keine Schadensbegrenzung betreiben.« Gierig greife ich nach einem braunen Häufchen und stecke es mir komplett in den Mund. Diese Köstlichkeit ist genau das, wonach mein leerer Magen verlangt. Die niedlichen Glubschaugen aus Zucker muss Kortney im Nachhinein hinzugefügt haben. Als ich ihre Küche verlassen habe, konnten die Kekse noch nicht schielen.

»W-lekker«, rede ich mit vollem Mund und schließe für einen Moment die Augen, um zu genießen. Der Geschmack explodiert förmlich auf der Zunge. Da ich den Teig in seinem Rohzustand gekostet habe, bin ich auf die dunkle Schokolade mit den Mandelstückchen vorbereitet.

Himmel, schmeckt das gut. Einfach göttlich. Ich kann unmöglich sagen, welche Version besser ist – die rohe oder die gebackene.

Ein Geräusch, das an ein Räuspern erinnert, dringt an mein Ohr. »Geht es dir gut? Muss ich mir Sorgen machen?« Andrew hört sich leicht verstört an. Habe ich gestöhnt? Hoffentlich nicht.

Bevor ich mich weiter blamiere, reiße ich die Augen auf und schlucke die letzten Krümel hinunter.

»Die sind ausgezeichnet«, deute ich erklärend in die Schachtel und unterdrücke den Drang, mir die Finger abzulecken.

»Seit wann stehst du auf Zuckerzeug?« Andrew bleibt misstrauisch. Er kennt mich gut und weiß, dass ich unnötige Kalorien vermeide. Ich könnte meine Angst auf zu hohe Cholesterinwerte schieben, aber eigentlich möchte ich nur vermeiden, Fett anzusetzen. In den letzten fünf Jahren hat sich jedes Jahr ein Kilo dazu addiert. Die Tatsache ist erschreckend und nicht akzeptabel.

Angefressen von Andrews empört ausgesprochener Frage, klappe ich den Deckel zu. »Dieser Keks ist das erste, was ich heute nach dem Frühstück zu mir nehme, also verkneife dir die überflüssigen Kommentare.«

Die paar Kalorien sollten kein Problem darstellen. Vergrößere ich meine abendliche Laufrunde eben um ein paar zusätzliche Meilen.

»Möchtest du mir gar keinen zum Probieren anbieten?«, empört sich mein Berater und starrt gierig auf die verschlossene Schachtel.

»Nein.« Umgehend ziehe ich mein kostbares Gut zu mir heran. »Die esse ich allein, sobald du gegangen bist.« Meine Stirn runzelt sich. »Apropos … warum warst du noch mal hier?« Demonstrativ sehe ich auf die Uhr.

Andrew räuspert sich und setzt sich zurück auf seinem Stuhl. »Fleißig wie ich bin, habe ich dir eine Liste zusammengestellt.« Er zieht ein Blatt aus seiner Aktentasche und legt es neben die Schachtel auf meinen Schreibtisch.

»Was für eine Liste?« Mit einer üblen Vorahnung werfe ich einen Blick darauf.

»Du erinnerst dich nicht? Du hast mich darum gebeten – letzte Woche. An einem Sonntag wie ich nebenbei anmerken möchte!«

»Stimmt. Richtig.« Ach ja. »Es fällt mir gerade wieder ein.« Ernüchtert fasse ich mir in den Nacken, der plötzlich angespannter als üblich ist. Neben all meinen Terminen, hatte ich diese Wichtigkeit vollkommen vergessen.

»Festlichkeiten, Museumseröffnungen, Veranstaltungen und ein paar seriöse Partys befinden sich auf der Übersicht.« Seriöse Partys spricht Andrew in einem maßregelnden Tonfall aus, der mir deutlich macht, dass die letzten Partys, auf denen ich gefeiert habe, alles andere als seriös waren. »Du hast die freie Auswahl. Das nächste Quartal hat einiges zu bieten.«

Bitte nicht!

Wieso habe ich ihn nur um eine Auflistung gebeten? War das wirklich nötig? Oder war es eine sonntägliche Kurzschlussreaktion, weil ich meine Sinne nicht beisammenhatte? Weil ich nicht mit Shalitas Zurückweisung gerechnet habe?

Frustriert lasse ich das Papier sinken. Meine Laune, die sich aufgrund von Kortneys vorzüglichem Keks gehoben hatte, fällt wie ein zu früh aus dem Ofen geholtes Soufflé in sich zusammen.

»Ich muss mir etwas von diesem Zettel aussuchen«, stelle ich ernüchtert fest.

»Richtig erkannt. Besprich alles mit deiner Frau und entscheidet euch für ein oder zwei Veranstaltungen, auf denen ihr euch blicken lasst. Je früher ihr händchenhaltend gesehen werdest, desto besser.«

Eine neue Idee blitzt auf, die ich bisher nicht in Betracht gezogen habe. »Reicht es nicht, wenn wir am Samstag in den Zoo gehen? Das Bankett zu meinen Ehren sollte doch förderliche Presse genug sein – oder nicht?« Ich schiebe meinen Schreibtischstuhl ein Stück zurück und überschlage die Beine. Die Idee gefällt mir ausgesprochen gut.

Andrew nimmt sich einen Moment Zeit, um zu antworten. Er denkt hochkonzentriert nach. Kein gutes Zeichen.

»Was ist mit einer Aftershow-Party im Anschluss? Das Bankett sorgt in der Lokalpresse für Schlagzeilen, aber wir möchten in die überregionale Klatschpresse. Die Öffentlichkeit möchte ein verliebtes Ehepaar sehen.«

Zur Hölle, die Öffentlichkeit kann mich mal kreuzweise!

Obwohl ich die Antwort bereits kenne, frage ich trotzdem. »Es reicht nicht, wenn Shalita bei der Preisübergabe überschwänglich applaudiert und mir anerkennende Blicke zuwirft?«

Diesmal zögert Andrew nicht. »Nein, ein solches Verhalten wird von deiner Frau erwartet.« Er deutet mit dem Finger auf mich, was mir gar nicht gefällt. »Bis morgen lass ich dir ein angemessenes Abendkleid für deine Frau zuschicken. Hochgeschlossen mit tiefem Rückenausschnitt wäre sexy und würde für Aufsehen sorgen.« Der Initiator dieser Schnapsidee erhebt sich.

»Wähle einen der Clubs aus, die auf der Liste stehen und lasst euch dort nach dem Bankett im Zoo blicken. Ich sorge für die nötigen Paparazzi, sobald du mich über Ort und Zeit informiert hast.«

Bevor ich etwas erwidern oder Einspruch erheben kann, ist Andrew zur Tür hinaus. Ein Fluch der übelsten Sorte liegt mir auf den Lippen. PR-Berater sind verdammte Miesmacher.

Besagter Samstag kommt schneller als gedacht. Natürlich hat Shalita sich zunächst geweigert, mich zu dieser besonderen Ehrung zu begleiten. Auf dem Barbecue der Hendersons war sie ohne mich. Es kam nicht mal mehr zur Sprache. Ob ihre Freundin sie begleitet hat, kann ich nicht sagen. Es wäre sogar möglich, dass sie gar nicht hingegangen ist und mich angelogen hat. Wir haben seit dem letzten gemeinsamen Frühstück nicht viel miteinander gesprochen. Auch gefrühstückt haben wir nicht mehr zusammen. Meine Frau ist momentan nur noch selten Zuhause. Vermutlich hätte ich sie letzte Woche doch früher zurückrufen müssen.

Zu spät.

Wäre das neue Abendkleid kein atemberaubender Hingucker und hätte ich nicht zusätzlich ein wenig Druck ausgeübt, hätte meine Frau mich niemals zur Ehrung in den Zoo begleitet.

Hoffentlich hat Shalita verstanden, wie wichtig mir der Abend ist. Wenn alles gut läuft, und die Paparazzi bekommen, was sie wollen, können wir uns in den nächsten Wochen aus dem Weg gehen und gemeinsam überlegen, wie es in Zukunft weitergehen soll. Das Wort Scheidung ist zwischen uns kein weiteres Mal gefallen. Mich beschleicht der leise Verdacht, dass Shalita es nicht wirklich ernst gemeint, sondern an dem Morgen nur nach einer Drohung gesucht hat.

Abwarten, Jackson. Du wirst es erleben.

Die Tür zum Zoorestaurant wird uns aufgehalten und ich lege meiner Frau gentlemanlike die Hand ins Kreuz. Da das Kleid im Rücken tief ausgeschnitten ist, berühre ich nackte Haut. Für Anfang September ist es noch relativ warm, weswegen Shalita sich nur eine Stola über die Schultern gelegt hat.

»Mr Vandas, Mrs Vandas«, werden wir vom Türsteher überschwänglich begrüßt. »Darf ich Sie zu Ihrem Tisch geleiten?«, fragt uns der uniformierte Zooangestellte, als hätte er auf uns gewartet. Interessant. Die nach uns Kommenden müssen sich die Tür wohl selbst öffnen.

»Wir bitten darum«, antwortet Shalita, bevor ich etwas erwidern kann. »Ich hoffe, Sie haben für uns die besten Plätze reserviert.« Shalita zwinkert, was ihre unfreundlich ausgesprochenen Worte etwas abmildert. Sie konnte schon immer gut mit Menschen umgehen.

»Selbstverständlich.« Der Angestellte zwinkert zurück und ich unterdrücke ein Seufzen. Hoffentlich geht dieser Abend schnell vorbei.

Als wir unseren Tisch erreichen, muss ich kurz die Mundwinkel verziehen. Es geht gar nicht anders. Auf jedem Platzteller, über der Serviette, liegt ein Elefant. Ein grauer Keks-Elefant mit weißem Stoßzahn. Ein Wild Animal Cookie, wie Kortney ihre Meisterstücke nennt.

Jeder sieht ein wenig anders aus, was die Herde auf dem Tisch noch ansehnlicher macht. Wie es scheint, hat sie jeden Elefanten einzeln geformt und angemalt. Was für eine Unmenge Arbeit! Nicht einmal an einem Tag wie diesem, wo hunderte dieser Tierchen gebraucht werden, benutzt sie eine Ausstechform. Bestimmt hatte sie Hilfe. Ganz sicher sogar.

Sollte ich mit meiner Vermutung daneben liegen, hat die *süße Bäckerin* den ganzen Tag Elefantenkekse gebacken.

»Schau mal, Jackson«, Shalita weist mich auf ein Elefantenjunges hin, das neben der Dessertgabel liegt. »Wie nett. Es gibt sogar Babys. Ist das nicht eine schöne Idee?«

Ich ziehe den Stuhl zurück, sodass meine Frau sich hinsetzen kann. »Bestimmt schmecken sie vorzüglich.« Da Shalita bereit ist, Konversation mit mir zu machen, gehe ich darauf ein. Es freut mich sogar. Möglicherweise wird der Abend doch nicht so schlimm wie befürchtet.

»Was ist das in der Tischmitte? Eine Raketenabschussrampe im Miniformat?« Shalita beugt sich vor und runzelt die Stirn.

»Gute Frage.« Während ich mich setze, begutachte ich das Gebilde, das so groß wie eine Blumenvase ist, ebenfalls. Es ist grau, zylinderförmig und hat zwei rote

Streifen, die tatsächlich ein wenig an eine Spielzeugrakete erinnert. »Lass lieber die Finger davon«, weise ich Shalita an, die gerade die Hand ausstreckt. »Bestimmt gibt es dazu später noch eine Erklärung. Es könnte eine Konfettikanone sein.«

Shalita zuckt umgehend zurück. Ihre Antwort bekomme ich nicht mit, da plötzlich eine Kellnerin neben mir auftaucht. Nicht irgendeine Kellnerin möchte meine Getränkebestellung aufnehmen. Nein, es ist Kortney Starr, die *süße Bäckerin.*

Ihr Erscheinen ist eine Überraschung. Es erfreut mich ungemein sie wiederzusehen, aber es ist auch irgendwie sonderbar. Kortney eindringlich musternd setze ich mich aufrechter hin. Ich möchte keine Gefühlsregung verpassen. Wieso ist sie hier? Ist sie mehr als nur die Bäckerin des Zoos?

Auffordernd mit einem Block und einem Stift in der Hand blickt sie mich an. »Wissen Sie schon, was Sie zu trinken wünschen, Mr Vandas?« Ihr Blick wandert zu Shalita. »Mrs Vandas?«

»Kortney …« Unweigerlich muss ich an die Kekse denken, die sie mir ins Büro geschickt hat. Hat sie meine Karte bekommen? Hat sie meine Antwort amüsiert? Im Beisein von Shalita kann ich sie unmöglich danach fragen.

»Du kennst diese Frau?« Natürlich entgeht Shalita nichts.

»Shalita, darf ich vorstellen, das ist Kortney Starr. Sie hat die Elefanten, die auf dem Tisch liegen, gebacken, wenn ich mich nicht täusche.« Kortney, die heute eine Kellnerinnenuniform statt Kochjacke trägt, wird leicht rot. Entweder meine Worte haben diese Wirkung, oder ihre Wangen sind gerötet, weil es extrem warm im Saal ist.

»Ich hoffe, meine Cookies schmecken Ihnen. Ich empfehle sie im Anschluss mit einem starken Espresso zu genießen.«

»Wir werden sehen.« Shalita legt ihre Clutch auf den Platz neben sich. Selbstverständlich wird sie Kortneys Kekse nicht kosten. Meine Frau isst grundsätzlich keinen Nachtisch. »Sie dürfen mir einen Weißwein bringen.«

»Ich nehme auch einen«, ergänze ich und lasse Kortney nicht aus den Augen. Sie sieht müde aus, sogar erschöpft. »Hast du die Elefanteninvasion allein gebacken? Heute?« Ich muss es einfach wissen.

»Ja. Sie sind ganz frisch. Erst vor einer Stunde aus dem Ofen gekommen.« Ihr Lächeln wirkt genauso müde und angestrengt wie ihr Blick. Hat sie gerade ein leises Schnaufen ausgestoßen?

»Wann hast du Feierabend?« Die Frage verwirrt sie, das erkenne ich an ihrer Miene, die sich umgehend verzieht. Selbstverständlich bin ich mir bewusst, dass mich das nichts angeht. Außerdem kommt es ungewollt zweideutig rüber. Aber wieso schuftet sie erst in der Küche, um später im Service auszuhelfen? Hat der Zoo so wenig Personal, dass die Angestellten Doppelschichten schieben müssen?

»Jackson! Was soll diese unpassende Frage?«, maßregelt mich Shalita, bevor ich eine Antwort bekomme. Mittlerweile sind Kortneys Wangen leuchtend rot.

»Ich bringe Ihnen sofort den Wein. Es dauert nur eine Minute.« Und weg ist die Frau, die mir die leckersten Kackhaufen der Welt geschickt hat.

Kapitel 9

Kortney

Jackson ist da! Jackson M. Vandas, der auf meine Kekse mit dieser schmeichelhaften Karte geantwortet hat, ist hier im Zoorestaurant – an dem mir zugeteilten Tisch. Außerdem duzt er mich weiterhin. Sogar vor seiner Frau. Ist mir deshalb so schrecklich heiß? Ich würde zu gerne verhindern, dass mich diese Tatsache schmeichelt, aber das ist nahezu unmöglich. Wenn ich doch nur meine rote Gesichtsfarbe herunterregeln könnte. Wenigstens ein bisschen.

Reiß dich zusammen! Serviere den Wein und lass die Flasche am Tisch, sodass die Vandas sich selbst nachschenken können. Sobald Mr Dontell anfängt, seine Rede zu halten, wird dich kein Vandas mehr beachten.

Warum habe ich nur das Gefühl, das Jacksons Blick auf mir klebt? Beobachtet er mich? Da ich verunsichert bin, weil ich noch nie im Service ausgeholfen habe, beruhigt mich diese Vermutung nicht unbedingt. Was ist, wenn mir ein nichtwiedergutzumachender Fehler unterläuft? Wenn ich mich blamiere? Heute ist einiges schiefgelaufen. Ein Großteil der Teller und Gläser, die wir für große Veranstaltungen wie diese ausleihen, wurde verschmutzt angeliefert. Außerdem fehlten die Servietten mit dem Elefantenprint, die wir extra für diesen Abend geordert hatten.

Mr Dontell senior war noch nie so nah an einem Herzinfarkt gewesen. Ich möchte mich nicht selbst loben, aber dass wir rechtzeitig fertig geworden sind, lag auch an mir und meinem Organisationstalent. Hätte ich die Zügel nicht in die Hand genommen, stünden jetzt staubige Teller auf den Tischen. Außerdem würden die Servietten fehlen.

Colin, dessen Job es ist, für einen reibungslosen Ablauf zu sorgen, hat in meinen Augen völlig versagt. Anstatt umgehend für ein paar Spülhilfen zu sorgen, hat er sich mit Benton um dieses dämliche Tischfeuerwerk gekümmert. Was die Liebe zu explosionsartigem Spielzeug angeht, ist Colin meinem Bruder sehr ähnlich. Unter Umständen ist das eine Männerkrankheit. Keine Ahnung. Heute hat Colin jedenfalls seine Prioritäten falsch verteilt.

Tief durchatmen, Kortney.

Egal. Am Ende haben wir es geschafft. Wir sind rechtzeitig fertig geworden und ausreichend Servietten konnten auch noch aufgetrieben werden. Mike sei Dank. Er hat in seinem Außenstand noch einen Karton mit zweitausend Stück gefunden. Zwar einfache weiße, ohne Elefantenprint, aber das war mir herzlich egal. Hauptsache wir haben irgendwas auf den Tischen.

Wegen all der Pannen musste ich auf meine Stunde Pause vor Beginn der Veranstaltung verzichten. Dass wir den Saal überhaupt herrichten konnten, grenzt an ein Wunder. Wenn Colin mir diese Schufterei am Ende des Tages nicht mit einem ordentlichen Bonus vergütet, bin ich stinksauer. Dann kann er was erleben.

Am besten ich sehe es als Belastungsprobe. Sobald ich meine eigene Bakery habe, werde ich sicher öfter vor Herausforderungen stehen, die gemeistert werden wollen. Das gehört zur Selbstständigkeit dazu.

Beten wir einfach, dass der Abend ein Erfolg und das Tischfeuerwerk buchstäblich ein Knaller wird. Da Benton und Colin den ganzen Nachmittag daran gearbeitet haben, erwarte ich Spektakuläres. Soviel ich weiß, soll es gezündet werden, sobald Jackson die Ehrung für seine Millionendollarspende bekommen hat. Quasi als Tusch.

Ein winziges bisschen Sorgen mache ich mir. Benton hat, seit er die Zünder mit der Fernbedienung synchronisiert hat, ein verstecktes Grinsen im Gesicht. In unserer Kindheit war das ein sicheres Zeichen dafür, dass er Unsinn, oder sagen wir besser *Waghalsiges*, im Kopf hatte.

Genug gegrübelt. Benton weiß, was er tut.

Bemüht alles richtig zu machen, serviere ich den Vandas den Weißwein und erwidere Jacksons besorgten Blick mit einem Lächeln. Kann er nicht aufhören, mich derart prüfend anzustarren? So bekomme ich meine Gesichtsfarbe nie unter Kontrolle. Dass er sich für mich zu interessieren scheint, warum auch immer, bringt mich total durcheinander. Es ist irgendwie nett, aber auch verwirrend. Mag er mich? Seit seinem Besuch in der Restaurantküche sehe ich ihn in einem anderen Licht. Für einen millionenschweren Bauunternehmer ist er sehr charmant – und nahbar. Wobei … was weiß ich schon! Wirklich viele Millionäre kenne ich nicht. Vergleichsmöglichkeiten sind also nicht vorhanden.

Als alle Gäste mit Getränken versorgt sind, stelle ich mich, Hände verschränkt auf den Rücken, Schultern gestrafft, neben die Bar und warte, dass Mr Dontell das Podium betritt. Endlich kann es losgehen. Hoffentlich fängt der Zoodirektor nicht an zu schwafeln. Die Gefahr besteht, dass ich im Stehen einschlafe. Jetzt, wo mein Adrenalinpegel fällt, da alle Vorbereitungen geschafft sind, bricht schlagartig die Erschöpfung durch.

Ob es jemanden stören würde, wenn ich mich auf einen der Barhocker setze? Nur kurz – für einen winzigen Moment. Solange niemand Getränke braucht. Meine geschwollenen Füße würden es mir danken.

Da ich mir meine Erschöpfung nicht anmerken lassen möchte – von niemandem –, beschließe ich, auf den Barhocker zu verzichten, und mich stattdessen mit dem Rücken gegen die Wand zu lehnen. Das ist fast so gut wie sitzen. Außerdem kann ich von meiner Position aus alles im Blick behalten. Ich möchte Jackson beobachten, wenn er seine Ehrung überreicht bekommt. Und das Tischfeuerwerk interessiert mich natürlich auch. Da es sämtliche Vorbereitungen torpediert hat. Ein bunter Papierregen, der bis zur Decke schießt, wäre sicher unterhaltsam. Da das Aufräumen im Anschluss nicht zu meinen Pflichten gehört, ist es mir herzlich egal wie explosionsartig das Konfetti durch die Luft wirbelt.

Zum Glück ist noch nichts weihnachtlich dekoriert. Winzig kleine Papierschnitzelchen aus geschmücktem Tannengrün zu entfernen, wäre sicher eine kniffelige Aufgabe.

In der nächsten Stunde hält Mr Dontell seine Rede und lobt Jacksons Engagement und seine Spendenbereitschaft, die zu weiteren freiwilligen Zuwendungen geführt hat. Ein paar Namen werden erwähnt, die anscheinend prominent, mir aber nicht geläufig sind. Ich bin kurz vorm Wegnicken, als Jackson endlich zur Bühne gerufen wird.

Ein Gähnen unterdrückend, zwinge ich meine Augenlider sich zu heben. Es ist fast geschafft. Sobald Jackson sein graviertes tellergroßes Plexiglas bekommen hat und der Konfettitusch ertönt, ist der offizielle Teil vorbei. Dann kann umgehend das Essen serviert werden. Endlich. Eine Cateringfirma übernimmt das Drei-Gänge-Menü, sodass das Zoopersonal sich lediglich um die Getränke kümmern muss.

In maximal drei Stunden bist du hier raus. Hörst du dein Bett schon rufen?

Jackson schüttelt Mr Dontell die Hand und lächelt dabei irgendwie anders als in meiner Küche. Geschäftlich und höflich reserviert würde ich die Miene bezeichnen, die er aufgesetzt hat.

Mein Blick wandert zu Benton. Er steht seitlich hinter der Bar und scheint auf seinen Einsatz zu warten.

Nun drück endlich das Knöpfchen, Bruderherz. Die Gäste haben Hunger und das Personal steht bereits in den Startlöchern.

Als hätte mein Bruder meine mentale Aufforderung gehört, sieht er mich an und fängt an zu grinsen.

Verrückter Kerl. Ich grinse zurück und nicke in Richtung des Tischfeuerwerks, das mir am nächsten steht. Nun los! Mach schon, forme ich mit den Lippen. Es wird Zeit.

Leider bekomme ich keine Gelegenheit, Jackson einen zweiten Blick zuzuwerfen, denn plötzlich gibt es einen Knall. Eigentlich gibt es zweiundzwanzig Knalle – an jedem Tisch einen.

Nur mit Mühe kann ich einen Aufschrei unterdrücken. Mein Herz galoppiert los. Teufel! Reflexartig lege ich mir eine Hand auf die Brust und ziehe den Kopf ein. Verdammt, Benton! Das waren ein paar Dezibel zu viel. In meinen Ohren klingelt es.

Wenn mein Bruder etwas macht, dann aber richtig. Das denke ich, während ich nach oben sehe und mich von Unmengen glitzerndem Konfetti berieseln lasse.

Wahnsinn! Wie ein Regenschauer, der funkelt aber nicht nass macht.

Womöglich habe ich Colin und meinem Bruder unrecht getan. Sie haben wirklich etwas Aufsehenerregendes geschaffen. Obwohl ich für sie einspringen und es ausbaden musste.

Kaum ist das letzte Konfetti zu Boden gerieselt, zündet die zweite Stufe. Da ich nichts von einer zweiten

Stufe wusste, sehe ich fragend zu meinem Bruder hinüber, der meinem Blick allerdings ausweicht.

Oh-ha!

Was kommt jetzt?

Anders als beim Konfetti gibt es nicht einen synchrongeschalteten Knall, sondern mehrere. Die Tische explodieren nacheinander. Also nicht die Tische, aber die Zylinder, die in der Mitte positioniert sind. Kleine Lichtfunkenblitze schießen pfeilschnell in die Höhe und verpuffen etwa einem Meter über dem Tisch. Dabei entsteht ungewöhnlich viel Rauch. Vielleicht ist das restliche Konfetti in der Höhe schuld daran, dass der Dunst nicht abziehen kann. Hoffentlich bekommen wir nach der zweiundzwanzigsten Rakete noch Luft.

Haben die Gäste sich beim Konfetti noch erschreckt, höre ich jetzt um mich herum nur noch *Ahs* und *Ohs*. Am ersten Tisch, an dem die Funken bereits verglüht sind, gibt es sogar Applaus.

Bestimmt erwähnt Mr Dontell im Anschluss an dieses Feuerwerk das *Christmas Paradise*, das Mitte Dezember eröffnet wird. Zugegeben, da es dieses Jahr neben dem üblichen Lichterglanz ein Artistenduo samt Feuerakrobatik geben wird, ist die heutige Show höchstwahrscheinlich keine schlechte Werbung. Soweit ich weiß, wurde die Presse eingeladen. Habe ich Rubio Silverman nicht irgendwo gesehen? Ich glaube, er stand in der Nähe des Eingangs. Sicher kein Zufall, denn von dort hat er einen guten Überblick.

Als am Tisch zu meiner Rechten die zweite Stufe zündet, zucke ich kurz zusammen. Da ich nichts verpassen möchte, drehe ich mich in die Richtung. Ein Fehler, wie ich wenige Sekunden später feststellen muss.

Offensichtlich ist der Zylinder in der Tischmitte nicht korrekt nach oben ausgerichtet, sondern leicht zur Seite. Die ersten sprühenden Funken zielen direkt auf mich.

Mist!

Das kann nicht gut enden.

Die Blitze, die in kurzer Abfolge kommen, nehmen an Geschwindigkeit zu und glühen plötzlich heller.

Ruckartig reiße ich den Unterarm hoch, um mein Gesicht zu schützen. Dabei gerate ich ins Stolpern, taumele zur Seite und pralle mit der Schulter gegen die Wand, an der ich kurz zuvor gelehnt habe.

Es ist zu spät. Das Feuerwerk hat mich am Kopf erwischt.

Der Schmerz breitet sich aus und ist brennend heiß …

Kapitel 10

Jackson

Was zum Teufel …

Eins der Tischfeuerwerke ist anscheinend nicht wie vorgesehen explodiert und hat Kortney, die etwas abseits an der Seite stand, am Kopf erwischt. Sie kauert an der Wand und hat sich den Unterarm über das Gesicht gelegt. Die Leute, die am Tisch mit dem fehlgesteuerten Feuerwerk gesessen haben, sind bei ihr … aber sonst niemand. Keiner der anderen Gäste scheint das Unglück bemerkt zu haben.

Besorgnis steigt in mir auf.

Neben dem aufgeregten Geplapper und zwischen dem Applaus, der mit jedem abgebrannten Tischfeuerwerk zunimmt, sind keine Schreie zu hören.

Zum Glück stehe ich erhöht neben dem Zoodirektor auf dem Podium. Von hier habe ich freie Sicht. Zumindest soweit der Rauch, der nur langsam nach oben abzieht, es zulässt.

Kortney scheint ernsthaft verletzt zu sein. Wie schwer lässt sich nicht sagen. Verdammter Rauch.

Ein Mann möchte ihr ein Glas Wasser reichen, aber sie schüttelt den Kopf und schlägt den Arm des

Helfenden zur Seite. Ihre Bewegungen wirken unkontrolliert und fahrig.

Mehr muss ich nicht sehen.

Ohne länger zu überlegen, drücke ich dem Zoodirektor meine Ehrung in die Hand und sprinte zu seiner Angestellten.

Wie hatte das nur passieren können? War ein solches Feuerwerk überhaupt für den Innenraum zugelassen? Wieso qualmt es so? Kaum gedacht, muss ich Husten. Die Luft brennt in der Lunge.

»Kortney!« Endlich durch die Menge gekämpft, gehe ich in die Hocke und schiebe den Mann mit dem Glas zur Seite. »Sie will dein Wasser nicht«, blaffe ich ihn nicht gerade freundlich an. »Kortney?« Schnell nehme ich ihre Hand und drücke sie.

O Gott!

Sie hat den Arm runtergenommen, hält die Augen aber geschlossen. Kann sie nichts sehen? Warum öffnet sie die Lider nicht? Hinter mir bildet sich eine Menschentraube. Anders als Kortneys Unfall ist meine überstürzte Flucht von der Bühne nicht unentdeckt geblieben.

»Jackson?« Eindeutig eine Frage.

»Ja, ich bin hier.« Damit sie sich sicher fühlt, drücke ich ihre Finger erneut. Meinen Körper positioniere ich vor ihrem, sodass sie vor unangenehmen Blicken geschützt ist.

»Tut dir etwas weh? Kannst du die Augen öffnen – mich ansehen?« Auf ihrer Stirn befindet sich ein dunkler Rußstreifen und ein Teil ihrer rechten Augenbraue scheint … anders auszusehen. Die Haut um die Augen herum, bis zum Haaransatz ist knallrot. Offensichtlich wurde sie mitten ins Gesicht getroffen.

Wahnsinn! Gefährlicher geht es kaum. Hoffentlich wurde die Netzhaut nicht beschädigt.

»Ich traue mich nicht«, kommt ihre leise Stimme. »Was ist … wenn …?« Den Worten folgt ein Schluchzen, das mein Herz berührt. »Es tut höllisch weh – und brennt. Es brennt so stark.«

Verdammt!

»Kannst du aufstehen?« Während ich die Frage stelle, greife ich ihr unter die Arme und helfe ihr hoch. Hier können wir nicht bleiben. Zu viele Menschen. Wir müssen irgendwohin, wo wir ungestört sind.

»Ich denke … ja«, kommt die Antwort in dem Moment, wo sie neben mir steht und ich ihr meinen Arm um die Taille schlinge, um sie zu stützen.

»Komm. Wir müssen dir einen Rettungswagen rufen.« Ich führe sie weg vom Geschehen und fische bereits nach meinem Handy. Mittlerweile haben auch andere Gäste bemerkt, dass mit dem letzten Tischfeuerwerk etwas schiefgelaufen ist. Der Applaus ist verstummt und Mr Dontell sieht vom Podium zu mir herüber. Ich schüttele den Kopf und gebe ihm ein Zeichen etwas zu sagen. Wenn er sich nicht schleunigst etwas einfallen lässt, endet der Abend in einem Desaster. Noch hat er die Chance, ihn zu retten.

»Kein Rettungswagen! Bitte. Kannst du mich in die Küche bringen?«, fragt Kortney und krallt ihre Finger in mein Jackett.

»Wir sind schon auf dem Weg dahin.« Ich reibe ihr über die Schulter und lasse das Handy zurück in meine Tasche sinken. »Gleich sind wir da. Noch fünfzehn Meter, dann durch die Schwingtür und du kannst dich hinsetzen.«

»Kortney, Kortney! Was ist passiert?« Ein Mann, der der Kleidung nach nicht zu den Gästen gehört, stellt sich uns in den Weg. »O Gott! Wurdest du getroffen? Bist du verletzt?«

Was für eine blöde Frage. Hat der Mann keine Augen im Kopf?

»Jetzt nicht, Benton.« Ihr zuvor hilfloser Ton klingt ungehalten, fast schon wütend.

»Aber …«

Was ist das für eine unverfrorene Nervensäge!

Ich schiebe ihn aus dem Weg. »Du hast die Dame gehört. Sie möchte nicht mit dir reden.« Der aufdringliche Kerl ist schlauer, als er aussieht, denn er lässt uns durch und kommt auch nicht hinterher.

Kaum sind wir durch die Tür getreten, befinden wir uns mitten im Chaos. Suppenteller stapeln sich auf Warmhalteplatten und warten darauf, gefüllt zu werden. Mindestens zehn Kellner stehen bereit und scheinen auf ein Zeichen zu warten, dass es losgeht. Und natürlich richten sich alle Blicke auf uns …

Was jetzt?

»Geh nach links«, weist Kortney mich an, bevor ich fragen kann. »Bitte, schnell, nach links. Da ist ein Vorbereitungsraum. Dort stören wir niemanden.«

Am liebsten würde ich sie schütteln. »Du bist verletzt und machst dir Gedanken, ob du den Ablauf des Abends stören könntest?«

»Jackson … bitte.« Sie seufzt und ich halte ihr die nächste Tür auf. Der Raum ist leer und dunkel. Lediglich durchs Fenster fällt schwaches Licht herein und lässt mich Umrisse erkennen. »Ich möchte nicht im Beisein sämtlicher Kollegen testen, ob ich noch sehen kann.« Ihre Stimme bricht mit den letzten Worten.

Grummelnd gebe ich mich geschlagen. In dem Punkt sind wir nicht unbedingt einer Meinung. Ich finde, wir sollten schnell handeln und nicht noch bis Timbuktu laufen, nur damit wir ungestört sind. Wen kümmert es, was die Leute denken?

»Hier ist ein Stuhl. Setz dich.« Im Halbdunkel helfe ich ihr und sehe mich bereits nach einem Waschbecken um. »Sicher wäre es ratsam, die Augen mit viel Wasser auszuspülen. Vielleicht ist Ruß ins Auge gekommen. Hast du starke Schmerzen?«

»Nein. Doch. Es brennt. Meine Schulter tut mir weh.« Im schwachen Licht der Notbeleuchtung erkenne ich ein winziges Lächeln auf Kortneys Lippen. »Mit ihr bin ich gegen die Wand getaumelt.« Die Verletzte fängt an zu husten. »Mein Gesicht fühlt sich komisch an«, krächzt sie, sobald sie sich beruhigt hat.

»Was ist mit deinen Augen? Spürst du ein Stechen? Oder ein punktuelles Pieken?« Warum frage ich das? Ich habe keine medizinische Ausbildung und erst recht keine Ahnung von Erstversorgung, nach einem Unfall wie diesem. Womöglich hätten wir doch besser einen Rettungswagen gerufen.

Kortney schüttelt den Kopf. »Nein, kein Stechen oder Pieken. Aber der Schreck sitzt mir gehörig in den Knochen.«

Gott sei Dank. Die komische Form ihrer Augenbraue erwähne ich nicht. Haare wachsen schließlich nach.

»Soll ich die Deckenbeleuchtung einschalten, oder möchtest du erst mal im Halbdunklen versuchen die Lider anzuheben?«

Nichts.

Ich bekomme keine Antwort.

Verdammt! Sie hat den Kopf vom Fenster weggedreht, sodass ich ihr nicht ins Gesicht sehen kann.

»Kortney?« Meine Sorge ist deutlich herauszuhören. Warum antwortet sie nicht?

»Schon gut.« Ihr Kopf dreht sich und sie greift nach meiner Hand, gerade als ich mich zum Lichtschalter aufmachen will. »Meine Augen sind offen. Ich kann sehen. Alles ist gut.« Ein erleichtertes Seufzen kommt ihr über die Lippen. »Es kratzt nur ein wenig auf der Netzhaut, sobald ich mit den Wimpern klimpere.«

Zum Glück.

Sanft löse ich ihre Finger von meiner Hand. »Warte einen Moment. Ich mache das Deckenlicht an und danach helfe ich dir am Waschbecken. Am besten wäschst du dir das Gesicht und spülst die Augen gründlich mit kaltem Wasser aus, bis nichts mehr kratzt.« Ein guter Rat, wie ich finde.

»Ich habe keine Einwände, Herr Doktor. Könnten Sie mir bitte helfen und mir die Haare aus dem Gesicht halten, während ich mit dem Kopf über dem Becken hänge?«

Wo kommt der neckende Tonfall her? Offensichtlich triggert die Erleichterung, dass nichts Schlimmes passiert ist, ihr Komikzentrum.

»Selbstverständlich. Im Haare-aus-dem-Gesicht-halten bin ich einsame Spitze.« Auch ich bin erleichtert. »Hilflosen Frauen unter die Arme zu greifen ist meine geheime Superkraft.«

Plötzlich, ehe Kortney meine Aussage kommentieren kann, schwingt die Tür auf. Dass wir überhaupt so lange ungestört geblieben sind, grenzt an ein Wunder. Bestimmt haben einige aus der Küche und dem Service bemerkt, dass etwas passiert ist. Rein kommt derselbe Typ, der sich uns eben schon in den Weg gestellt hat. Er wirkt besorgt, aber gleichzeitig ein wenig schuldbewusst. Was hat er da in der Hand?

Bevor ich fragen kann, hält er das abgebrannte zylinderförmige Tischfeuerwerk hoch. Ganz eindeutig der Übeltäter für dieses Malheur. »Kort, es tut mir leid. Ich habe den Fehler gefunden.«

Bitte?

»Sie haben den Fehler gefunden?« Hat er das wirklich gesagt? Mit Stolz in der Stimme?

Entsetzen überkommt mich. Entsetzen und pure Fassungslosigkeit. Am liebsten würde ich … explodieren. Einer unkontrollierbaren Zündung war ich noch nie so nah.

»Benton!« Kortney steht so nah, dass ich ihren Körper zittern spüre. Sie ballt sogar die Fäuste und zwingt sich durch konzentriertes Atmen zur Ruhe. »Du Blödmann! Ich hätte tot sein können. Tot! Verstehst du das Wort?«

Ein Augenrollen geht den nächsten Worten vorweg.

»Du übertreibst.«

Der durchgeknallte Benton, der anscheinend für die Pyroeffekte des heutigen Abends verantwortlich war, kommt näher. Mir entgeht nicht, dass er Kortneys Körper mit einem langen Blick von oben bis unten abtastet. Versichert er sich, dass sie keine größeren Verletzungen davongetragen hat? Oder was soll dieses Gehabe?

Als er die verrußte Stirn und die fehlenden Haare über ihrem rechten Auge entdeckt, weicht er ihrem Blick aus und sieht abrupt zu Boden. »Augenbrauen gibt es auch zum Ankleben.« Er räuspert sich und kratzt mit der Schuhspitze über den Boden. »Ich habe dazu mal ein witziges Tutoriell bei YouTube gesehen«, sagt er, bevor er Kortney wieder ansieht.

Mein Atem setzt kurz aus.

Hat er das wirklich laut ausgesprochen? Der Kerl muss zum Schweigen gebracht werden. Am besten sofort.

Sollte Kortney ihn nicht einen Kopf kürzer machen, tue ich ihr den Gefallen zu gerne. Wie blöd kann ein Mann eigentlich daherreden?

»Augenbrauen zum Ankleben?« Kortney kombiniert blitzschnell. Sie wird blass. »Ich brauche einen Spiegel. Sofort.«

Bevor sie davonstürmen kann, halte ich sie am Arm fest. »Lass uns zuerst deine Augen ausspülen. Es ist wichtig, dass du den Ruß loswirst.« Da ich Angst habe, dass sie davonstürmt, sobald ich sie loslasse, halte ich sie weiterhin mit sanfter Gewalt fest. »Alles Andere kann einen Moment warten.«

Meine butterweiche Stimme überrascht mich selbst. Für gewöhnlich kann ich meine Besorgnis besser verstecken.

Kortney ist offensichtlich ebenfalls nicht Herr ihrer Emotionen. Ihre Augen füllen sich mit Tränen. Was angesichts der Tatsache, dass sie die Fremdkörperpartikel auf der Netzhaut loswerden muss, nicht schlecht ist.

»Also schön.« Eine Träne sucht sich ihren Weg über die Wange. »Kümmern wir uns zuerst um den Ruß.«

Mit einem letzten aufmunternden Händedruck lasse ich sie los. Gemeinsam gehen wir zu einer Spüle, die sich im hinteren Teil des Raums befindet, und in die ein halbes Schwein passen würde. Vermutlich wird hier das Obst und Gemüse für die Küche vorbereitet.

»Verschwinde, Benton!«, blafft Kortney den hilflos im Raum stehenden Typen an, ohne sich umzudrehen. »Über deinen Fehler können wir uns später unterhalten. Du hast mich heute maßlos enttäuscht.«

Kapitel 11

Kortney

Einen Tag später

Obwohl ich erst in zwei Stunden in der Restaurantküche sein muss, bin ich bereits im Zoo. Mit meinem Skizzenbuch auf den Knien sitze ich auf der Bank vor dem Eisbärgehege und genieße den ruhigen Sonntagmorgen und das schöne Wetter. Der gestrige Abend steckt mir noch in den Knochen. Nicht nur körperlich bin ich geschafft und ausgelaugt, auch emotional bade ich gerade eine Runde in Selbstmitleid. Traurig, aber wahr.

Für gewöhnlich bemitleide ich mich nicht – ich bin der Meinung, jeder ist auch ein wenig selbst für sein Glück verantwortlich – aber heute …

Heute, an diesem wunderschönen Morgen, nehme ich mir eine kleine Auszeit, vom stark sein. Zur Hölle – mit nur noch einer halben Augenbraue und einem Sonnenbrandgefühl der Extraklasse, darf ich mir leidtun. Ich sehe furchtbar aus. Dass ich versucht habe, auf die gerötete Haut mit einem Augenbrauenstift zu malen, hat es auch nicht besser gemacht. Entweder ich lasse es in Zukunft so und warte bis die Haare nachgewachsen sind, oder ich schneide mir einen Pony, der mir bis in die Augen hängt und alles darunter verdeckt.

Da ich keinen praktischen Hausfrauenhaarschnitt haben möchte, werde ich wohl eine Zeitlang abwarten müssen. Eventuell schaue ich mal, was es im Netz für Tipps und Tricks für meine Situation gibt. Mein Bruder hat von Augenbraunen zum Aufkleben gesprochen. Er scheint auf dem Gebiet besser informiert zu sein als ich.

Benton … der Grund meiner schlechten Laune und meines schlechten Aussehens.

Seit gestern hat er mehrfach versucht, mich zu erreichen. Da ich seine Entschuldigungen nicht hören möchte, habe ich sämtliche Anrufe auf die Mailbox umgeleitet. In ein paar Tagen lasse ich ihn zu Kreuze kriechen. Aber heute nicht. Heute bin ich noch sauer. In Kindertagen war seine Leichtsinnigkeit noch zu entschuldigen. Mittlerweile sollte mein Bruder alt genug sein, um Experimente wie diese bleiben zu lassen.

Es ist nicht das erste Mal, dass mein Bruder durch Sorglosigkeit und Übermut in Schwierigkeiten gerät. Sobald Feuer, Licht, Knall, Nebel und andere explosionsartige Elemente ins Spiel kommen, glüht er vor Begeisterung und Tatendrang. Würde er in Zukunft bei seinen Kompetenzen bleiben, wäre mir deutlich wohler. Er ist Elektriker und kein Pyrotechniker für Spezialeffekte. Irgendwann geht mehr schief und dann sind es nicht nur eine Augenbraue und ein bisschen Haut, die zu

Schaden kommen. Leider ist mein Bruder ziemlich eigensinnig. Er lernt nicht aus seinen Fehlern.

Und dass Colin mit von der Partie war und sich von Bentons Übermut hat anstecken lassen, stimmt mich auch nicht glücklich.

»Über deformierte Augenbrauen brauchst du dir keine Sorgen machen, Marshmallow«, spreche ich mit dem Eisbärjunges, das mich endlich entdeckt hat und nun auf mich zukommt. »Und selbst wenn …«, ich stoße ein humorloses Lachen aus, »… du bist im Sternzeichen Steinbock geboren, meine süße Kleine. Da kann nicht viel schiefgehen. Das ist fast so gut wie im Sternezeichen Waage geboren zu sein.«

Ich kritzele weiter auf meinem Papier und versuche die Umrisse ihres Körpers überspitzt widerzugeben. Die kleinen schwarzen Knopfaugen und die dicke Nase sehen schon niedlich aus. »Ende Januar feiert der Zoo deinen ersten Geburtstag«, rede ich weiter mit dem weißen Riesenbaby hinter der Glasscheibe. »Wenn ich dir ein paar Eisbärcookies backen soll, musst du ein bisschen stillhalten.« Ich lege den Kopf schief und male den flauschigen Körper etwas pummeliger in mein Skizzenbuch, in dem ich neben meinem Gekritzel auch alle neuen Rezepte festhalte. »Bist du eifersüchtig auf die Elefanten? Ich habe das Gefühl, nur noch für die Dickhäuter und ihr neues Haus zu backen.« Marshmallow nähert sich der Scheibe, als würde sie mir tatsächlich zuhören.

»Bleib so, nicht bewegen.« Ich hebe die Hand, als würde das etwas bringen. »Deine Ohren muss ich mir etwas genauer anschauen.« Kaum ausgesprochen schüttelt die kleine Eisbärdame den Kopf. »Okay, dann eben nicht«, gebe ich mich mit einem Schmunzeln geschlagen. »Wenn deine Geburtstagskekse unbedingt Segelohren bekommen sollen … mir soll es recht sein.«

»Was soll dir recht sein?«, ertönt eine Stimme hinter mir.

Ruckartig drehe ich mich um.

Jackson.

Was macht er hier? An einem Sonntag? Ist er auf dem Weg zu seiner privaten Bank am zukünftigen Elefantenhaus? Mich beschleicht der Verdacht, dass er öfter als erwartet in den Zoo kommt.

»Dass Marshmallow Segelohren bekommt«, beantworte ich seine Frage. Meine Verwunderung kann ich nicht aus meiner Stimme heraushalten. Hat Jackson auf seinem Streifzug durch den Zoo nach mir gesucht?

»Marshmallow?« Er setzt sich neben mich und schaut ohne Zurückhaltung auf meine Zeichnung.

»Unser Eisbär-Nachwuchs heißt Marshmallow.« Ich deute mit dem Bleistift nach vorn, wo Jackson ohne Mühe das Eisbärbaby entdecken kann. »Sie wird im Januar ein Jahr alt.«

»Und du malst ihr schon jetzt ein Geburtstagsbild?«, zieht er mich auf.

Schnaubend schlage ich mein Skizzenbuch zu. »Nein, du Schlauberger! Ich entwerfe einen neuen spektakulären Geburtstag-Cookie.«

Jacksons grinst. Anscheinend macht es ihm Spaß, mich aufzuziehen und neugierig zu sein. Sein Blick bleibt einen ungewöhnlich langen Moment in meinem Gesicht hängen und … er mustert meine leichten Verbrennungen und die fehlende Augenbraue. Die Belustigung verschwindet umgehend.

»Wie geht es dir heute? Hättest du nach dem gestrigen Abend, nicht einen freien Tag verdient?«

Seine Fürsorge rührt mich. »Sonntags habe ich nie frei. Der Mittwoch ist mein Ruhetag. Da ist im Zoo am wenigsten los.«

Ich schiebe mir den Bleistift hinter das Ohr und halte mich mit beiden Händen am Skizzenbuch fest.

Jackson, der wie immer geschniegelt und gestriegelt wirkt, beobachtet mich. Ich habe sogar das Gefühl, dass er mich einer intensiven Prüfung unterzieht. Unverzüglich bekomme ich eine kribbelige Gänsehaut. Eine kribbelige Gänsehaut ist schlimmer als eine normale Gänsehaut.

»Was machst du eigentlich hier bei den Eisbären? Die Baustelle des neuen Elefantenhauses liegt in der entgegengesetzten Richtung.« Trotz des zunehmenden Kribbelns wende ich mich ihm zu. »Hast du nach mir gesucht?« Ich muss es wissen.

Kaum ausgesprochen spüre ich, wie meine Verbrennung zu glühen beginnt und bereue die Frage. Warum bekomme ich dieses Rotwerden nicht in den Griff? Auch wenn ich das Gefühl habe, dass Jackson M. Vandas mich mag, bilde ich mir den flirtenden Blick, mit dem er mich gerade ansieht, sicher nur ein. Der Mann ist verheiratet und außerdem zu alt für mich.

»Ich habe nach dir gesucht.« Er löst seinen Blick und lehnt sich zurück, sogar die Beine streckt er aus, als wolle er es sich neben mir für längere Zeit bequem machen. »Im Restaurant hat man mir gesagt, dass ich dich hier finden könnte.«

»Glückwunsch«, sage ich mit einem humorvollen Unterton. »Du hast mich gefunden.« Ich fühle mich geschmeichelt.

Jackson starrt nachdenklich auf seine verdreckten Loafers. Warum er stets mit diesem unpassenden Schuhwerk durch den Zoo stapft, ist mir ein Rätsel. Bestimmt hat er tausende Schuhe und es ist ihm egal ein Paar nach dem anderen zu ruinieren.

»Hast du meine Karte erhalten?«

Ein spontanes Lachen überkommt mich. »Ja. Danke.« Jetzt strecke auch ich meine Beine aus. »Das waren die leckersten leeren Kalorien, die ich je bekommen habe«, wiederhole ich den Text, den Jackson mit kackbrauner Tinte draufgeschrieben hat. »Deine Karte besitzt einen Ehrenplatz an meinem Kühlschrank.«

Jackson antwortet nicht darauf. Er starrt nur weiterhin auf seine Schuhe. Ich kenne ihn noch nicht gut, aber es ist nicht zu übersehen, dass ihn etwas bedrückt.

»Was ist los?«, frage ich, obwohl es sehr direkt und vermutlich unhöflich ist.

Den nächsten Worten geht ein Schnauben voraus. »Wenn du das fragen musst, gehörst du zu den wenigen, die heute Morgen noch keine Zeitung gelesen haben.«

»Stimmt. Ich schaue nur Frühstücksfernsehen.« Mitfühlend lege ich eine Hand auf seine Schulter. »Ist etwas passiert?«

Jackson seufzt, zieht die Füße ran und beugt sich vor. Die Ellenbogen stützt er auf die Knie, das Gesicht vergräbt er in den Händen. »Ich bin nicht gekommen, um dich in meine Probleme mit reinzuziehen. Ich bin hier, um mich von deiner fröhlichen Art ablenken zu lassen.«

»So schlimm?« Meine Hand habe ich zurückgezogen.

»Andrews Worten nach, habe ich seine Arbeit der letzten sechs Monate zunichte gemacht. An einem einzigen Abend.«

Wovon redet er? Mitgefühl und das Bedürfnis, Partei ergreifen zu müssen, überkommt mich.

»Wer ist Andrew? Sicher ist er ein Blödmann.«

Jackson lacht in seine Handflächen. »Andrew ist mein Berater und der Chef meiner PR-Abteilung. Und er ist aktuell stinksauer auf mich.«

»Möchtest du mir verraten, warum?« Zögerlich, weil ich nicht weiß, ob es erwünscht ist, lege ich meine Hand auf seinen Rücken und streichele ihn. »Du musst nicht, wenn du nicht willst.«

Jackson richtet sich auf und zuckt mit den Schultern. »Es ist kein Geheimnis. Würdest du dich für die lokale Klatschpresse interessieren, wüsstest du, dass meine Frau gestern Abend verkündet hat, dass sie die Scheidung einreicht. Sie schickt mich höchstpersönlich zum Teufel in die Hölle, um es mit ihren Worten auszudrücken.«

»Oh!« Da ist mir wohl etwas entgangen.

»Genau. Oh!« Jackson wendet sich mir zu. Meine Hand nimmt er kurz in seine und drückt sie, als wollte er sich für mein Mitgefühl bedanken.

»Aber … deine Frau war doch gestern mit dir auf der Gala?« Ich bin verwirrt. »Es hatte auf mich nicht den Anschein, als würdet ihr beiden euch nicht verstehen.« Kaum ausgesprochen bereue ich den Kommentar. Was weiß ich schon. Ich bin eine Außenstehende und für den aktuellen Klatsch interessiere ich mich nur in den seltensten Fällen.

»Durch deinen Unfall mit dem Tischfeuerwerk hast du einiges verpasst. Shalita hat eine filmreife Szene hingelegt, nachdem ich zurück in den Saal gekommen bin. Die Vorspeise hat sie noch abgewartet und danach ging es los.«

»Meinetwegen?«, frage ich fassungslos. Ich bin entsetzt. »Hat es ihr missfallen, dass du mich in die Küche begleitet und mir geholfen hast?«

Nachdem klar war, dass ich keine ärztliche Hilfe in Anspruch nehmen möchte, hat Colin mich, mit der Anweisung mich auszuruhen, nach Hause geschickt. Von dem restlichen Bankett zu Jacksons Ehren habe ich nichts mitbekommen.

»Es hat Shalita verletzt und empört, dass ich sie allein am Tisch habe sitzen lassen und für eine knappe halbe Stunde verschwunden bin.« Jackson stößt einen wenig positiven Laut aus, den ich nicht recht deuten kann. »Wahrscheinlich hätte ich mit einer solchen Reaktion rechnen müssen. Mit unserer Ehe – mit unserem Verständnis füreinander – stand es schon vor dieser Festlichkeit nicht zum Besten. Am liebsten wäre ich ohne meine Frau erschienen. Aber Andrew hat darauf bestanden, dass wir an dem Abend Händchen halten und gegenseitige Unterstützung und Zusammenhalt demonstrieren.« Einen Moment zögert Jackson, dann spricht er weiter. »Im letzten Jahr hat *Vandas Construction* viel schlechte Presse einstecken müssen. Die Spende an den Zoo und das Bild einer harmonischen Familie sollten einen Teil meines Rufes wiederherstellen.«

Tatsächlich? Interessant. Offensichtlich sollte ich öfter mal einen Blick in die Zeitung werfen. Immer nur Frühstücksfernsehen schauen scheint nicht auszureichen, um umfassend informiert zu sein.

Mir schwirrt der Kopf. Das sind zu viele Informationen auf einmal.

»Moment!«, halte ich ihn auf, bevor er weiterreden kann. »Ich komme nicht ganz mit.« Auch ich ziehe jetzt die Beine heran und setze mich aufrechter hin. »Erklärst du mir gerade, dass deine Frau dich gestern Abend verlassen hat? Vor allen Anwesenden? Einfach so?«

Das ist ein starkes Stück. Und eindeutig nicht meine Welt.

Jackson stößt einen gequälten Laut aus. »Wenn es nur das wäre, wäre ich glücklich.«

Der Mann, der mit verzweifelter Miene neben mir auf der Bank sitzt, richtet seinen Blick auf Marshmallow, die immer noch an der Glasscheibe steht. »Ich glaube, Shalita hat nur auf eine Gelegenheit wie die gestrige gewartet. Sie ist nur eine mittelmäßige Schauspielerin, musst du wissen.«

Die Frau scheint Nerven aus Drahtseilen zu haben.

»Was hat sie genau gesagt, wenn ich das fragen darf«, erkundige ich mich und rudere gleich wieder zurück. Vielleicht sollte ich meine Neugier ein wenig zügeln.

»Sie hat mich gemaßregelt, weil ich sie allein am Tisch habe sitzen lassen«, erklärt Jackson bereitwillig, »Ihre Show hat sie lautstark abgezogen, bis sie die Aufmerksamkeit von Rubio Silverman hatte. Es wirkte fast ein wenig, als hätte sie ein Skript für den Abend. Mit Rubios Blick im Nacken ist sie aufgestanden, hat ihre Serviette auf den Tisch geworfen und behauptet sie würde morgen ausziehen und am Montag zum Anwalt gehen. Die Scheidung würde sie umgehend einreichen.«

Krasse Nummer. Mrs Vandas ist anscheinend eine echte Diva.

»Wow! Da habe ich ja einiges verpasst.«

»Wie man es nimmt.«

»Und Rubio hat euren Familienzwist brühwarm abgedruckt? Bei dem Vortreffen zu dem Abend hatte ich das Gefühl, ihr kennt euch und seid sowas wie gute Kumpels.«

»Dein Gefühl irrt sich nicht. Ich kenne Rubio schon seit Jahren. Ein Mann in meiner Position hat häufig mit der Presse zu tun. Da bleiben Kontakte nicht aus. Rubio kann eine Story, wie meine Frau sie ihm gestern geboten hat, nicht ignorieren. Es ist sein Job zu berichten und für hohe Auflagenzahlen zu sorgen.« Jackson seufzt und fährt sich durch die Haare. »Es kommt halt immer auf die Art und Weise der Berichterstattung an. Wäre jemand anders als Rubio vor Ort gewesen, wäre meine Person sicher nicht mit einem blauen Auge davongekommen. Die Fakten des Abends lassen sich leider nicht ignorieren. Trotzdem stehe ich nicht schlechter als nötig da. Schließlich habe ich dich, laut Rubio, vor einer unkontrolliert abgeschossenen Rakete gerettet.«

»Einer Rakete?« Ich hebe eine Augenbraue. »Wohl eher ein fehlgeleitetes Tischfeuerwerk.«

»Rakete klingt besser.«

»Du hast mich gerettet und deine Frau verloren. Was für eine schräge Geschichte! Eindeutig der Stoff für einen Liebesroman.« Ungewollt muss ich lachen, obwohl es eine schreckliche Tatsache ist. »Kein Wunder, dass dieser Andrew sauer auf dich ist. Sein Plan, deinen Ruf zu retten, sah sicherlich anders aus.« Ich nehme mir vor, nach Jackson M. Vandas im Internet zu suchen. Bisher war mir nicht bewusst, dass er dabei ist sein Ansehen aufzupolieren.

»Fühl dich auf keinen Fall schuldig«, weist Jackson mich an, als hätte er Angst ich könnte mich für das Dilemma verantwortlich fühlen. »Es wäre zu schön, sollte meine Frau ihre Drohung wahrmachen. In eine Scheidung würde ich gern einwilligen.«

»Hat sie nur eine Show abgezogen? Um dir zu schaden?« Der Gedanke ist schrecklich. Warum verhalten Menschen sich so?

Kortney, du bist naiv.

Jackson zuckt mit den Achseln. »Gut möglich. Bei Shalita muss man mit allem rechnen. Es wird sich in den nächsten Tagen zeigen, wie ihr Plan im Detail aussieht.«

Einen Moment schweigen wir beide.

Es ist ein seltsames Schweigen. Es fühlt sich nicht unangenehm an. Überhaupt nicht – am liebsten würde ich nach Jacksons Hand greifen und sie drücken. So wie er es eben bei mir getan hat.

Offensichtlich langweilt unser stilles Nichtstun Marshmallow, denn sie verliert das Interesse und dreht uns ihr Hinterteil zu.

»Darf ich dich etwas fragen?«, durchbricht Jackson als erster die Stille. Sein Tonfall wirkt verlegen, fast schon schüchtern. »Du musst aber nicht antworten, wenn du nicht möchtest.«

Irgendwie süß!

»Frag einfach.« Mein Lächeln ist offen und echt. Ich mag den Mann und seine zurückhaltende Art. Außerdem mag ich unsere ehrliche Unterhaltung. »Ich gehöre nicht zu den prominenten Menschen und habe nichts zu verstecken.«

»Wie alt bist du?«

Kurz bin ich überrascht. Mit der Frage habe ich nicht gerechnet. Warum möchte er das wissen? »Ts-ts. Hat deine Mommy dir nicht beigebracht, dass man eine Frau nicht nach ihrem Alter fragt?«

Jackson kommentiert meinen Spruch mit einem Augenrollen. »Bestimmt bist du kaum fünfundzwanzig. Du siehst unglaublich jung aus.«

»Ich bin siebenundzwanzig, falls du es genau wissen möchtest.« Erwartungsvoll, wohin uns diese Diskussion führt, lasse ich ihn nicht aus den Augen und frage mich ein zweites Mal, warum ihn mein Alter interessiert.

Jackson scheint über etwas nachzudenken. »Ich bin dieses Jahr fünfzig geworden. Demnach bin ich fast doppelt so alt wie du«, klärt er mich unnötigerweise auf.

»Okaaaay.« Dieses Gespräch hat eine merkwürdige Richtung eingeschlagen. Keine Ahnung, wohin das führen soll. »Warum erzählst du mir das? Möchtest du mir deine Fähigkeiten in einfacher Mathematik beweisen?« Den Spruch musste ich loswerden.

Jackson rutscht von mir weg und schafft Abstand zwischen uns. »Weil du die erste Frau seit langem bist, die mich fasziniert und die ich gerne näher kennenlernen möchte.« Er legt die Hände in den Schoß, als müsste er sich zurückhalten. »Wenn du zehn Jahre älter wärst, würde ich die Gelegenheit ausnutzen, dich zu einem Date ausführen und im Anschluss küssen.« Seine Schultern zucken kurz und lassen ihn ein wenig hilflos erscheinen.

Ehrlichkeit zeugt von Charakterstärke.

»Ähm … zu deiner Information, ich bin volljährig und habe schon Männer geküsst – auch ältere«, echauffiere ich mich über seine offenen Worte, und ich weiß nicht, was ich von denen halten soll. Mit siebenundzwanzig bin ich doch kein Kind mehr. Ich kann küssen, wen ich möchte. »Nicht der Altersunterschied sollte dich abhalten«, fahre ich fort, »sondern die Tatsache, dass du verheiratet bist.« Wenn er öfter so daherredet, ist es kein Wunder, dass seine Ehe kaputt und sein Ruf ruiniert ist.

Männer!

»Du hast recht.« Jackson schluckt und sieht mal wieder auf seine Schuhe. »Außerdem bist du bestimmt in festen Händen. Eine schöne Frau mit deinen Fähigkeiten im Backen kann niemals Single sein.«

Diese merkwürdige Unterhaltung setzt tatsächlich noch einen drauf. Mein Gefühlskarussell nimmt mehr und mehr Fahrt auf. Wäre ich nicht so verwundert, würden bei dieser versteckten Frage bestimmt ein paar Schmetterlinge zum Flug ansetzen.

»Versuchen Sie unauffällig an Informationen zu gelangen, Mr Vandas?« Vielleicht sollte ich es von der humorvollen Seite betrachten. Komisch genug ist diese Fragerunde allemal.

»Ist das so offensichtlich?« Sein Grinsen ist breit und frech als er sich mir zuwendet.

Holla.

Dieses überhebliche Spotten …

Dieser Blick …

Plötzlich spüre ich meinen Pulsschlag und die Schmetterlinge fliegen hoch. Mein Herz meldet sich zu Wort und signalisiert einen plötzlichen Blutdruckanstieg.

»Ziemlich – würde ich sagen.« Das Pochen in meiner Brust ignorierend erhebe ich mich. Es schmeichelt mir, dass ein milliardenschwerer Bauunternehmer mich ausführen und küssen möchte. Mich.

»Ich habe *keinen* festen Freund«, beantworte ich seine Frage und stelle mir vor, wie es sich anfühlen würde, von einem bewanderten Mann wie Jackson geküsst zu werden. Vermutlich würde er die Führung an sich reißen und seine Hände in meinen Haaren vergraben. Die Vorstellung, wie ich meinen Kopf in den Nacken fallen lasse und ihm entgegenkomme, gefällt mir, lässt mich sogar unauffällig nach Luft schnappen. Einen Mann mit so viel Erfahrung habe ich noch nie geküsst. Mein letzter Freund war sogar fünf Jahre jünger als ich. Kein Vergleich mit … mir wird mal wieder heiß. Und mein Herzschlag legt noch einen Zahn zu.

Kortney!

Reiß dich zusammen!

Jackson antwortet nicht. Er sieht mich lediglich mit Unverständnis an.

Verdammt. Sein beherrschtes Verhalten macht es für mich kein Stück leichter. Es ist irgendwie … sexy.

Mit einem langen Durchatmen erhebe ich mich. Besser wir stoppen die Unterhaltung an der Stelle.

»Komm, ich spendiere uns einen Kaffee, bevor meine Schicht anfängt.« Auffordernd strecke ich die Hand aus und hoffe, dass Jackson nicht bemerkt, wie aufgewühlt ich bin. Seine direkten Fragen haben mein dummes Herz völlig durcheinandergebracht.

Kapitel 12

Kortney

Es ist Montagmorgen neun Uhr, als ich beschließe, Bentons Anrufe und Nachrichten nicht mehr zu ignorieren. Es ist zwar in gewisser Weise befriedigend zu spüren, wie leid ihm der Unfall mit dem Feuerwerk tut, trotzdem nervt es langsam. Benton kann unglaublich hartnäckig sein. Vor allem, wenn ihm etwas wichtig ist. Und seine kleine Schwester ist ihm das wohl.

Mit dem festen Vorsatz, ihn an seine unzähligen Vergehen der letzten Jahre zu erinnern, tippe ich eine Nachricht und bitte ihn, mich in seiner Mittagspause in der Restaurantküche zu besuchen. Wie erwartet bekomme ich umgehend einen Daumen hoch und fünf küssende Emojis als Antwort. Mal abwarten wie er mir seinen Fehler, der lebensgefährlich hätte enden können, erklären wird. Seine Ausreden werden von Jahr zu Jahr kreativer.

Zu gerne würde ich glauben, dass es ein Unglück war, für das er nichts kann, aber es fällt mir schwer. Mein Bruder ist schon immer leichtfertig mit Sicherheitsvorkehrungen umgegangen. Zudem fehlt ihm das Wissen eines gelernten Pyrotechnikers. Er ist sich seiner Verantwortung nicht bewusst. Probieren geht über studieren, trifft eben nicht immer zu.

Gerade habe ich mein Handy zur Seite gelegt, da geht die Tür auf und Colin kommt hereingeschneit. Wenn das so weitergeht, werde ich heute nie fertig. Ich bin schon vor dem offiziellen Arbeitsbeginn im Rückstand.

Wobei … vielleicht ist ein Colin Dontell in meiner Küche etwas Erfreuliches. Schließlich hat Benton mit ihm zusammen das Tischfeuerwerk aufgestellt. Colin hat sich zu diesem Wagemut überreden lassen und ist ein Mitschuldiger. Unter Umständen möchte er Widergutmachung leisten und ist bereit, mir ein paar Fakten zu liefern. Fakten, die mir nachher helfen, meinem Bruder ins Gewissen zu reden. Etwas Schlimmes wird passieren, wenn Benton in Zukunft nicht umsichtiger handelt

»Ich muss mit dir reden«, ist sein wenig freundlicher Kommentar. Mir schwant nichts Gutes. Colin sieht aus als wäre ihm gerade selbst eine Strafpredigt gehalten worden. Er deutet mit dem Zeigefinger auf mich und dann auf die Stelle vor seinen Füßen.

Ich verstehe nur Bahnhof.

Soll ich antanzen? Bin ich ein Hund, oder was?

Unauffällig lasse ich das Handy in der Tasche meiner Schürze verschwinden. Es ist nicht gern gesehen, wenn das Personal sich während der Arbeitszeit mit anderen Dingen als der Arbeit beschäftigt. Besser ich gebe Colin keinen Grund mich zurechtzuweisen.

»Dir auch einen schönen Montag – Colin.« Meine Worte klingen herausfordernder als beabsichtigt. Natürlich bewege ich mich keinen Millimeter vom Fleck.

»Könntest du bitte zu mir herüberkommen, ich muss etwas mit dir besprechen und möchte nicht durch die Küche schreien.« Er bleibt neben der Tür stehen und legt ein Papier auf den Tisch neben sich. Danach wendet er mir den Rücken zu.

Wie nett.

Offenbar muss ich *jetzt* zu ihm gehen. Langes Ausatmen beruhigt die Nerven, also tue ich es. Der Klügere gibt nach, oder wie heißt der Spruch?

»Was gibt es denn Wichtiges?« Mein Tonfall klingt offen und freundlich. So wie es sich für eine brave Angestellte schickt.

»Es geht um den Mikrowellenpudding«, offenbart Colin.

»Hm.« Mist! Ich hatte gehofft, dass diese Idee längst in Vergessenheit geraten sei.

»Mein Vater hat mich gebeten, deine Vorschläge zu überprüfen und den vielversprechendsten auszuwählen.« Colin, der gerade den stellvertretenden Zoodirektor herauskehrt, blickt mir auffordernd ins Gesicht. »Du solltest dir etwas Kreatives überlegen, um den Gästen das neue Angebot schmackhaft zu machen, wurde ich informiert.«

Etwas Spannendes und Gewinnbringendes, waren Mr Dontells Worte, um genau zu sein.

»Jaaaa … ich habe bereits darüber nachgedacht«, versuche ich Zeit zu schinden und meinem Gehirn die

Gelegenheit für einen Blitzeinfall zu ermöglichen. Ist *Dotties Schlammgrube* ein ernstzunehmender Vorschlag? Im Grunde ist es mein einziger. Meine Einfallslosigkeit ist der Tatsache geschuldet, dass die Idee grundsätzlich Mist ist und ich keinen Tassenpudding aus der Mikrowelle im Zoo haben möchte. Punkt. »Colin …«

»Du hast keinen Vorschlag, den du mir unterbreiten kannst?«, lässt er mich nicht ausreden und furcht die Stirn.

»Doch. Natürlich.«

»Dann raus damit. Ich habe nicht den ganzen Tag Zeit.«

Puh! Seine Laune ist wirklich unterirdisch. »*Dotties Schlammgrube*, wäre in meinen Augen ein guter Titel für einen Schokotassenpudding, der im Zoo verkauft werden könnte.« Colins Miene hellt sich umgehend auf. »Wir könnten auf die Pappbecher sogar kleine Nilpferde drucken lassen. Bunte Bildchen sehen niedlich aus und sprechen höchstwahrscheinlich die Kinder unter fünf Jahren an.«

»Hm.«

Ist das ein anerkennendes Nicken?

»Eine gute Idee.« Colin macht sich eine Notiz auf seinen Zettel.

»Aber …«

»Ich denke meinem Vater wird der Vorschlag gefallen«, unterbricht er mich erneut. »Gute Arbeit, Kortney.«

»Warte bitte einen Moment.« Bevor er mehr aufschreiben kann, lege ich meine Hand auf seinen Unterarm. »Eigentlich wollte ich dich bitten, deinen Vater davon zu überzeugen, auf den Pudding zu verzichten. Du hast doch Einfluss auf ihn. Wir brauchen keinen fad schmeckenden Tassenpudding. Die Wild Animal Cookies laufen hervorragend. Außerdem plane ich einen besonderen Eisbärcookie zu Marshmallows erstem Geburtstag. Wir haben unzählige Möglichkeiten etwas Neues …«

»Kortney …« Ein Seufzen kommt Colin über die Lippen. »Du behauptest, dass deine Wild Animal Cookies sich gut verkaufen – und das tun sie auch …« Der ewige Skeptiker dreht sich um und lehnt sich mit dem Gesäß an die Tischkante. »… aber der Zoo muss Kosten einsparen. Oder besser gesagt, die Außenstände könnten mehr einbringen als das momentan der Fall ist. Ein unwiderlegbarer Fakt ist, dass der Mikrowellenpudding dem Zoo mehr Gewinn einbringen würde.«

Verdammt! Sicher hat Colin recht. Ganz sicher sogar. Fertigprodukte, die nur mit ein wenig Wasser angerührt werden, kosten im Einkauf so gut wie nichts. Die Gewinnmarge ist enorm.

Nicht in Panik geraten.

Ich muss etwas tun, und zwar schnell. Meine Vorahnung hat mich bisher selten im Stich gelassen. Wenn der Tassenpudding erst meine Wild Animal Cookies ersetzt hat, und ich in der Restaurantküche nicht mehr zum Backen gebraucht werde, verliere ich meine Vollzeitstelle schneller, als ich *Dotties Schlammgrube* sagen kann.

Kein schöner Gedanke. Von einer Teilzeitstelle kann ich nicht leben, geschweige denn Geld für meinen Traum zur Seite legen.

»Colin … bitte … was müsste ich tun, damit du wenigstens probierst, deinen Vater vom Gegenteil zu überzeugen?« Es ist ein jämmerlicher Versuch, der an Bestechung grenzt. »Du hast mit Benton das Tischfeuerwerk aufgestellt. Eure wenig professionelle Arbeit hatte schreckliche Folgen, weshalb ich nur noch eine halbe Augenbraue habe.« Die Chance nutzend, zeige ich mit dem Finger auf den kümmerlichen Rest an meiner Stirn und hebe ihn an. »Du schuldest mir etwas.«

Schnell drücke ich die Lippen aufeinander. Der letzte Satz war vielleicht etwas überheblich daher gesagt. Strenggenommen ist Colin mein Boss. Mein Boss, der mir gar nichts schuldet.

Kortney, du machst es nur schlimmer. Halte einfach die Klappe.

Etwas Ähnliches denkt er wohl auch, denn er verschränkt die Arme und sieht mich mit argwöhnischem Blick an.

»Darf ich dich daran erinnern, dass du im Zoo angestellt bist, und dich höhergestellten Personen angemessen zu verhalten hast?« Er schnaubt auf herrische Art, die er mir gegenüber bisher noch nicht oft an den Tag gelegt hat. »Wenn hier Fehler aufgewogen werden, dann schuldest du eher mir, oder besser gesagt dem *Green Lane Zoo*, etwas.«

Hä? Wie jetzt?

Etwas derart Verrücktes kann er nicht ernst meinen.

»Darf ich dich daran erinnern, dass du Mr Vandas, unseren überaus geschätzten Millionenspender, von seiner privaten Sitzbank verscheucht hast?«

Ach, das …

Ich hebe die Hand und winke ab. »Damals wusste ich nicht, wer er war. Der Vorfall war ein Versehen. Das ist längst vergessen. Mr Vandas ist nicht nachtragend.«

Colins Miene nach zu urteilen, überzeugen ihn meine Worte nicht. »Du sprichst von einem Versehen, welches Mr Vandas vor Rubio Silverman erwähnt hat. Dem Journalisten, der über alles, was bei uns in den nächsten Monaten geschieht, berichten wird!« Colin hält einen Moment inne. Unter Umständen zweifelt er an meiner Zurechnungsfähigkeit. »Muss ich dir erst erklären, wie wichtig eine positive Berichterstattung für den Zoo ist? Und wie unglaublich wichtig es ist, spendenfreudige Geldgeber bei Laune zu halten?«

»Nein!« Mein Blick schweift kurz umher. Mit jedem Satz bin ich mehr zusammengefallen. Colin hat nicht ganz unrecht. »An dem Tag habe ich mich falsch und unprofessionell verhalten. Das tut mir leid. Es kommt nicht wieder vor«, entschuldige ich mich und hoffe, dass das Thema damit ein für alle Mal erledigt ist.

»Nicht nur an dem Tag hast du Scherereien gemacht«, setzt Colin noch einen drauf. Anscheinend kommt er gerade erst in Schwung. »Bei dem Unfall mit dem Tischfeuerwerk hast du dich leidlich gegeben und Mr Vandas hat sich verpflichtet gefühlt, sich um dich zu kümmern. Durch sein überstürztes Eingreifen wurde Mrs Vandas allein am Tisch zurückgelassen. Was ihre depressive Stimmung triggerte und dazu führte, dass sie vor allen Gästen eine Szene machte.«

Moment! Das ist doch nicht meine Schuld. Ich habe Jackson schließlich nicht gebeten, mir zu helfen. Ganz im Gegenteil, ich hatte meine Augen geschlossen und wusste nicht, wie mir geschieht. Warum hat Colin mich denn nicht gerettet? Wenn er doch den Tathergang so gut nachkonstruieren kann, hat er das sicher alles mit seinen Argusaugen verfolgt, geholfen hat er mir aber nicht.

Mein Blick schnellt hoch. Einen derartigen Schwachsinn kann Colin unmöglich ernst meinen.

Ich habe mich *leidlich* gegeben? Spinnt der Blödmann? Bei der Aktion hätte ich ein Auge verlieren können. Ich hatte unglaubliches Glück, dass nicht mehr passiert ist.

Verdammt! Ich habe mich *nicht* leidlich gegeben! Diese Unterstellung ist das letzte. Meine Wut ballt sich zu einem festen Knoten zusammen und droht zu explodieren. Ich schlucke und versuche das blockierende Gefühl loszuwerden.

Was für eine bodenlose Unverschämtheit.

Beiß dir auf die Zunge, Kortney, und behalte jeden Kommentar für dich. Du kannst nur verlieren.

»Wenn hier also jemand etwas wiedergutzumachen hat, dann bist du das«, schließt Colin seinen Vortrag, der mein Innerstes zum Kochen bringt.

Damit mir nichts Unangemessenes endflutscht, nehme ich die Zunge wirklich zwischen die Zähne und drücke die Lippen aufeinander. »Hm.«

Colins Blick wird augenblicklich weicher. Er wird nicht nur weicher, er mustert mich von oben bis unten als müsste er eine schwierige Entscheidung treffen.

»Wenn du möchtest, dass ich meinen Vater davon überzeuge, kein Geld in neue Mikrowellen und bedruckte Becher zu investieren, dann geh mit mir aus.«

Ach du Schreck! Wo kommt der Sinneswandel plötzlich her? Es fühlt sich an, als hätte ich bei voller Fahrt den Rückwärtsgang eingelegt. Was antworte ich? Ist das meine Gelegenheit, auf die ich gewartet habe? Ein Date mit Colin?

Einen Moment herrscht Stille in der noch leeren Küche.

Ich lasse meine Zunge los und hole Luft. »Du möchtest mit mir ausgehen? Habe ich das richtig verstanden?«

Colin zuckt mit den Achseln und dreht sich von mir weg. Wird sein Halsansatz rot? Vielleicht ein wenig.

»Warum nicht? Wir kennen uns schon länger. Du siehst gut aus, zumindest, wenn du keine Gummistiefel trägst.« Die Worte kommen ihm mit einem Hauch Verlegenheit über die Lippen. »Außerdem bin ich mit Arbeit überschüttet und habe keine Zeit, andere Frauenbekanntschaften zu machen. Du bist hier und ich mag dich. Warum also nicht?«

Wie schmeichelhaft.

Ist unser Streit oder besser der Meinungsaustausch über Schuld und Unschuld jetzt vergessen? Verwirrung macht sich breit.

Darüber hinaus hört sich diese Einladung nicht gerade vielversprechend an. Ich bin also seine Notlösung, weil ich ohne Gummistiefel ganz passabel aussehe. Der Gedanke löst einen bitteren Nachgeschmack aus.

Moment … stopp … ist das möglicherweise eine Erpressung?

Stell dich nicht so an und hör auf zu dramatisieren, Kort. Du wolltest sowieso mit ihm ausgehen. Solltest du mit nur einem Date den schrecklichen Mikrowellenpudding verhindern können, ist es ein kleines Opfer. Denk an die Folgen. Verkauft der Pudding sich gut, sind die Kekse gestrichen – und du bist deinen Vollzeitjob los.

»Einverstanden.« Meine Hand schnellt vor. »Ich gehe mit dir aus und im Gegenzug redest du deinem Vater den Tassenpudding aus.«

»Zumindest versuche ich es.« Colin greift nach meiner Hand, was sich komisch anfühlt. Als hätten wir einen Vertrag geschlossen und würden die Bedingungen per Handschlag besiegeln. Irgendwie ist es ja auch so. Es ist kein Date, weil man sich besser kennenlernen will. Es hat Zweck und Nutzen. Romantik? Fehlanzeige.

»Versprechen kann ich nichts.«

»Das weiß ich.«

Himmel! Worauf habe ich mich da nur eingelassen?

»Aber für deine Cookies und dich gebe ich mein Bestes.« Colin wirkt so überaus zufrieden, dass ich mir nicht sicher bin, ob ich mich auf das Date mit ihm freuen soll. Es fühlt sich wie ein Fehler an.

***

Am Abend sitze ich in Jogginghose und einem ausgeleierten Wollpullover auf der Couch und versuche, mich auf meine Lieblings-Backshow im Vorabendprogramm zu konzentrieren. Leider gelingt es mir nicht, die nötige Ruhe dafür aufzubringen. Die letzten Tage im Zoo waren stressig, weswegen es mir jeden Abend schwerer fällt, abzuschalten und die Nacht durchzuschlafen.

Vermutlich würde mir Yoga helfen. Leider beherrsche ich kein Ich-mach-mir-den-Kopf-frei-Yoga – auch kein anderes Yoga –, weswegen die Option nicht zur Verfügung steht. Die Show der Hobbybäcker muss ihren Zweck erfüllen. Für gewöhnlich tut sie das auch. Es dauert heute eben nur ein wenig länger, bis ich zur Ruhe komme.

Mein Handy, das auf dem Wohnzimmertisch liegt, gibt ein Brummen von sich. Da es sicher nicht Benton ist, mit ihm habe ich mich in der Mittagspause ausgesprochen, greife ich danach. Ruhelosigkeit und Neugier macht Abschalten nicht leichter.

Es ist Colin. Er hat mir eine Textnachricht geschickt.

Ich hole dich am Samstag um neunzehn Uhr ab. Freu mich.

Zum Glück hat er auf küssende Emojis verzichtet. So weit sind wir noch lange nicht. Memo an mich; Ich gehe mit ihm essen, unterhalte mich und lasse mich anschließend zu Hause absetzen. Das höchste der Gefühle ist ein Abschiedsküsschen ohne Zunge. Sex mit dem Sohn des Zoodirektors werde ich nicht haben. Unter keinen Umständen. Hoffentlich erwartet Colin nichts Derartiges von mir.

Mein schlagfertiger Konter ist ein Daumen nach oben Emoji und ein *Ich freu mich auch.*

Erledigt.

Bevor ich seine mögliche Antwort lesen kann, lege ich das Handy mit dem Display nach unten auf den Tisch. Warum kann ich nicht aufhören, über dieses Date nachzudenken? Obwohl ich schon einen Kuss erwäge, geht mir das Wort *Erpressung* nicht aus dem Kopf. Irgendwie ist da ein übler Nachgeschmack.

Du tauschst eine Gefälligkeit gegen eine andere. Das ist keine Erpressung. Du gehst mit Colin aus, mit dem du sowieso ausgehen wolltest, und dafür legt er ein gutes Wort bei seinem Vater ein. Ihr helft euch gegenseitig. Mehr nicht.

Um mich abzulenken, schnappe ich mir mein Tablet und schalte den Ton des Fernsehers aus.

Keine Hobbybäcker mehr, kein Colin Dontell mehr. Jetzt ist Jackson M. Vandas an der Reihe.

Wenn der anziehende Millionär, der meine Gefühle ziemlich durcheinanderwirbelt, es nicht schafft, mich abzulenken und mir Entspannung zu schenken, dann schafft es auch kein anderer.

Nach unserem letzten Gespräch – und seinem unerwarteten Bekenntnis, mich küssen zu wollen –, habe ich mir fest vorgenommen, im Internet nach ihm zu suchen. Ist sein Ruf wirklich so schlecht? Und was ist das überhaupt für ein Zerwürfnis mit seiner Frau? Zwischen den beiden scheint es mehr als nur ein bisschen schwierig zu laufen.

Es ist verrückt das zuzugeben, aber ich würde Jackson um ein Vielfaches lieber daten als Colin.

Höchste Zeit, mich zur Ordnung zu rufen.

Was stimmt nicht mit mir? Jackson M. Vandas ist dreiundzwanzig Jahre älter als ich, reich, verheiratet und unerreichbar. Wie komme ich nur auf den Gedanken, mit ihm auszugehen? Und warum fühle ich mich in seiner Gegenwart so unglaublich wohl? Es liegt nicht nur an seinem gepflegten Aussehen, seinen maßgeschneiderten Anzügen und den markanten Gesichtszügen. Auch nicht an seinem disziplinierten Auftreten. Da ist mehr. Obwohl er durch seine Stellung beruflich über mir steht, gibt er mir das Gefühl, in jeder Hinsicht gleichgestellt zu sein. Ganz anders als Colin, der zu gerne raushängen lässt, dass er die Zügel in der Hand hält und über mich und meine Zeit bestimmen kann.

Was für ein Chaos im Kopf. Mir wird schwindelig.

Höchste Zeit, dem Jackson-Spleen einen Riegel vorzuschieben. Sicher werden mich die neusten Nachrichten davon abhalten, den Millionär weiterhin anzuhimmeln.

Die Suchanfrage ergibt mehr als hunderttausend Treffer für Jackson M. Vandas. Ein Großteil der älteren Links führt zu *Vandas Construction* und den verschiedenen Bauprojekten. Doch die letzten Nachrichten sind von diversen Klatschzeitschriften und wenig schmeichelhaft.

Vandas liebt den Escort-Service mehr als seine Frau. #nofake

Jackson M. Vandas mit blutjungem Model im Club gesichtet. Ist sie schon volljährig?

Bauunternehmer spendiert Unbekannter neue Brüste. #endlichobenohne

Hat Mr Vandas bereits die Scheidungsunterlagen zugestellt bekommen? Seine zukünftige Ex-Frau verprasst das Vermögen auf den Philippinen.

Wow! Die Vielzahl der boshaften Headlines lassen mich zurückschrecken. Sind das alles Lügen? Das sämtliche Berichterstattungen frei erfunden und aus der Luft gegriffen sind, ist schwer vorstellbar.

Was soll ich denken?

Nichts davon beschreibt den begehrenswerten Millionär, der regelmäßig in den Zoo kommt, und dem ich köstliche Kackhaufen ins Büro geschickt habe. Im Nachhinein betrachtet war diese Aktion wohl ziemlich peinlich.

Ob Jackson die Cookies albern fand, sich vielleicht sogar darüber lustig gemacht hat – vor seinen Angestellten?

Nein, ganz sicher nicht. Wenn dem so wäre, hätte er nicht mit der Karte und dem passenden Spruch geantwortet.

Was soll ich nur von der Sache halten?

Hat der Bauunternehmer Jackson M. Vandas zwei Seiten? Und wenn ja … welche ist die richtige? Höchstwahrscheinlich verlässt Shalita Vandas ihren Mann nicht ohne Grund. Ich würde es auch nicht gerne sehen, würde mein Mann sich ständig mit hübschen und deutlich jüngeren Frauen abgeben.

Hat Jackson tatsächlich einer Frau neue Brüste geschenkt? Eine verrückte Vorstellung, die ich so schnell nicht aus meinem Kopf bekommen werde.

Unter Umständen trage ich eine rosarote Brille und bin voreingenommen.

Mist! Ich bin ebenfalls deutlich jünger als er und mir wollte Jackson auch näherkommen. Vielleicht ist dieses Ich-möchte-dich-küssen eine spezielle Masche. Sieht er jüngere Frauen als Herausforderung? Als Beute?

Mein Stresslevel steigt, obwohl ich das eigentlich verhindern wollte. Da das Gedankenkarussell in den letzten Minuten gehörig an Fahrt aufgenommen hat, ist an Entspannung nicht im Entferntesten zu denken.

Verdammt. Auf nichts von all dem habe ich eine Antwort.

Genug für heute!

Mein Körper wird nie zur Ruhe kommen, wenn ich mir Artikel durchlese oder Headlines analysiere.

Unbefriedigt schließe ich die Suchanfrage und stelle den Ton des Fernsehers wieder an. Auf dem Bildschirm kommen gerade die fertigen Törtchen aus dem Ofen, um vor der Jury aufgebaut zu werden.

Warum bin ich eigentlich schlecht gelaunt und frustriert? Ich habe nachgeforscht, um mir Jackson aus dem Kopf zu schlagen und mein dummes Frauenherz am Flattern zu hindern. Er und ich haben keine Zukunft. Über so etwas überhaupt nachzudenken ist völlig weltfremd. *Der Millionär und die Bäckerin.* Wie lächerlich das klingt. Ich sollte den Mann vergessen – ihn mir aus dem Kopf schlagen.

Schalte deinen Verstand ein, Kortney.

Colin ist nur ein Jahr älter als du. Außerdem kann er dir helfen deine Wild Animal Cookies im Zoorestaurant zu behalten – und er geht am Samstag mit dir aus. Darauf solltest du dich konzentrieren. Nur darauf.

Kapitel 13

Jackson

Wenn du zehn Jahre älter wärst, würde ich die Gelegenheit ausnutzen, dich zu einem Date ausführen und im Anschluss küssen. Die Worte wiederholen sich in Dauerschleife in meinem Kopf. Wie konnte ich vor Kortney eine so dämliche Bemerkung machen? Wie alt bin ich eigentlich? Warum bringt mich die süße Bäckerin so durcheinander und lässt mich Dinge aussprechen, die ich gar nicht aussprechen will?

Dass ich sie gerne näher kennenlernen möchte, war ehrlich gemeint. Von Grund auf ehrlich. In den letzten Jahren habe ich mich in weiblicher Gesellschaft nur selten wohl gefühlt. Obwohl mein Familienstand allseits bekannt war, wollten die Frauen in meinem direkten Umfeld etwas von mir. Ihre Absichten konnte ich oft auf ihrem Gesicht ablesen. Möglicherweise war da auch etwas, das ich nicht deuten konnte. Oder wollte.

Das weibliche Geschlecht war für mich immer schon ein Buch mit sieben Siegeln.

An irgendeinem Punkt in meinem Leben, als Shalita sich weigerte, mich auf öffentlichen Pflichtveranstaltungen zu begleiten, bin ich auf einen professionellen Begleitservice umgestiegen. Meine Abendbegleitung stellte wenig Fragen und nach dem Dinner konnte jeder seiner Wege gehen. Mehr als die Begleichung der Rechnung hat keine Frau von mir erwartet.

Mein Plan war gut – jedenfalls anfangs. Als die ersten Zeitschriften von fehlerhaften Schweißnähten berichteten und die Arbeitsweise von *Vandas Construction* in den Dreck zogen, blieb auch mein Privatleben nicht verschont. Plötzlich wurde ich vermehrt von Paparazzi verfolgt. Die Möchtegern-Fotografen standen vor unserem Haus und schossen Bilder aus jedem erdenklichen Winkel. Außerdem stellten sie Freunden und Bekannten lästige und private Fragen über mich.

Ehe ich mich versehen konnte, wurde aus einer respektablen Begleitagentur ein Service für verruchte Dienstleistungen. Meine Begleiterinnen wären blutjung und würden sich mir auf mehr als eine Art anbieten, so die Berichterstatter.

Alles Lügen.

Lügen, die das Ziel verfolgten, bei *Vandas Construction* den größtmöglichen Schaden anzurichten.

Der Moment war gekommen, an dem Andrew Lamar, der damals schon eng mit unserer Rechtsabteilung zusammenarbeitete, sich einschaltete. Zu meinem Wohl.

O Gott! Andrew!

Wüsste er, was ich zu Kortney gesagt habe, würde er fristlos kündigen und mich zum Teufel schicken, weil ich seine stetigen Bemühungen, mich ins rechte Licht zu setzen, zu wenig wertschätze.

Zu Recht. Solange ich verheiratet bin, sollte ich keine andere Frau küssen wollen. Und erst recht keine, die dreiundzwanzig Jahre jünger ist. Erführe die Presse von meiner Absicht, bekämen die Gerüchte, dass ich eine Vorliebe für junge und bildschöne Frauen habe, neuen Zündstoff.

Wobei die neusten Schlagzeilen, für die Shalita gesorgt hat, auch nicht ohne sind. Wie lange dauert es eigentlich, bis Scheidungspapiere zugestellt werden?

Seit der Ehrung im Zoo ist meine Noch-Ehefrau verschwunden. Sie hat ihrem Frust Luft verschafft, mich vor sämtlichen Gästen zur Schnecke gemacht und ist abgetaucht. Natürlich nicht, ohne mir nochmals zu versichern, dass sie die Scheidung erzwingen wird.

Bitte gerne.

Ich habe nichts dagegen.

Shalita täte mir einen großen Gefallen, wenn sie ihre Drohung wahrmachen würde. Aber diese Scheidung trägt ein Preisschild. Für sie – nicht für mich.

Shalita wäre nahezu mittellos, wenn sie ihr Vorhaben ohne nachzudenken durchzöge. Sie würde sich einen Job suchen müssen und arbeiten. Meine Frau ist nicht dumm, sie hat einen Master im Bereich Business Management. Aber sie ist seit Jahrzehnten aus dem Geschäft und würde sicher nicht umgehend Fuß fassen können. Dafür ist in dem Bereich in den letzten Jahren zu viel passiert.

Sobald ihr Anwalt sie über die, nicht ganz unerhebliche, Tatsache, bald mittellos zu sein, informiert hat, wird sich zeigen, wie sehr Shalita die Scheidung wirklich will. Vielleicht unterschätze ich sie. Unter Umständen hat sie bereits einen anderen Mann kennengelernt, der bereit ist ihren Lebensstandard zu finanzieren.

Abwarten Jackson. Du wirst es sicher bald erfahren.

***

Die Schlange am Kaffeestand ist so lang wie jeden Sonntag um diese Zeit. Das Café neben dem Haupteingang des Zoos ist gut besucht. Anscheinend kaufen viele Jahreskartenbesitzer ihren Kaffee lieber hier als an einem der Außenstände. Nachdem ich das Angebot vor Ort getestet habe, ist mir auch klar warum. Die Brühe schmeckt scheußlich und kostet doppelt so viel wie hier im Café.

Mit meinen Gedanken bei der Bäckerin des Zoos rücke ich einen Platz auf und frage mich, ob Kortney heute arbeiten muss, ob sie bereits im Restaurant ist. Wäre es ungewöhnlich, wenn ich auf dem Weg zum Elefantenhaus bei ihr in der Küche vorbeischauen würde?

Ja, Jackson, das wäre ungewöhnlich, beantworte ich mir die Frage selbst.

Warum suche ich nur ständig ihren Kontakt? Dieses Hinterherlaufen ist sonst überhaupt nicht meine Art.

Eine Frau mit blauen Haaren gibt nicht acht, als sie aus der Schlange tritt. Ungeschickt stößt sie mit ihrer Schulter gegen meine. Im letzten Moment können wir verhindern, dass ihr gerade gekaufter Kaffeebecher zu Boden fällt.

»Oh … Entschuldigung, ich …«

»Kortney?« Vor Überraschung klappt mir der Mund auf. Mir gegenüber steht die Frau, die mir nicht aus dem Kopf geht. »Deine Haare sind blau«, kläre ich sie auf und komme mir im gleichen Moment unendlich blöd vor. »Entschuldige.« Von mir selbst genervt verziehe ich eine Miene, bevor ich sie sanft zur Seite schiebe, damit wir nicht im Weg stehen und den Verkehr aufhalten. Das Gedränge in dem winzigen Laden ist entsetzlich. »Wie dumm von mir. Sicher weißt du, dass du blaue Haare hast.«

Ich kann meinen Blick nicht abwenden. Kortney sieht vollkommen verändert aus. Ich hätte niemals gedacht, dass mir blaue Haare an einer Frau gefallen würden. Aber zu der süßen Bäckerin, in die ich mich irgendwie verguckt habe, passt es. Es unterstreicht ihre selbstbewusste und freche Art, es steht ihr ungemein. Sie sieht atemberaubend aus.

Kortney schmunzelt. »Ja, dass meine Haare blau sind, ist mir bewusst. Ich habe sie sogar selbst gefärbt. Gefällt es dir?«

»Es sieht … umwerfend aus.« Hoffentlich versteht sie mein unhöfliches Starren nicht falsch. Ich bin fasziniert. »Das Blau betont deine Augen und verleiht dir ein gewisses Etwas.« Es ist die Wahrheit, auch wenn es kitschig klingt.

»Ein gewisses Etwas?«, fragt sie mit Belustigung in der Stimme. Sie scheint nicht zu wissen, ob sie fragen oder feststellen soll.

»Auf jeden Fall. Zweifellos«, bestätige ich mit einem hektischen Nicken, welches irgendwie peinlich rüberkommt. »Entschuldige, ich bin nicht gut im Komplimente machen. Vermutlich klinge ich leicht schmalzig.«

»Colin fand die Haarfarbe furchtbar.« Mir entgeht nicht, dass sie mich nicht aus den Augen lässt. Als würde sie auf weitere Reaktionen warten.

»Colin? Colin Dontell?« Den Schleimer verkneife ich mir.

»Ja genau!« Sie lacht, aber es klingt nicht witzig. »Der stellvertretende Zoodirektor. Er hat verlangt, dass ich die Perücke abnehme, bevor wir gemeinsam zum Essen gehen.« Sie bewegt den Kopf ruckartig als versuche sie, die Kränkung abzuschütteln. »Dabei habe ich es extra für den besonderen Abend mit ihm gefärbt. Ich dummes Huhn wollte hübsch sein und von meiner entstellten Augenbraue ablenken. Nur aus dem Grund habe ich mir einen Pony schneiden lassen.«

Moment!

Ich traue meinen Ohren nicht.

»Du hast dir die Haare für Colin gefärbt?« Fassungslosigkeit überkommt mich. So viel Aufwand hat das Bürschchen definitiv nicht verdient.

»Ja.« Ihre Schultern zucken. »Ich wollte verhindern, dass ein frisch geschnittener Pony, kombiniert mit meiner Kochschürze, mich wie eine Hausfrau aus den Sechzigern aussehen lässt. Deshalb das leuchtende Graffiti-Blau.« Sie dreht den Kaffeebecher in der Hand. »Außerdem bin ich Sternzeichen Skorpion. Wir neigen zu Übersprungshandlungen. Also manchmal – irgendwie jedenfalls«, erklärt sie verlegen und knibbelt am Deckel. »Emotional und durcheinander von den letzten Tagen habe ich wohl unbewusst gehofft, dass meine neue Frisur Colin missfällt und er unser Date sausen lässt. Ich verstehe mich selbst nicht. Meine Gefühle für ihn sind nicht klar definiert. Jedes Mal durchlebe ich eine Achterbahnfahrt, wenn ich über Colin und seine Absichten nachdenke.« Ihr Blick weicht meinem aus. Der Kaffeebecher ist interessanter als ich.

Halt! Stopp!

Ich komme nicht mehr mit. Was geht hier ab?

Mein Misstrauen ist geweckt. Wollte sie denn nicht mit Colin ausgehen?

Wie es aussieht, fehlt mir ein wichtiges Update. Ich habe das Gefühl. nur die Hälfte der Geschichte zu kennen. Da ich Zeit habe und sie sowieso aufsuchen wollte – mich selbst zu belügen bringt nichts –, fackele ich nicht lang.

»Gehen wir.« Bestimmt, aber nicht fest, greife ich nach ihrem Arm. »Am besten du erzählst mir alles, der Reihe nach.« Ich setze mich in Bewegung und ziehe Kortney mit.

»Bist du dir sicher, dass du dir meine Probleme anhören möchtest?«, fragt die Frau, die tatsächlich vorhatte, dem Schleimer Colin Dontell eine Chance zu geben, während wir uns durch die Menschen nach draußen drängeln.

»Momentan läuft leider nichts wie es soll.« Ein Ächzen verlässt ihren Mund.

»Ich bin mir sicher. Absolut sicher«, wiederhole ich, damit keine Zweifel aufkommen. Ihre Probleme interessieren mich. Kaum an der frischen Luft, deute ich auf einen Tisch, der in der Sonne steht und nicht besetzt ist. »Sollen wir den nehmen?«

»Klar.« Kortney geht voran und nimmt Platz. Ihren To-Go-Becher stellt sie auf den Tisch. Um diese kalte Jahreszeit ist die Außenterrasse nur spärlich besetzt. »Ein paar Minuten habe ich noch, bevor meine Schicht anfängt.« Sie zieht den Reißverschluss ihrer Jacke höher und richtet das Tuch um ihren Hals.

»Also … warum wolltest du nicht mit Colin ausgehen und hast es doch getan?«, falle ich mit der Tür ins Haus, während ich mich auf den Stuhl ihr gegenübersetze. Da sie unter Zeitdruck steht, sollten wir uns nicht mit unnötigem Blabla aufhalten. Außerdem bin ich neugierig. Extrem neugierig. Eine wunderbare Frau wie Kortney hat jemand besseren verdient als Colin Dontell.

»Wo fange ich an?« Ihr Lächeln ist schön und traurig zugleich.

Ich gebe ihr Zeit und warte, bis sie einen Schluck von ihrem Kaffee getrunken hat. Dabei lasse ich sie nicht aus den Augen. Irgendwas bedrückt sie. Die blauen Haare haben mich abgelenkt, aber jetzt sehe ich es. In ihrem Blick liegt Enttäuschung.

»Der Zoo muss sparen«, erklärt sie. »Die Außenstände erwirtschaften zu wenig Gewinn. Meine Kekse sind zu teuer in der Herstellung«, präzisiert sie sich.

»Ich verstehe.« Aber was hat das mit dem Date zu tun? Bevor ich fragen kann, redet sie weiter.

»Tassenpudding aus der Mikrowelle ist günstiger als hausgemachte Kekse, für die kostspielige Zutaten wie Nüsse, Marzipan und Butter benötigt werden. Lange Rede kurzer Sinn«, sie schluckt und verzieht die Miene. »Meine Wild Animal Cookies sollen schnellstmöglich durch Mikrowellenpudding ersetzt werden. Colin hat mir versprochen, mit seinem Vater über meine Kekse zu sprechen und sich für mich einzusetzen, wenn ich mit ihm ausgehe. Ich hatte die minimale Hoffnung, dass der Zoo wenigstens die Cake-Pops im Angebot behalten könnte.«

Interessant.

»Es war also eher ein Geschäftsessen als ein Date?« Warum beruhigt mich das kein bisschen? Vielleicht schafft das Dontellsöhnchen es nicht, eine Frau aufzureißen und muss deshalb zu unsportlichen Mitteln greifen. Ich hatte schon immer die Befürchtung, dass Colin glaubt, sich alles herausnehmen zu können.

»Nein. Kein Geschäftsessen. Colin möchte schon länger etwas von mir.« Kortneys Gesicht färbt sich rot. »Irgendwie ist es nur bisher nicht dazu gekommen.« Sie trinkt einen weiteren Schluck und versteckt ihr Gesicht hinter dem Becher.

»Meine Gefühle für Colin sind oft zwiegespalten. Manchmal mag ich ihn, manchmal nicht. Am Samstagabend, als er meine blauen Haare beleidigt hat, mochte ich ihn nicht.« Ihr Blick hebt sich und das nächste Lächeln wirkt aufgesetzt. »Leider stecke ich in einer Zwickmühle. Sollte der Zoo zukünftig nur ein paar Mikrowellen und ein bisschen heißes Wasser brauchen, um wirtschaftlicher arbeiten zu können, bin ich überflüssig.« Sie dreht den Kopf weg und eine Welle der Traurigkeit schlägt mir entgegen. »Vielleicht habe ich Glück und sie beschäftigen mich weiterhin als Servicekraft im Restaurant.« Einen Moment zögert sie noch, bevor sie mich wieder ansieht. »Aber diese Tätigkeit wäre nicht von Dauer. Ich bin keine Kellnerin.«

»Nein. Das bist du nicht.« Ich kenne sie erst seit wenigen Wochen, aber sogar ich bin mir bewusst, dass ihr Herz an der Backkunst hängt. Kortney Starr gehört zu den Menschen, die ihre Kreativität im Beruf ausleben müssen. Sie ist eine Konditorin.

»Der Tassenpudding zieht in den Zoo ein«, stellt sie mit einem langen Ausatmen fest. »Das Drama ist kaum noch zu verhindern. Bei meinem Glück versucht Colin gar nicht erst, seinen Vater vom Gegenteil zu überzeugen. Am Samstagabend hat er sich jedenfalls geweigert, über die Arbeit oder meine Kekse zu sprechen.«

Arme Kortney.

Ein bitterer Geschmack macht sich auf meiner Zunge breit und Mitgefühl überkommt mich. Es ist für sie sicher nicht leicht, mit der Situation umzugehen.

Zu gerne würde ich etwas Aufmunterndes sagen oder ihr meine Hilfe anbieten, doch mir fällt nichts ein. Es ist nicht von der Hand zu weisen, dass ein Unternehmen, obwohl es ein Zoo ist, der staatlich bezuschusst wird, wirtschaftlich bleiben möchte.

»Du könntest dir einen neuen Job suchen«, schlage ich vor und überlege bereits, ob ich Beziehungen habe, die ihr helfen könnten. Leider war backen und alles, was damit zusammenhängt, bisher nie ein Thema in meinem Leben.

»Vielleicht mache ich das.« Der traurige Zug um ihre Augen herum bleibt. »Erst mal abwarten. Vor Weihnachten werden sie meine Stelle sicher nicht streichen.« Das nächste Lächeln ist echter. »Was wäre ein Weihnachten ohne Kekse?«

»Stimmt«, erwidere ich zuversichtlich und unterstütze ihren Optimismus.

»Möchtest du wissen, wo ich gerne arbeiten würde? Was mein Traum ist?« Die Worte sprühen vor Übermut und Lebensfreude. Ihre Augen leuchten und ihre Miene zeigt echte Begeisterung. Sogar ein paar Zähne bekomme ich zu sehen, weil ihr Lachen unglaublich breit ist. Ohne Frage werde ich gleich in eine geheime Leidenschaft eingeweiht.

»Selbstverständlich.« Ich freue mich, dass sie offen mit mir spricht. Dass sie es mir erzählen möchte. »Immer raus damit.«

»Mein Traum ist eine eigene Bakery. Dort möchte ich arbeiten und für meine Kundschaft backen. Am liebsten nahe der City. Wo ich die ausgefallensten Kreationen verkaufen kann und mir kein Zoodirektor dazwischenfunkt«, erklärt Kortney, wie aus der Pistole geschossen.

Sie ist eine Frau mit Ehrgeiz und Zielen. Mit welcher Inbrunst sie von ihrem Traum erzählt, ist beeindruckend. Hier spricht Eifer und Tatendrang. Das respektiere ich und sie hat dafür meine Hochachtung.

»Du bist jung und hast alle Zeit der Welt dir diesen Traum zu erfüllen. Ich liebe die Idee. Und das du backen kannst, weiß ich auch.«

»Danke.« Sie stellt den Becher weg, er scheint fast leer zu sein. »Ich spare seit langem dafür und habe mich sogar schon nach Räumlichkeiten umgesehen.«

»Tatsächlich?« Stille Wasser sind tief. In der süßen Bäckerin steckt mehr als der erste Eindruck vermuten lässt.

»Oh ja.« Sie stößt ein sarkastisches Schnauben aus. »Für einige Bruchbuden müsste ich nur fünfzehn Jahre sparen und mich anschließend für die Renovierung bis über beide Ohren verschulden.«

Ich denke über ihre Worte nach und das sieht Kortney wohl in meinem Gesicht.

»Als Bauunternehmer bist du sicher gewohnt, etwas Neues zu erschaffen«, fährt sie fort. »Ich finde aber, alte Gebäude haben ihren eigenen Charme. Und da mein Bruder handwerklich begabt und obendrein noch Elektrotechniker ist, habe ich bereits einen Fachmann an meiner Seite, der einen Großteil der Arbeiten kostenlos durchführen könnte.«

Entrüstung steigt in mir auf, als sie ihren Bruder, den Feuerwerkspfuscher erwähnt. Ihn möchte sie an ihre Bakery lassen?

»Meinst du den Fachmann, wegen dem du dir einen schrägen Pony hast schneiden lassen, weil dir eine Augenbraue fehlt?« Den Satz beende ich mit einem Knurren. Was ich von diesem Benton halten soll, weiß ich noch nicht. Aber als Fachmann würde ich ihn aufgrund seiner aktuellen Taten nicht bezeichnen.

»Benton ist in Ordnung«, verteidigt Kortney ihren Bruder. »Das Feuerwerk ist nur fehlgeleitet worden, weil es schief und ohne sichere Halterung auf dem Tisch gestanden hat. Mit Elektrotechnik kennt er sich aus. Er ist schließlich für sämtliche Lichteffekte des diesjährigen *Christmas Paradise* zuständig. Als Kind war er jedoch schon von Licht und Feuer fasziniert. Sobald es ins Spiel kommt, ist er nicht zu bremsen und übertreibt es gerne mal.«

Kortney räuspert sich und fährt mit fester Stimme fort. »Meine renovierungsbedürftige Bakery würde ich ihm ohne zu zögern anvertrauen.« Sie fasst sich in die Haare und rückt ein paar Haarsträhnen zurecht. »Außerdem bin ich schrecklich verliebt in meinen schräggeschnittenen Pony. Er passt zu der neuen Haarfarbe und hat Klasse.«

Bin ich in eine Falle getappt? Hätte ich die Fähigkeiten ihres Bruders nicht infrage stellen dürfen?

»Dem kann ich nicht widersprechen. Du siehst toll aus.« Ich beschließe, das schwierige Thema um Benton vorerst ruhen zu lassen. In dem Punkt bin ich mit Kortney nicht einer Meinung. »Wann beginnt deine Schicht?«

Kortney sieht auf die Uhr. »Jetzt«, stöhnt sie und erhebt sich. »Sonntag ist der schlimmste Tag der Woche.«

»Machst du irgendwann auch mal Pause?«, frage ich mit Hintergedanken.

»Gegen drei genehmige ich mir meist einen Kaffee und besuche Wilson oder Santiago. Warum möchtest du das wissen?« Auch ich stehe auf und wir schieben beide die Stühle zurück an den Tisch. Den leeren Kaffeebecher nimmt Kortney mit und entsorgt ihn im nahegelegenen Mülleimer.

»Ich habe mir Arbeit mitgebracht.« Um das zu verdeutlichen, hebe ich die Laptoptasche an. »Sollten Wilson und Santiago auf deine Gesellschaft verzichten können, würde ich mich freuen, wenn du in deiner Pause zum neuen Elefantenhaus kommen würdest.«

Kortney bleibt stehen. Ihre Antwort ist ein Strahlen. »Mal sehen, was sich einrichten lässt, Mr Vandas. Werden Sie mich denn besser unterhalten, als ein Faultier und ein Argentinischer Riesenotter es können?«

Kapitel 14

Kortney

Anfang November

Die nächsten Wochen sind furchtbarer denn je. Der Tassenpudding wird ins Programm aufgenommen und im Zoorestaurant sowie an den Außenständen verkauft. Wie vermutet ist *Dotties schaurige Schlammgrube* zu Halloween der Renner. Jeder Besucher, aber vor allem die Kinder, wollen die schleimige braune, oft klumpige Masse probieren. Leider. Ich muss nicht erwähnen, dass Mr Dontell am Tag nach Halloween mit einem Dauergrinsen herumgelaufen ist.

Umgehend, und ohne sich mit mir abzusprechen, hat er meine besonderen Cookies aus dem Zoo verbannt. Nur noch auf der Speisekarte des Restaurants sind die Wild Animal Cookies zu finden. Zu allem Übel ist das der Tatsache geschuldet, dass das hauseigene Laminiergerät kaputt ist und die Speisekarten momentan nicht erneuert werden können.

Im Nachhinein ärgere ich mich, dass ich nicht wenigstens versucht habe, etwas Gruseliges zu backen und dem Tassenpudding an Halloween Konkurrenz zu machen. Höchstwahrscheinlich hätten die Kackhaufen sich ebenso gut verkauft. Vor allem, wenn ich sie mit einem flüssigen Kern versehen hätte.

Jetzt ist es zu spät.

Ein schwacher Trost ist, dass der von mir karikierte Pappbecher, in denen der Pudding verkauft wird, unglaublich niedlich ist. Dotties Hinterteil mit dem kleinen geschwungenen Stummelschwänzchen, ist noch schöner geworden als die Skizze, die ich von der kleinen Marshmallow angefertigt habe.

Ich habe lange überlegt, ob ich meine Zeichenkünste für etwas hergeben kann, das so furchtbar schmeckt und aussieht. Nach einigen Überlegungen bin ich zu dem Schluss gekommen, dass es nur Vorteile für mich bringt. Die Verpackung von Backwaren – oder Tassenpudding – zu designen, ist eine gute Übung für die Zukunft. Schließlich braucht meine Bakery ebenfalls ein ansprechendes Corporate Design, welches ich selbst entwickeln möchte. Außerdem ist die Verpackungsgestaltung für den Zoo etwas, was ich meinem Lebenslauf hinzufügen kann, sollte ich nach Weihnachten gefeuert werden. Wer weiß schon, was das neue Jahr bringt.

Aktuell ist meine Entlassung kein Thema, obwohl ich nur noch sporadisch für das Restaurant backe.

Würden nicht zwei Leute mit einem Magen-Darm-Infekt im Bett liegen, müsste ich mir höchstwahrscheinlich Gedanken machen – aber so … Noch nie habe ich über einen längeren Zeitraum im Service ausgeholfen. Da ich mich schwertue und mir alles aufschreiben muss, bin ich durchgängig überfordert. Vor allem zur Stoßzeit, sobald Hochbetrieb herrscht, wird meine Unbeholfenheit deutlich. Mich zu konzentrieren und vor allem zu fokussieren fällt mir in solchen Momenten unglaublich schwer. Zum Glück bin ich bei den Kollegen beliebt, sodass bisher weder Colin noch sein Vater von meinen schwachen unzulänglichen Leistungen erfahren haben.

Colin!

Der Sohn des Zoodirektors hat seit dem missglückten Date keinen weiteren Versuch unternommen, mich besser kennenlernen zu wollen. Ob es an dem schrägen Pony oder den blauen Haaren liegt, kann ich nicht sagen. Gut möglich, dass Colin eine andere Frau am Start hat. Oder … da er ebenfalls bis über beide Ohren in Arbeit steckt, würde ich mich auch nicht wundern, wenn er momentan ebenfalls überfordert ist. Die Eröffnung des *Christmas Paradise* rückt schließlich unaufhaltsam näher und sorgt bei allen Angestellten des Zoos für eine leicht panische Grundstimmung. Zu viel hängt von einem guten Gelingen ab.

Von Mr Dontell senior weiß ich, dass siebzig Prozent des Jahresumsatzes in der Zeit von Mitte November bis Mitte Januar gemacht werden. Es sollte also möglichst nichts schiefgehen.

Benton habe ich schon seit Tagen nicht gesprochen. Ich finde keine Zeit, ihm etwas Leckeres vorbeizubringen und er findet keine für eine gemeinsame Mittagspause. Mein Bruder steht unter Dauerstrom und klagt über fehlende Kabel, LEDs und Helfershelfer.

Auch vor seinem Team hat der Magen-Darm-Virus keinen Halt gemacht und gleich drei Leute aus dem Verkehr gezogen.

Die Chancen stehen gut, dass bis zum fünfzehnten November alles fertig ist, jedoch darf es keine weiteren Ausfälle geben. Weder im Service noch bei den Handwerkern oder Pyrotechnikern.

Ob Jackson noch in den Zoo kommt? Ob er hin und wieder auf seiner Bank sitzt und den Fortschritt der Baustelle überwacht? Zum Arbeiten kommt er sicher nicht mehr, dafür ist es längst zu kalt geworden.

Zu gerne würde ich ab und an nachsehen gehen. Leider fehlt mir die Zeit – und auch die Energie. Sogar Wilson und Santiago mussten zuletzt auf meine Besuche verzichten, weil der Tag nicht mehr als vierundzwanzig Stunden hat.

Nach dem Sonntag, an dem Jackson samt Laptop auf seiner Bank auf mich gewartet hatte, habe ich ihn nicht mehr gesehen. Damals, nach dem Gespräch im Café, hatte ich das Gefühl, er würde mich mögen und wollte mit mir befreundet sein. Aber da muss ich mich wohl getäuscht haben.

Der millionenschwere Bauunternehmer hat in den letzten Wochen kein weiteres Mal versucht, mit mir Kontakt aufzunehmen. Leider.

Ob es an mir oder der schlechten Presse liegt, die nach dem Verschwinden seiner Ehefrau von Neuem über ihn hereingebrochen ist, kann ich nicht sagen. Es wäre auch möglich, dass meine blauen Haare ihn genauso verschreckt haben wie Colin. Jackson hat mir zwar versichert, dass ich umwerfend damit aussehe, aber der Kommentar könnte auch geflunkert gewesen sein.

»Kortney«, ertönt eine Stimme aus dem Büro, als ich gerade an der Tür vorbeilaufen will. »Kann ich dich kurz sprechen?«, fragt Colin, der es sich hinter dem Schreibtisch seines Vaters bequem gemacht hat. In den letzten Wochen sitzt er immer öfter dort und hält das Ruder in der Hand.

Da der Tonfall nichts Erfreuliches vermuten lässt, seufze ich und gebe der Tür einen Schubs, damit sie vollständig aufschwingt. In den Händen trage ich die Wanne für das schmutzige Geschirr. Sie ist schwer, bis zum Rand voll und wartet darauf, von mir in die Küche gebracht zu werden.

Doch um diesen Zwischenstopp komme ich nicht herum.

»Was gibt es denn?«, frage ich und hebe die Wanne ein Stück an, damit Colin sieht, dass ich beschäftigt bin. Da ich das Gespräch möglichst kurzhalten möchte, stelle ich meine Last nicht ab.

»Ab welchem Alter beginnt das Gehirn eigentlich zu schwächeln?«, fragt Colin mich mit musterndem Blick.

Die Frage versetzt mich in Erstarrung. Weiß Colin von meinem Problem? Bin ich negativ aufgefallen? Stecke ich in Schwierigkeiten, von denen ich nichts ahne? Hat sich einer meiner Kollegen beschwert? Es gibt unzählige Gründe, wieso Colin ausgerechnet diese Frage stellt.

»Äh …« Was will er von mir hören? Ich fasse die Geschirrwanne nach, weil sie zu rutschen beginnt. Meine Handflächen sind von jetzt auf gleich feucht geworden.

»Ist es bei dir schon so weit?«, bohrt er tiefer. »Schwächelt dein Gehirn?« Er greift nach einem Stift und sieht kurz auf die Papiere, die vor ihm liegen.

»Nein, natürlich nicht«, finde ich meine Sprache wieder.

»Warum bittet Ella mich dann darum, eine zusätzliche Servicekraft einzustellen? Sie behauptet, du wärst unfähig und würdest dich hauptsächlich um das Geschirr und nicht um die Gäste kümmern.« Sein Blick wandert zu der Geschirrwanne als wäre das die letzte Bestätigung, die er braucht, um mich abzuservieren.

Verdammter Mist!

»Entschuldige.« Ich schenke ihm ein Lächeln und hoffe, es fällt auf fruchtbaren Boden. Immerhin wollte er sich bis vor kurzem noch mit mir verabreden. »Stress oder zu viele Informationen in zu kurzen Abständen lösen bei mir eine Aufnahmestörung aus«, erkläre ich in ruhigem Ton. »Ich kann mich in anstrengenden Momenten schwerer an Dinge erinnern als andere Menschen. Diese kognitive Überbelastung war schon in der High School ein Grund, warum ich durch die ein oder andere Prüfung gerasselt bin.«

Eine steile Falte taucht zwischen Colins Augenbrauen auf. »Zur Erinnerung … du bist nicht mehr in der High School, meine liebe Kortney.«

»Stimmt.« Mein Unmut ist aus dem Tonfall deutlich herauszuhören. Dass das Gewicht in meinen Händen mich schnaufen lässt, macht die Situation nicht angenehmer. »Vergesslichkeit ist in einem gewissen Umfang normal«, versuche ich Colin mein Problem näher zu bringen. »Ich bin nicht dement oder so. Mein Gehirn kann nur nicht immer alle Informationen entsprechend schnell verarbeiten.«

Colin scheint mit der Antwort wenig zufrieden. »Aber über sechzig bist du noch nicht – oder?«

Die Äußerung ist gemein. Und verletzend.

Mein Atem gerät ins Stocken und mein Magen beginnt zu schmerzen. Bei dem Stress habe ich bald ein Magengeschwür.

»So schlimm ist es nun auch wieder nicht«, verteidige ich mich. »Mein Langzeitgedächtnis funktioniert ganz wunderbar.« Wieder fasse ich die Geschirrwanne nach. Wenn ich nicht aufpasse, kracht sie zu Boden. Meine Finger sind jetzt nicht nur feucht, sie zittern vor Empörung und Wut. »Lediglich meine Merkfähigkeit ist in stressigen Situationen beeinträchtigt. Das ist schon alles.«

Colin seufzt und jetzt sehe ich auch den Stress in seinen Gesichtszügen. Er ist genauso überarbeitet wie wir alle. »Kannst du nicht ein paar Vitamine oder Mineralstoffe nehmen?« Mit dem Finger tippt er sich an die Stirn. »Bestimmt können die helfen da oben ein bisschen Schwung reinzubringen.«

Blödmann!

Schnell schlucke ich die Beleidigung, die mir auf der Zunge liegt, hinunter. Dieses Gespräch ist eine Katastrophe.

»Würde ich nicht jeden Tag Überstunden machen müssen, könnte ich mehr schlafen und wäre nicht ständig müde und unkonzentriert«, gehe ich zum Angriff über, nicht bereit, mich mobben zu lassen.

»Ist das eine Beschwerde?« Mein Chef setzt sich aufrechter und spitzt die Ohren. Auch aus den Augen lässt er mich nicht.

Achtung! Noch ein Wort und du stehst auf der Straße. Dann bist du nicht nur das schwer werdende Geschirr los, sondern deinen Job ebenfalls.

»Natürlich nicht«, rudere ich zurück. »Es ist alles gut.«

Beiße dir auf die Zunge, Kortney.

»Ich kann das zusätzliche Geld gebrauchen. Schließlich ist bald Weihnachten.«

Und da gibt es für alle Angestellten die versprochene Prämie, die den wochenlangen Stress rechtfertigt, füge ich in Gedanken hinzu.

Obwohl es schwerfällt, hebe ich die Mundwinkel und setze eine, wie ich hoffe, entspannte Miene auf.

»Schön, dann kann ich dir eine erfreuliche Mitteilung machen. Die Artenschutzorganisation tagt bei uns im Restaurant, um den stetig steigenden Verlust der Artenvielfalt zu diskutieren.« Colin grinst selbstzufrieden und ein bisschen schadenfroh. »Wir brauchen dich die nächsten beiden Abende im Restaurant – frisch und bei klarem Verstand.« Die letzten Worte fügt er nach einer Pause und einem intensiven Blick in meine Richtung hinzu.

Wie soll ich das nun wieder deuten?

Colins Taktik ist schwer zu verstehen. Schon wieder so eine Kehrtwende mitten in der Unterhaltung. Wollte er mich nicht gerade noch loswerden? Da soll einer durchsteigen...

Also schön ... wieder kein freies Wochenende. Wann hatte ich eigentlich das letzte Mal einen entspannten Abend auf der Couch? Das muss lange vor Halloween gewesen sein.

»Ich werde da sein.«

Bloß weg! Schnell dreh ich mich um, stoße gegen den Türrahmen und lasse beinahe das Geschirr fallen. Ein Unglück wie dieses, hätte mir gerade noch gefehlt.

»Und Kortney ...« Colin ist meine Tollpatschigkeit natürlich nicht entgangen.

»Ja?« Was denn noch?

»Nimm ein paar Vitamine. Vielleicht hilft es ja.« Seine Worte krönt er mit einem Daumen-nach-oben Handzeichen.

Kapitel 15

Jackson

Wie lange dauert es in der Regel, bis Scheidungspapiere zugestellt werden? Die Frage stelle ich mir nicht zum ersten Mal. Müsste ich nicht längst etwas gehört haben? Tagtäglich warte ich darauf, dass ein finster dreinblickender Typ zu mir ins Büro kommt und mich um eine Unterschrift bittet, um den Empfang dieser wichtigen Dokumente zu quittieren.

Unter Umständen hat Shalita es sich anders überlegt und einen Rückzieher gemacht. Will sie die Scheidung überhaupt noch? Was für ein Chaos.

Der Umstand, nicht Bescheid zu wissen und meine Informationen aus der Presse zu bekommen, gefällt mir nicht. Es treibt mich in den Wahnsinn und lässt mich Übles vermuten.

Meine Frau hat einen Großteil ihrer Sachen aus den Schränken geräumt und mitgenommen. Es ist bei Weitem nicht alles, aber genug, um ein komplettes Kofferset für eine Weltreise zu füllen. Alles, was eine Frau eben so braucht.

Den neuesten Berichterstattungen zufolge hat die Schlammschlacht, in die Shalita sich nach der Ehrengala im Zoo voller Eifer gestürzt hat, gerade erst begonnen. Es vergeht kein Tag, an dem Andrew mich nicht anruft oder mir eine Mail mit ihren neuesten Instaposts weiterleitet. Es fühlt sich ein wenig an, als wäre ich mit meinem PR-Berater verheiratet und nicht mit Shalita.

Aktuell ignoriere ich den größten Teil der haarsträubenden Nachrichten und versuche mich auf meine Arbeit zu konzentrieren. Obwohl der liebe Andrew die Tatsache hin und wieder zu vergessen scheint, habe ich auch ohne seine ständigen Störungen genug um die Ohren.

Sollte ich Shalitas letztem Post in den sozialen Netzwerken Glauben schenken können, befindet sie sich auf den Philippinen. Sie erholt sich dort von meinen ständigen Weibergeschichten und sucht Trost in der geführten Meditation. Hashtag *GuruJulianIstDerBeste*

Wer von unseren Freunden soll das bitte glauben? Shalita hat noch nie meditiert. Auch für Yoga oder andere Entspannungstechniken konnte meine Frau sich bisher nicht begeistern. Wellness, Maniküre und Pediküre waren ihr alleiniges Ding.

Außerdem ist Julian ein merkwürdiger Name für einen Guru, der auf den Philippinen zu Hause ist. Bisher war der Drang, den Hashtag anzuklicken, noch nicht groß genug. Aber ich gehe davon aus, dass sämtliche Posts darunter von Shalita stammen.

Zu gerne würde ich mein Leben weiterleben und das hässliche Spielchen, welches Shalita begonnen hat, einfach aussitzen. Irgendwann – über kurz oder lang – wird ihr das Geld ausgehen.

Da ich bevollmächtigt bin und sie außerdem zu einer Reaktion zwingen möchte, habe ich den Verfügungsrahmen ihrer Kreditkarte neu bestimmen lassen. Sollte sie bereits die Scheidung eingereicht haben, habe ich jedes Recht dazu. Am besten sie macht sich schon mal mit den zukünftigen Tatsachen vertraut. Schluss mit Luxus und Geld ohne Ende.

Schade, dass ich ihr Gesicht nicht sehen kann, wenn ihre Kreditkarte abgewiesen oder einbehalten wird.

Andrew hat mich gewarnt, dass mein Handeln zu neuen Problemen mit weitreichenden Konsequenzen führen könnte, aber ich wollte seine ständigen Belehrungen nicht hören und habe mich darüber hinweggesetzt. Je schneller sich Shalita bei mir meldet, desto eher können wir die Sache regeln und zum Abschluss bringen. Aktuell ist keiner von uns mit der Situation zufrieden.

Die Paparazzi haben Shalitas Anschuldigungen mich betreffend, wie Verhungernde aufgesaugt und ausgeschlachtet. Das Maß ist voll. Zwischen der Frau, die ich vor elf Jahren geheiratet habe, und mir ist kein Funken Liebe mehr. Nicht mal ein freundschaftliches Gefühl der Verbundenheit besteht noch.

Shalita ist schuld, dass ich in den letzten Wochen nicht im Zoo war und nach Kortneys Gesellschaft gesucht habe. Zu gerne hätte ich auf meiner Bank gesessen, den Arbeiten am fast fertigen Elefantenhaus zugesehen und mich beim Keksessen mit Kortney unterhalten. Für dieses Vergnügen hätte ich meine Mittagspause ihrer angepasst und mir sogar einen Schal samt Daunenjacke zugelegt.

Leider hat Andrew mich angewiesen, vorsichtig zu sein und meine Treffen mit Frauen, ob jung oder alt, zu überdenken oder zumindest abzuwägen. Aktuell möchte er mich am liebsten mit keinem weiblichen Wesen in der Öffentlichkeit sehen. Egal ob geschäftlich oder privat. Die Gefahr den Paparazzi einen Schnappschuss zu liefern, der Shalita bei der Scheidung in die Karten spielt, ist zu groß.

Und da Kortney mit ihren blauen Haaren und ihrem jugendlich frechen Aussehen wie ein bunter Hund an meiner Seite wirken würde, muss ich mich zurückhalten – obwohl es schwerfällt.

Mir kam sogar der Gedanke, Mr Dontell senior nach Kortneys Telefonnummer zu fragen. Ich könnte ein Firmenessen als Grund vorschieben, bei dem ich Kortneys Backkünste in Anspruch nehmen möchte.

Aber was sollte ich der süßen Bäckerin mit den blauen Haaren schreiben? Sie würde sich wundern, egal wie ich das Projekt *Kontaktaufnahme* angehe.

Mehr als einmal habe ich mir ins Gedächtnis gerufen, das der Altersunterschied zwischen uns zu groß ist. Wir sollten kein Paar sein. Kortney ist dreiundzwanzig Jahre jünger als ich.

Dreiundzwanzig Jahre.

Eine lange Zeitspanne. Als ich so alt war wie Kortney heute, hatte ich gerade mein Studium abgeschlossen und träumte von einem eigenen Unternehmen, dass noch außerhalb meiner Reichweite lag.

Obwohl die Presse vermutlich etwas anderes behaupten würde, hatte ich noch nie eine so junge Freundin. Weder eine feste noch eine gute.

Selbst wenn ich bereits geschieden wäre, und Shalita kein Problem darstellen würde, müsste ich mir diese Verbindung reiflich überlegen. Die Leute in meinem Umfeld würden reden. Über mich – und was viel schlimmer ist –, über Kortney. Möglicherweise würde die herzliche Bäckerin mit dem Gespür für Tiere aufgrund unserer Freundschaft angegriffen werden. Ein Shitstorm könnte über sie hereinbrechen. Sie müsste mit Anfeindungen und Beschimpfungen in unterschiedlichster Form rechnen.

In den sozialen Netzwerken überschreiten Menschen oft aufgrund von Anonymität die Grenze des guten Benehmens. Keiner weiß das besser als ich. Schließlich stecke ich gerade irgendwie hilflos mittendrin in einem solchen Shitstorm.

Möchte ich das für Kortney?

Nein!

Auf keinen Fall.

Besser, ich warte auf die nächste offizielle Veranstaltung im Zoo, um mit ihr zu reden und eventuell Telefonnummern auszutauschen. Der Wunsch, sie heimlich kontaktieren zu können, lässt mich nicht mehr los. Es ist mir wichtig, dass sie von der Zwickmühle, in der ich stecke, erfährt. Nicht dass sie denkt, ich wäre ihrer Gesellschaft überdrüssig oder würde sie absichtlich meiden.

Verdammt Jackson! Hoffentlich denkt sie das nicht. Strenggenommen ist genau das Gegenteil der Fall. Du Idiot kannst nicht mehr aufhören, an sie zu denken.

Zum Glück ist es nicht mehr lange hin bis das *Christmas Paradise* eröffnet. Dort treffen wir aufeinander und finden sicherlich einen Moment für uns allein. Ein kurzes Gespräch, bei dem wir uns über die vergangenen Wochen austauschen, ist das Mindeste, was ich erwarte. Etwas anderes ist nicht denkbar.

Ob ihre Augenbraue bereits nachgewachsen ist?

Zum Teufel …

Geduld war noch nie meine Stärke.

***

Endlich rückt der Eröffnungstag des *Christmas Paradise* näher. Morgen Abend, am 15. November, ist es endlich soweit. Der Lichterglanz für den Kortneys Bruder monatelang geschuftet hat, wird eingeschaltet. Erst mit der Eröffnung des Elefantenhauses am 10. Januar endet die Lichter-Show im *Chinesischen Garten.*

Obwohl ich bisher Zweifel an Bentons Fähigkeiten hatte, muss ich sagen, dass er im *Christmas Paradise* ganze Arbeit geleistet hat. Letzte Woche, als Colin Dontell mich in den Zoo bestellt hat, um ein paar Steuerformalitäten zu regeln, habe ich einen ersten *sehr weihnachtlichen* Einblick in das baldige Spektakel bekommen.

Glitzer und Glimmer überall!

Ein *Chinesischer Garten*, der mit unzähligen Weihnachtsbäumen und Rentieren dekoriert ist, hat etwas Verstörendes an sich. Zumindest bei Tageslicht. Jegliches Feng-Shui-Prinzip ist zudekoriert.

Egal. Sobald es dunkel ist, wirken nur noch die Lichter und der Weihnachtschmuck, sodass die chinesische Gartenkunst für die Besucher nicht mehr zu erkennen ist.

Der stellvertretende Zoodirektor hat mir erläutert, dass der *Chinesische Garten* der einzige Platz ist, wo eine derartige Show überhaupt möglich ist, ohne die Tiere durch Lichter oder fremde Geräusche zu stören. Diese Erklärung leuchtet mir ein.

Die vertraute Routine, sollte zum Wohle der Tiere immer wichtiger sein als jedes weihnachtliche Spektakel, egal wie viel Geld in dem Zeitraum eingenommen wird.

Das Weihnachtsfest mit all seinem Firlefanz hat für mich nicht unbedingt einen hohen Stellenwert. Seit meine Eltern gestorben sind, und der Besuch bei ihnen zu den Feiertagen ausfällt, noch weniger. Meine Mutter hat mich erst mit achtunddreißig bekommen, als sie schon nicht mehr damit gerechnet hatte, jemals schwanger zu werden. Angela Sophie Vandas ist vor drei Jahren friedlich eingeschlafen. Nach ihrem Tod hat mein Vater körperlich und geistig rapide abgebaut. Ohne meine Mutter war das Leben für ihn wohl nicht mehr dasselbe. Er starb nur dreizehn Monate später an einem Schlaganfall.

Am ersten Weihnachtsfeiertag gehe ich in die Kirche und zünde eine Kerze für meine Eltern an. Die Geste ist für mich der emotionalste Teil an Weihnachten. Danach folgen meist diverse Weihnachtsfeiern bei Firmenpartnern sowie ein Abendessen mit Shalita, in einem Restaurant, das sie auswählen darf.

Dieses Jahr fällt das Essen mit ihr wohl aus. Böse bin ich nicht darum. Meine Frau hatte sich stets bemüht ein Restaurant, möglichst gehoben mit mindestens einem Michelin Stern, auszusuchen. Natürlich war alles wunderschön geschmückt und auch das Vier-Gänge-Menü schmeckte hervorragend. Leider habe ich das Restaurant meist hungrig wieder verlassen müssen, nachdem ich ein kleines Vermögen dagelassen hatte. Die Portionen in solchen Schlemmerhimmeln sind wahrlich winzig.

Da es meine Frau aber glücklich gemacht hat, habe ich mich nie beschwert. An Weihnachten sollte sich niemand streiten müssen. Schon gar nicht wegen Nichtigkeiten.

Dieses Jahr gehe ich vielleicht in einen Burgerladen und stopfe mich mit leeren Kalorien und ungesättigten Fettsäuren voll. Vielleicht genehmige ich mir sogar einen Milchshake. Warum auch nicht? Hin und wieder über die Stränge zu schlagen ist okay. Wenn ich eine zusätzliche Sporteinheit einplane, damit der Schmaus nicht ansetzt, ist sogar einer von Kortneys Cookies drin. Das wird mein Weihnachtsgeschenk an mich selbst. Irgendwie freue ich mich schon übertrieben auf dieses für mich ungewöhnliche Vorhaben.

Morgen ist endlich Eröffnungsabend und der Tag an dem ich die süße Bäckerin, die mir nicht mehr aus dem

Kopf gehen will, wiedersehe. Colin Dontell hat mir widerstrebend verraten, dass sie an einem der Außenstände im *Christmas Paradise* für die Getränke zuständig sein wird.

Wie ich mich kenne, werde ich morgen Abend über einen langen Zeitraum kurz vorm Verdursten stehen.

Mach dich auf was gefasst, Kortney.

Kaum gedacht, schießen mir Andrews ständige Warnungen durch den Kopf. Verdammt! Bevor ich zu Grübeln anfange, wische ich sie weg. Nur weil ich mich auf einer öffentlichen Veranstaltung mit einer Angestellten des Zoos unterhalte, wird es keine hässliche Schlagzeile geben. Außerdem sind auf der Eröffnung nur geladene Gäste zugelassen. Ein Paparazziangriff sollte damit ausgeschlossen sein.

Früher habe ich an solche Gefahren nicht den kleinsten Gedanken verschwendet. Daran sind nur Andrews ständige Ermahnungen zur Vorsicht schuld. Hoffentlich entspannt sich die Lage bald wieder. Aktuell ist es extrem anstrengend.

Gerade will ich mich zum hauseigenen Fitnessstudio im Obergeschoss aufmachen, da höre ich einen Schlüssel im Schloss der Korridortür. Klimpert da ein Schlüsselbund?

Unmöglich.

Ich lasse das Handtuch, welches ich aus dem Schrank holen wollte, wo es ist und gehe nachsehen. Wer kann das sein? Hat Shalita etwas vergessen? Hat sie eine Firma beauftragt, ihren restlichen Kram zusammenzupacken?

Innerlich rege ich mich schon jetzt auf, weil fremde Leute einen Schlüssel zu unserer Wohnung und den Code für den Gebäudekomplex haben. Warum habe ich den Sicherheitscode nicht längst geändert? Wie fahrlässig von mir. Sobald die Person, die sich gerade Zutritt verschafft hat, verschwunden ist, werde ich diese Nachlässigkeit beheben.

Mit wenigen Schritten bin ich vom Ankleidezimmer bis in den Flur gehechtet, nur um sofort eine Vollbremsung hinzulegen.

»Hallo Jackson.«

Shalita.

Ist die Frau vor mir eine Fata Morgana?

Meine Noch-Ehefrau steht keine zwei Meter von mir entfernt und sieht jämmerlich aus. Ihre Augen wirken größer und unnatürlicher als sonst. Sie trägt kein bisschen Make-up und an Gewicht hat sie offensichtlich auch verloren. Es ist nicht zu übersehen, dass sie vor kurzem geweint hat. Ihre Nase ist so rot wie ihre Augen. Außerdem wirkt ihr Gesicht geschwollen, als würde sie mit einer allergischen Reaktion kämpfen.

»Was machst du hier?«, frage ich wenig freundlich und kann mein Erstaunen nicht verbergen. Bin ich entsetzt oder nur überrascht? Ein bisschen von beidem. Sie sieht so anders aus. Wenn ich es nicht besser wüsste, würde ich denken, das ist gar nicht Shalita.

»Ich bin zurück«, sagt meine Frau, dreht sich zur Tür und rollt den ersten Koffer herein. Danach kommt

Koffer zwei und drei, sowie das deutlich kleinere Make-up-Köfferchen.

Nein!

Meine Kehle ist trocken. Ich schlucke hart und schaffe es gerade noch, meinen Mund am Aufklappen zu hindern. Können Fata Morganen sprechen und sich bewegen? Kann mich mal jemand kneifen?

Es ist wie bei einem Autounfall. Wegsehen funktioniert nicht. Eine sehr üble Vorahnung steigt in mir auf. Bitte nicht!

»Was machst du hier?«, wiederhole ich meine Frage und schlucke ein zweites Mal. Diesmal spreche ich lauter. *Ich bin zurück* lasse ich als Antwort nicht gelten.

Die Frau, von der ich dachte, dass sie es sich auf den Philippinen gutgehen lässt, schließt die Tür hinter sich und sortiert ihr Hab und Gut nach Größe.

»Nach was sieht es denn aus, Jackson?« Auch ihr Tonfall hat an Schärfe zugenommen. »Mein Ausflug ist beendet. Ich bin zurück.« Ihr Blick hebt sich, sucht meinen und zum ersten Mal, seit wir uns kennen, entdecke ich etwas in Shalitas Gesicht, dass ich dort noch nie gesehen habe.

Angst.

Kapitel 16

Jackson

»Dein Ausflug ist beendet? Was für ein Ausflug? Du hast mich verlassen. Erinnerst du dich? Das hast du sogar der Presse so mitgeteilt. Verlassen ist etwas völlig anderes als ein sonntägliches Picknick. Wenn du also nicht gekommen bist, um die Scheidungspapiere persönlich vorbeizubringen, würde ich vorschlagen, du nimmst dein hübsches Kofferset von Louis Dingsbums und verschwindest wieder.«

Meine Worte klingen gemein und kalt. Ich bin selbst von mir erschrocken, dass ich das alles ohne einmal Luft zu holen und in diesem fiesen Tonfall von mir gegeben habe. Anscheinend hat sich da mehr emotionaler Ballast angestaut als ich mir eingestehen will.

Vielleicht wäre ich weniger ruppig, würde ich Shalitas verstörter Miene trauen. Schauspielert sie? Ist die Gefühlsregung, die so untypisch für sie ist, echt? Wovor sollte sie Angst haben? Außer davor, nach der Scheidung ohne Geld da zu stehen.

»Wir müssen reden«, ist ihre knappe Antwort. Shalita steht immer noch vor ihren Koffern. Ein weises Verhalten, wie ich finde. Ich werde sie nicht ins Innere der

Wohnung lassen. Auf keinen Fall. Nicht ohne triftigen Grund.

»Jetzt möchtest du plötzlich reden?« Der Vulkan in mir brodelt höher. Die Frau vor mir hat dazu beigetragen, dass die Presse mich in den letzten Wochen förmlich zerrissen hat. Sie war es, die die Paparazzi mit so vielen Fotos versorgt hat, dass es für ein ganzes Familienalbum gereicht hätte. Sie hat sich mit den Aasgeiern verbündet und die Öffentlichkeit gegen mich aufgehetzt. Welche Ehefrau macht sowas?

»Ja.« Immer noch steht Angst in ihren Augen. »Ich möchte reden.«

Zum Teufel mit Reden. Vielleicht ist mir nicht nach Reden. Hier spricht eindeutig die Wut aus mir. Meinen Verstand habe ich abgeschaltet.

»Konnte Guru Julian dir nicht helfen?« Der Vorwurf ist ein unerlaubter Tiefschlag und das ist mir bewusst. Außerdem verrät es ihr, dass ich ihre Posts in den sozialen Netzwerken verfolgt habe. Durch meine Vorwürfe habe ich ihr ungewollt in die Karten gespielt.

Shalita zieht die Augenbrauen zusammen. Ihre Stirn bleibt faltenfrei, was zu einem leicht deformierten Gesichtsausdruck führt.

»Doch! Guru Julian hat mir sehr geholfen. Er hat mir emotionalen Halt gegeben und mich über die unterschiedlichsten alternativen Heilungsmetoden aufgeklärt.«

Wie schön für sie.

»Wovon musst du denn geheilt werden?«

Von Langeweile? Luxuslust? Die Unterhaltung wird immer lächerlicher.

»Was für eine Krankheit soll das sein, die eine Frau zwingt, sich am Strand in der Sonne zu aalen?«

Ist das ein Trick? Möchte sie Mitleid erzeugen?

Achtung! Vorsicht Jackson!

Eine winzige Veränderung in Shalitas Miene verrät mir, dass gleich eine Bombe platzen wird. Offenbar habe ich eine Grenze überschritten. Unbehagen kriecht mir im Zeitlupentempo den Nacken herauf. Die nächsten Worte möchte ich nicht hören. Sie bedeuten nichts Gutes – ich spüre es.

»Diese Krankheit heißt *Krebs*.«

Kaum ausgesprochen weiten sich Shalitas Augen und die Angst in ihrem Blick nimmt zu. Das grauenvolle Wort mit den fünf Buchstaben, welches unendlich viel Schrecken auslöst, betont sie.

Verdammt!

Plötzliche Stille umgibt uns.

Wer von uns ist jetzt das Reh im Scheinwerferlicht?

Krebs.

Nur langsam löse ich mich aus der Erstarrung.

Moment … Was soll das bedeuten? Krebs – wie Krebs? »Der Krebs? Die Krankheit, an dem jedes Jahr unzählige Menschen sterben? Warst du deshalb auf den Philippinen? Um dich behandeln zu lassen?«

Mein Ton ist jetzt sanfter.

Shalita sieht zu Boden und stößt ein Seufzen aus. »Nein. Dort war ich, um Abstand von dir zu bekommen und mein neues Leben als baldige Single-Frau zu beginnen.«

Ein Ausdruck, der verdammt ehrlich wirkt, taucht auf ihrem Gesicht auf. »Mein Anwalt hat mir geraten mich für ein paar Wochen abzusetzen, während er unsere Scheidung und alles Weitere in die Wege leitet.«

Sagt sie die Wahrheit? Kann ich ihr glauben?

»Also hast du die Scheidung tatsächlich eingereicht?« Das ist ein starkes Stück. Habe ich meine Frau unterschätzt? Möchte sie die Scheidung so sehr wie ich?

»Zumindest war ich beim Anwalt. Wie weit er gekommen ist, bevor ich ihn gebeten habe, die Sache vorerst zu stoppen, kann ich nicht sagen.«

Der Funken Zuversicht, dass sich alles regeln wird, erlischt. »Aufgrund der Krebsdiagnose?«

Ein Nicken ist die Antwort. »Es ist schlimm. Bevor ich zu den Philippinen aufgebrochen bin, wusste ich nicht, wie verhängnisvoll mein Zustand tatsächlich ist.« Shalita lässt sich dermaßen schwerfällig auf einen der Koffer sinken als würde ihr augenblicklich die Kraft zum Stehen fehlen. »Meine Bauspeicheldrüse ist das Problem«, fährt sie nach einem Moment fort. »Nur wenige Ärzte am Philippinischen Meer sind auf die Behandlung eines Pankreaskarzinoms spezialisiert. Der Gastroenterologe, den ich dort aufgesucht habe, konnte mir nicht helfen, weswegen ich zurückgekommen bin.« Sie sieht hoch und jetzt steht etwas ganz anderes in ihren Augen. Ergebung. »Unsere Scheidung hat sich erledigt, Jackson. Die Formalitäten können wir uns sparen. Einen Rosenkrieg können wir uns sparen.« Shalita zögert. Die nächsten Worte fallen ihr sichtlich schwer. »Wenn ich Glück habe, lebe ich noch … sechs bis acht Monate. Das kommende Weihnachtsfest wird mein letztes sein.«

O Gott! Grundgütiger. Ihre Worte sickern langsam in mich. Die Bauchspeicheldrüse … Schlimmer könnte es nicht sein. Nur noch wenige Monate hat sie. Das ist … ich finde keine Worte dafür. Jetzt brauche ich ebenfalls ein Gepäckstück, um nicht den Halt zu verlieren. Ich gehe zu ihr und setze mich auf den Koffer neben ihrem. Bereit sie in den Arm zu nehmen, bin ich noch nicht. Meine Gedanken und Gefühle überschlagen sich. Hin- und hergerissen beschreibt meinen Zustand nur unzureichend. Ich möchte sie trösten, empfinde Mitgefühl und bin gewillt, mich für den Moment auf ihre Seite zu stellen. Ihr körperliche Zuneigung zu schenken, schaffe ich nicht, was mich wahrscheinlich zu einem Mistkerl macht. Zumindest versuche ich, auf meine Art für sie da zu sein.

»Krebs also?« Warum ich noch mal nachfrage, ist mir schleierhaft. Mein Verhalten ist dämlich und wenig feinfühlig. Ich bin durcheinander, das ist meine einzige Erklärung.

»Ja. Krebs. Eine Heilung ist so gut wie ausgeschlossen. Die Chance, dass einer der hiesigen Ärzte zu einer anderen Diagnose kommt, ist schwindend gering.«

Erneut umgibt uns Stille.

Drückende Stille, die uns wie ein Superkleber zusammenhält.

Irgendwie haben wir gerade einen Moment. Einen emotionalen Team-Moment, wie wir ihn schon seit Jahren nicht hatten. Was soll ich machen? Was soll ich sagen? Wie verhalte ich mich richtig? Gibt es für die nächsten Wochen und Monate eine Anleitung?

Verdammt!

Ich greife nach Shalitas Hand und drücke sie. Mit einem kaum hörbaren Ausatmen erwidert sie den Händedruck. Es fühlt sich wie ein *Danke* an.

»Ich helfe dir. Du bist nicht allein.« Meine Worte sind ein Flüstern, kaum verständlich. Sie fühlen sich komisch an. Heute Morgen hätte ich nie für möglich gehalten, dass ich so etwas jemals zu Shalita sagen würde.

»Danke. Ich weiß dein Mitgefühl zu schätzen.« Sie sucht Blickkontakt und nun fallen mir auch die dunklen Ränder unter ihren Augen auf. Warum ist mir das eben entgangen?

»Du suchst dir den besten Spezialisten, den Boston zu bieten hat. Notfalls fliegst du in einen anderen Bundesstaat, um die für dich richtige Behandlung zu erhalten.«

Shalita nickt und sieht zu Boden. So niedergeschlagen habe ich sie noch nie erlebt. Bisher hat sie mich nur selten in ihre Gefühlswelt blicken lassen. In den letzten Jahren haben wir beide unsere Emotionen zurückgehalten und uns immer weiter entfremdet.

Die momentane Situation verwirrt mich mehr als ich mir eingestehen möchte.

Jackson! Shalita ist immer noch deine Ehefrau. Und sie hat Gefühle. Gefühle, die sie dir gerade ungefiltert präsentiert. Vielleicht gibt es zwischen euch noch einen Funken Liebe. Zumindest eine besondere Form des Zusammenhaltes sollte in einer Lage wie dieser möglich sein.

Bevor einer der unbequemen Koffer beschließt wegzurollen, erhebe ich mich und ziehe Shalita an der Hand mit hoch. »Geh bitte in die Küche und mach dir einen Tee. Oder einen Kaffee. Oder nimm dir ein Glas Wasser.« Was rede ich da? »Ich bringe dein Gepäck ins Ankleidezimmer und komme danach zu dir. Bestimmt gibt es einiges, was wir besprechen sollten.«

Einen Tag später

Meine Frau geht eingehüllt in ihren dicksten Mantel an meiner Seite und hält meine Hand. Dass ich das *Christmas Paradise* gemeinsam mit ihr besuche, hätte ich gestern noch nicht für möglich gehalten. Es fühlt sich falsch und zugleich irgendwie vertraut und gut an.

Und doch … war es die einzig richtige Entscheidung. Shalita ist krank, todkrank. Ihren Worten zufolge wird sie Mitte nächsten Jahres sterben. Wie hätte ich ihren Wunsch, heute Abend an meiner Seite sein zu dürfen, ausschlagen sollen? Nach dem letzten öffentlichen Desaster hat es mich gewundert, dass sie überhaupt Interesse an dieser Veranstaltung bekundet hat und dabei sein möchte. Verrückt und ein wenig unheimlich ist das Ganze schon. Ihr Verhalten hat eine Hundertachtziggradwendung hingelegt.

Muss ich meine Meinung über Shalita korrigieren?

Ich hoffe für mich, dass ich die heutige Entscheidung im Nachhinein nicht bereuen werde. Die Möglichkeit, dass alles nur eine große Show ist, und Shalita den Ort und die Aufmerksamkeit der Öffentlichkeit dazu benutzt, mich erneut dumm dastehen zu lassen, existiert. Sie ist sogar sehr präsent. Unsere Eheprobleme und die Uneinigkeit sind noch gegenwärtig. Lediglich der offenkundige Hass, mit dem meine Frau mich vor ihrer Abreise gestraft hat, ist verschwunden.

Ob wir unsere Schwierigkeiten in der uns verbleibenden Zeit jemals lösen können, steht in den Sternen. Gestern wollte Shalita weder über ihre Diagnose noch über unsere Trennung reden.

Sie wollte schweigend Tee trinken und die Aussicht vom Balkon genießen – mehr nicht. Ihr Verhalten ist fürwahr merkwürdig und verstörend. Aber vielleicht verhält ein Mensch sich so, sobald er erfährt, dass er bald sterben wird. Was weiß ich schon. Manche Angelegenheiten rücken in Momenten wie diesen in den Hintergrund und sind dann einfach nicht mehr wichtig.

Unser Eheaus samt Rosenkrieg ist vom Tisch. Einfach so. Von einer todkranken Frau kann und will ich mich nicht scheiden lassen. Shalita soll sich auf einen neuen Spezialisten und die baldigen Untersuchungen konzentrieren. Vielleicht gibt es noch unversuchte Möglichkeiten – Hoffnung. Eine Scheidung käme nur infrage, sollte es ihr innigster Wunsch sein. Ein beschleunigtes Verfahren könnte ich unter diesen Umständen sicher in die Wege leiten. In der verbleibenden Zeit soll meine Frau alles bekommen was sie sich wünscht. Ein Benehmen dieser Art bin ich ihr nach elf Jahren an meiner Seite schuldig.

Hör auf heute Abend darüber zu grübeln.

Von unerwarteten Emotionen überwältigt, atme ich tief durch. Natürlich mache ich es unauffällig und leise.

So schnell stehe ich mitten im Chaos. Mal wieder. Was wird Andrew zu dieser Wendung der Dinge sagen? Am Montag werde ich mit ihm darüber reden müssen. Wie ich ihn kenne, hat er Beziehungen und kann in kürzester Zeit einen Spezialisten für Shalita ausfindig machen. Andrew hat überall Kontakte. Deswegen hat er vor fünf Jahren den Job bei *Vandas Construction* bekommen.

Stopp! Besser ich konzentriere mich auf das Hier und Jetzt.

Keiner dieser Gedanken sollte mich heute Abend beschäftigen. In wenigen Augenblicken werde ich gemeinsam mit Mr Dontell senior das Band am Eingang zum *Chinesischen Garten* durchtrennen und das *Christmas Paradise* eröffnen.

Danach werden die Lichter eingeschaltet und das Vergnügen kann seinen Lauf nehmen. Von leiser Weihnachtsmusik begleitet, dürfen die zweihundert geladenen Gäste den etwa vierhundert Meter langen Rundweg eigenmächtig erkunden. Geschmückte

Bäume, die in den unterschiedlichsten Farben erstrahlen, meterhohe Rentiere und ein romantischer Lichterglanz, von dem ich mich bei meinem letzten Besuch schon überzeugen konnte, werden alle Besucher faszinieren. Davon bin ich überzeugt. Der Rundweg endet auf der Terrasse am See, auf dem winzige Boote schippern. In jedem davon steht eine flackernde Kerze und sorgt für ein grandioses Finale. An der eigens aufgebauten Christmas Bar, gibt es Champagner, bevor es zur Lichter- und Artistikshow in den eigens dafür abgetrennten Bereich geht.

»Bist du bereit?«, frage ich meine Frau und mustere ihre Miene. Sie hat Make-up aufgelegt und sieht aus, wie ich es von ihr gewohnt bin. Der kranke und traurige Ausdruck vom Vortag liegt unter der Schminke begraben und ist nur noch zu erahnen.

»Natürlich. Mach dir keine Sorgen.« Sie schenkt mir ein zaghaftes Lächeln. »Geh du zu Mr Dontell. Der Zoodirektor wartet sicher schon auf dich.«

Ein letzter prüfender Blick. »Sollte etwas sein, weißt du, wo du mich finden kannst.« Mit einem zwiespältigen Gefühl lasse ich ihren Arm los und gehe, ohne ihr ein Küsschen auf die Wange zu geben, wie ich es früher getan habe.

Obwohl ich ihr mit allen Mitteln helfen möchte, die letzten Wochen und Monate ihres Lebens in Frieden zu verbringen, werden wir niemals mehr ein verliebtes Paar abgeben. Kein gespieltes Händchenhalten. Keine falschen Küsse – auch nicht für die Paparazzi. Da kann mein PR-Berater sich auf den Kopf stellen. Zwischen meiner Frau und mir hat sich etwas verschoben. Ich spüre es und Shalita spürt es sicher auch. Mit uns ist es endgültig vorbei. Freundschaft und Geld kann ich Shalita bieten – mehr nicht.

Kapitel 17

Kortney

Sollte der Abend jemals enden, werde ich vierundzwanzig Stunden durchschlafen. Ich werde ohne Essen ins Bett gehen – sogar ohne mir die Zähne zu putzen. *Igitt!*

Colin hat mir zwei aufeinanderfolgende freie Tage versprochen, wenn ich heute erneut unplanmäßig einspringe und den Champagner an die Gäste, die zur Eröffnung eingeladen sind, ausgebe.

Einen Abend noch durchhalten, Kortney – und dann kannst du endlich zur Ruhe kommen und entspannen. Volle achtundvierzig Stunden lang.

Die letzten Tage waren ein Graus. Aus akutem Personalmangel habe ich ausschließlich im Service ausgeholfen. Gebacken habe ich schon Wochen nicht mehr. Geschweige denn, neue Keksrezepte erfunden oder mein Skizzenbuch mit Ideen gefüllt. Und das zur Vorweihnachtszeit, in der ich für gewöhnlich am Kreativsten bin. Es ist eine Schande. Würde ich das Geld nicht so dringend brauchen, würde ich kündigen. Diese Schufterei ist unzumutbar und sicher nicht rechtens.

Colin verlangt Unmögliches und lässt uns über das Maß hinaus Überstunden schieben. Meine Kollegen sind so ausgelaugt und unzufrieden wie ich. Wir haben einfach nicht genügend Personal für die viele Arbeit. Erst letzte Woche haben Max und Jenny gekündigt. Die beiden haben auf die Prämie, die uns nach dem heutigen Eröffnungsabend versprochen wurde, verzichtet und sind gegangen. Einfach so.

O Gott, was habe ich sie beim Verlassen des Restaurants beneidet. Ich war sogar versucht, mich ihnen anzuschließen. Einfach die Schürze hinschmeißen und gehen. Ein Traum. Und momentan so verlockend wie nichts anderes.

Die Ringe unter meinen Augen müssten mittlerweile bis zum Boden hängen. Verdammt. Seit meine Waage die fünfundfünfzig Kilo Grenze unterschritten hat, stelle ich mich nicht mehr drauf. Keine sehr ausgereifte Handlungsweise. Leider ist es bei dem Stress nicht einfach, an mich selbst zu denken. Entweder ich habe keine Zeit zu essen oder keinen Hunger. Eins von beidem. Langsam, aber sicher stoße ich an meine körperlichen Grenzen. Es wird höchste Zeit für eine Auszeit. Mein Körper hat es mehr als nötig. Er verlangt danach.

Nach dem heutigen Abend sollte es für alle Angestellten des Zoos besser werden. Durch die Eröffnung des *Christmas Paradise* verschiebt sich einiges in der Aufgabenverteilung. Zudem müssen keine aufwändigen Vorbereitungen für irgendwelche Galas mehr getroffen werden. Die nächste größerer Veranstaltung ist die Eröffnung des Elefantenhauses im Januar.

Mit dem Ellenbogen gebe ich Sue, die neben mir hinter der Bar steht, einen leichten Schubs. »Hast du zufällig einen Tampon griffbereit?« Ein Seufzen kommt mir über die Lippen. »Die anhaltende Überbelastung in den letzten Wochen hat meinen Zyklus völlig durcheinandergebracht und jetzt … ich bin nicht sicher, aber möglicherweise bekomme ich meine Periode.« Die letzten Worte flüstere ich. Ungeduldig trete ich auf der Stelle und versuche, das feuchte Gefühl zwischen meinen Beinen zu ignorieren. Gut, dass ich verdeckt hinter dem Tresen stehe. Mein Gezappel möchte ich keinem, der zufällig vorbeikommt zumuten. Zum Glück wird es noch ein paar Minuten dauern, bis die ersten Gäste ihre Eindrücke gesammelt haben und zur Bar kommen.

»Oh je«, zeigt Sue Mitgefühl mit meiner misslichen Lage. »In meiner Tasche im Spint habe ich welche, hier leider nicht.«

Ich nicke, weil ich das vermutet habe. »Pech für mich. Im Spint habe ich auch welche.« Verdammt!

Gerade überlege ich, ob ich meinen Posten für einen winzig kurzen Moment verlassen kann, da erblicke ich Jackson. Jackson M. Vandas, der Mann, den ich seit Wochen nicht gesehen habe, steht direkt hinter mir an der Bar und … grinst.

Nein!

Ohne Zweifel hat er meine geflüsterte Unterhaltung mit Sue mitbekommen.

Als hätte jemand den Ofen in meinem Inneren eingeschaltet, steigt mir Hitze den Hals herauf und erhöht meine Gesichtstemperatur auf tausend Grad. Wohl eher tausendfünfhundert Grad.

Jacksons Grinsen steigert sich. Er hebt die Hände und lacht anschließend offen und herzlich. »Entschuldige, mit einem Tampon kann ich nicht dienen.« Sein Lachen wird zu einem Glucksen. »Aber ich könnte dir einen besorgen, wenn es dringend ist und du hier nicht wegkannst.« Seine Worte krönt er mit dem frechen und herausfordernden Heben einer Augenbraue.

Der Teufel in Person steht vor mir. Und ich bin verloren.

Seine offene Art ist unglaublich sexy. Das dunkle Jackett, über dem er einen langen Mantel – vermutlich aus Kaschmir – trägt, steht ihm ausgezeichnet und wirkt teuer und genau richtig für die kalten Temperaturen der letzten Tage.

Konzentrier dich, Kortney. Hör auf zu schmachten. Versuche lieber deine Gesichtsfarbe herunterzuregeln.

Mein Problem *ist* dringend. Ziemlich dringend sogar. Trotzdem würde ich mir von einem millionenschweren Bauunternehmer, den ich eher flüchtig kenne, keinen Tampon bringen lassen. Etwas Derartiges wäre äußerst unangenehm. Allein der Gedanke, dass er mich nach meiner gewünschten Tampon-Größe fragen könnte, lässt die Temperatur in meinem Gesicht um weitere fünftausend Grad steigen.

Wie ist es überhaupt zu dieser merkwürdigen Unterhaltung gekommen? Und was viel wichtiger ist … wie komme ich aus der Nummer wieder raus?

»Nur zur Info …«, ich beuge mich ihm entgegen und senke meine Stimme, »… wenn Frauen einen Tampon benötigen, ist es immer dringend«, kläre ich den Mann vor mir auf und weiche mit einem Räuspern zurück. »Wo würdest du besagten Tampon denn herzaubern?«, höre ich mich fragen. Obwohl ich hochrot bin, überspiele ich meine Scham und bemühe mich, seinen schadenfrohen Blick herausfordernd zu erwidern. Dieses Spielchen ist gefährlich, aber zu verlockend, um sich nicht einen kurzen Moment daran zu erfreuen.

Jacksons Glucksen wird von einem Kopfschütteln abgelöst. »Keine Ahnung. Darüber muss ich erst nachdenken. Mein Angebot war ein spontaner Einfall.« Er fasst sich mit der Hand in den Nacken und verzieht eine Miene. »Eventuell habe ich meine Hilfe etwas übereilt angeboten.«

Das denke ich auch.

Es ist schön, Jackson mit diesem entspannten Gesichtsausdruck vor mir stehen zu sehen. Ich habe seine Gesellschaft und die witzigen Sprüche vermisst. »Möchtest du ein Glas Champagner, bevor der Ansturm losgeht? Sue und ich sind mit den Vorbereitungen fast fertig.« Ich hebe die bereits geöffnete Flasche und reiche ihm ein Glas, kaum dass er die Hand ausgestreckt hat. »Wieso bist du überhaupt schon hier? Wir rechnen mit den ersten Gästen frühestens in zehn Minuten.«

Jackson nimmt auf dem Hocker vor der Bar Platz und ich freue mich, dass er uns Gesellschaft leistet.

Zum Glück zieht sich die Hitze in meinem Gesicht langsam zurück. Den ganzen Abend wie eine Tomate herumzulaufen, wäre äußerst peinlich. Obwohl es auf natürliche Weise die Augenringe verstecken würde.

»Meine Frau wollte zum Restaurant und sich einen Moment ausruhen«, antwortet Jackson und zuckt mit den Schultern. Zum ersten Mal am heutigen Abend weicht er meinem Blick aus und wirkt angespannt. Jegliches Schmunzeln ist verschwunden »Sicher wird sie in ein paar Minuten nachkommen.«

Seine Frau? Die, die den Shitstorm ausgelöst hat?

Sie ist also zurück …

Unzählige Fragen schießen mir durch den Kopf, von denen ich keine einzige hier und jetzt stellen kann. Nicht, solange Sue neben mir steht und alles mitbekommt. Hat er seiner Frau verziehen? Die haarsträubenden Schlagzeilen der letzten Wochen sind sogar mir ins Auge gestochen und das, obwohl ich bei der vielen Arbeit kaum Zeit hatte, die lokale Presse zu verfolgen.

»Ist eine lange Geschichte«, kommt Jackson mir zuvor, bevor ich etwas Wohlüberlegtes von mir geben kann. Wie es scheint, hat er die unzähligen Fragezeichen auf meiner Stirn stehen sehen. Nicht nur bei mir scheint in den letzten Wochen einiges passiert zu sein.

Jacksons verhaltene Reaktion lässt nichts Gutes vermuten.

Da mich das dringende Bedürfnis überkommt, lege ich meine Hand auf seine freie und drücke sanft zu. Vermutlich sind Jacksons Probleme um einiges schwerwiegender als meine. Er dreht die Handfläche nach oben und erwidert den Druck. Dabei lässt er mich nicht aus den Augen. Stumm tauschen wir ein paar Informationen, begleitet von einem warmen Gefühl.

»Genieß einfach den Abend und freu dich auf die anschließende Show«, versuche ich ihn aufzuheitern. Mit einem letzten Zudrücken entziehe ich ihm meine Hand. Sue ist unglaublich neugierig und lässt uns nicht aus den Augen. »Benton redet kaum noch von etwas anderem«, überspiele ich unsere Emotionen, oder was auch immer wir gerade geteilt haben. »Die Künstler sollen magisch sein.« Übertrieben schwungvoll bewege ich einen imaginären Zauberstarb vor seiner Nase. »Es wird sicher grandios«, sage ich und verziehe eine Miene.

Jackson lässt mich nicht aus den Augen. Er beobachtet mich wie eine seltene Spezies und ich weiß nicht, wie ich das finden soll. Bin ich zu albern? Zu kindisch? Sind ihm meine Augenränder aufgefallen? Hätte ich mehr Make-up verwenden sollen?

»Warst du krank?« Diesmal ist es Jackson, der näher rückt. Also doch zu wenig Make-up. Schnell versuche ich, Abstand zu gewinnen. Zum Glück ist der Bartresen zwischen uns und Jackson kann mir nicht folgen.

»Nein.« Ich drehe den Kopf und hoffe, seinem prüfenden Blicken zu entkommen. »Der Magen-Darm-Virus, den einige aus dem Team bekommen haben, ist an mir vorbeigegangen. Gott sei Dank. Es gab nur unglaublich viel zu tun in letzter Zeit.« Hilfesuchend werfe ich Sue einen Blick zu und hoffe, dass sie mich unterstützt. Auch sie hat unzählige Doppelschichten geschoben und weiß, wovon ich rede.

»Ja«, wendet meine Kollegin sich an Jackson. »Die letzten Wochen waren für sämtliche Angestellten des *Green Lane Zoos* die Hölle.« Sie sieht kurz zum Himmel. »Wir sind alle froh, wenn der vorweihnachtliche Trubel endlich abklingt.«

Statt sich Sue zuzuwenden, starrt Jackson mich weiterhin an. »Du hast abgenommen, seit ich dich das letzte Mal gesehen habe.« Auf die Bemerkung meiner Kollegin geht er gar nicht erst ein.

Das fällt ihm auf? Wow. Jackson M. Vandas ist ein aufmerksamer Beobachter. Diese Fähigkeit ist in seinem Job sicher unumgänglich.

»Ein bisschen«, lüge ich. Geschäftig schiebe ich die gekühlten Champagnerflaschen nach links und streiche mir die vom Kondenswasser nassen Hände am Kleid ab. »Die nächsten zwei Tage habe ich frei. Da werde ich nur schlafen und essen.«

Hoffentlich bohrt Jackson nicht tiefer. Für ein Verhör ist jetzt keine Zeit. Es kann nicht mehr lange dauern, bis der Ansturm losgeht. Außerdem habe ich das Problem mit dem fehlenden Tampon noch nicht gelöst. Was für ein Stress. Wieder mal.

»Ist Colin Dontell dafür verantwortlich, dass ihr so viel arbeiten müsst?«

Lockerlassen gehört nicht zu Jacksons Superkräften. Der Gute ist einfach zu aufmerksam.

Bevor ich ausweichend antworten kann, um unseren stellvertretenden Chef in Schutz zu nehmen, prescht Sue mit einem lauten und sehr deutlichen »Ja!« vor.

Oh je. Das war unmissverständlich – und ein Fehler.

Verdammt! Meine Kollegin hat keine Vorstellung davon, was sie gerade angerichtet hat.

Meine Hand schnellt hoch. »Komm nicht auf die Idee mit Colin darüber zu sprechen«, fahre ich Jackson schärfer als nötig an. Ich strecke sogar den Zeigefinger aus, um meinen Worten mehr Nachdruck zu verleihen. »Zu gerne würde ich meinen Job noch ein Weilchen behalten. Zumindest so lange, bis ich die neuen verbesserten Elefanten-Cookies mit Pistazienmehl für die Eröffnung deines Elefantenhauses gebacken habe.«

Ups. So viel hatte ich gar nicht preisgeben wollen.

Totale Stille. Jackson antwortet nicht. Er sieht mich lediglich an. Dummerweise tut er das auf eine Art und Weise, die mich berührt und etwas mit der Luft zwischen uns macht. Es knistert plötzlich. Sein Blick geht tief. Außerdem sehe ich in seinen Augen, dass er höchst unzufrieden ist. Ich möchte gar nicht wissen, was diese Unzufriedenheit ausgelöst hat. Na ja – eigentlich weiß ich es bereits. Es ist schließlich nicht schwer zu erraten.

Hilfe!

Wo ist die laute und ohrwurmverursachende Weihnachtsmusik, wenn eine Frau sie braucht?

»Du vergisst etwas, liebe Kortney.« Jacksons Aura schwillt an und ich habe das Gefühl, plötzlich zu wenig Sauerstoff in meine Lungen zu bekommen. »Ich habe dem Zoo dieses Elefantenhaus gespendet. Und wenn ich möchte, dass du zur Eröffnung Kekse backst, dann kann kein Dontell, ob jung oder alt, das verhindern.«

Wahnsinn!

Eine wohlige Gänsehaut jagt mir den Rücken hinunter.

So sieht es also aus, wenn jemand seine Macht ausspielt, allein mit Worten und einem stechenden Blick. Am liebsten würde ich mir Luft zu fächern. Wo kommt die plötzliche Hitze her?

»Vielleicht möchte ich sogar eine Torte«, setzt Jackson noch einen drauf. »Eine große, dreistöckige.«

Eine Torte?

Ich schlucke und nehme mir einen Moment. Meine Hände sind plötzlich zittrig und eine Welle der Sympathie überrollt mich. Jackson ist unglaublich.

»Wo ist der Mann, der mir einen Vortrag über leere Kalorien gehalten hat?« Ein Lächeln kann ich nach den Worten nicht zurückhalten. Es ist mein erstes entspanntes Lächeln seit Tagen. Und es gehört Jackson.

»Der hat von deiner Backkunst gekostet.« Die Worte kommen etwas grummelig aus seinem Mund, als würde er nur wegen meiner Fähigkeiten in diesem Dilemma stecken.

Das Lob geht runter wie Öl. Bitte mehr davon. Colin hat nur selten ein nettes Wort übrig – für keinen von uns. Auch er steht unter Dauerstress.

»Danke.«

Jackson nickt und macht Anstalten, um den Tresen herumzukommen.

»Was bitte soll das?« Verwirrt trete ich zur Seite. Für drei Personen ist eindeutig nicht genug Platz hinter der winzigen Außenbar.

»Ich übernehme für dich.« Jackson packt mich an den Schultern und schiebt mich zurück. Anschließend lächelt er Sue an, die verständlicherweise bis über beide Ohren strahlt.

»Warum?«

Was passiert hier? Oh nein! Was wird Colin sagen, wenn er den Sponsor des Zoos auf dem Platz seiner Arbeitskraft entdeckt? Es kann nicht mehr lange dauern, bis er mit den ersten Besuchern hier auftaucht. Die Katastrophe ist vorprogrammiert, dessen muss Jackson sich doch bewusst sein.

»Hast du nicht eben behauptet, du bräuchtest einen Tampon?«, reißt er mich aus meinem Gedankenszenario.

Mein Mund klappt ein winziges bisschen auf. »Äh …«

»Geh! Erledige, was du zu erledigen hast, und komme danach zurück.« Mit einer Handbewegung scheucht Jackson mich los und greift nach der Champagnerflasche, um die neuen Gläser zu füllen, die Sue bereits aufgereiht hat.

Verdammt, ist das heiß. Ich kann den Blick nicht von Jackson abwenden. Ein zupackender Mann, der auch noch das Kommando übernommen hat, wirkt unglaublich anziehend. Ich wette zu dem Schluss ist meine Kollegin ebenfalls gekommen. Ihr Blick spricht Bände.

Hoffentlich ruiniert er sich nicht seinen teuren Kaschmirmantel.

»Kortney?«

»Ja.« Mit einem Räuspern sehe ich Jackson an und nicht mehr seine Arme, die sich unter dem eleganten Mantel abzeichnen. Für jemanden, der nicht täglich Getränke ausschenkt, stellt er sich sehr gewandt an.

»Der Tampon«, wiederholt er sich und scheint seinen Spaß an dem Wort zu haben. »Ich dachte, du hättest einen in deinem Spint. Möchtest du …« Der schamlose Kerl besitzt doch tatsächlich die Unverschämtheit auf den Bereich zwischen meinen Beinen zu starren. »… nicht gehen und …«

Bevor er aussprechen kann, was ich mit dem Tampon machen soll, gehe ich dazwischen. »Ja ja. Ich habe verstanden.« Mit einem Schaudern schüttele ich den Kopf. »Es dauert nicht lang. In fünf Minuten bin ich zurück.« Aus den Augenwinkeln sehe ich, dass Sue unsere Vorstellung aufs Köstlichste genießt.

»Perfekt.« Jackson grinst und legt sich ein Küchenhandtuch kellnermäßig über den Unterarm, als wäre diese Situation ein ganz großer Spaß. »Lass dir Zeit. Deine Kollegin und ich kommen klar.« Erneut füllt er einen Champagnerkelch und geht in seiner Rolle auf.

Ich brauche nicht in Sues Gesicht zu schauen, um zu erkennen, dass sie mit der Situation hochzufrieden ist und ich mir gerne Zeit lassen darf. Sie Glückspilz.

Neid überkommt mich. Warum darf ich nicht dicht an dicht an Jacksons Seite arbeiten? Bestimmt riecht er so gut und anziehend wie er aussieht. Und da kaum

Platz hinter der Bar ist, kommt man sich unweigerlich näher. Diese Wendung der Dinge ist ungerecht.

»Ich beeile mich.« Seufzend wende ich mich von dem verlockenden Anblick ab und mache mich im Stechschritt auf den Weg zum Restaurant und den Personalräumen. Länger als zehn Minuten werde ich sicher nicht brauchen.

Kapitel 18

Kortney

Außer Atem trete ich durch den Lieferanteneingang, der neben der Küche liegt. War es zu Schichtbeginn auch schon so kalt? Der kurze Marsch durch die Dunkelheit konnte mich nicht wirklich erwärmen. Außerdem wird es nun immer dringender, dass ich etwas unternehme. Meine Unterleibskrämpfe haben eingesetzt, was ein sicheres Zeichen dafür ist, dass Sturzbäche im Anmarsch sind. Vielleicht werfe ich zusätzlich ein Schmerzmittel ein. Stundenlanges Stehen mit Regelschmerzen ist wahrlich kein Zuckerschlecken. Mir bleibt auch nichts erspart.

Morgen und übermorgen werde ich nichts tun, außer mit einer Wärmflasche auf der Couch zu liegen und zu faulenzen. Serien schauen und schlafen wird meine neue erfüllende Aufgabe, bevor Colin mich danach wieder für seine Zwecke einspannt. Ob ich irgendwann mal dazu komme Weihnachtsgeschenke einzukaufen? Sollten die nächsten Wochen so weitergehen, muss ich mir etwas überlegen. Früher war es nicht so, aber mittlerweile fühle ich mich von der Familie Dontell ausgenutzt. Die Zeiten, in denen ich für den Zoo neue und einzigartige Rezepte ausprobiert habe, sind vorbei.

Meine Kreativität wird nicht mehr gebraucht. Ich bin ersetzbar geworden.

Unbewusst stoße ich einen langen Seufzer aus.

Wir werden sehen. Grübeln bringt mich nicht weiter. Besonders lange machen die Angestellten aus dem Service diese Schufterei nicht mehr mit. Nicht nur ich bin kurz davor alles hinzuwerfen, auch andere sind unzufrieden. So schlimm wie in diesem Jahr war es noch nie.

Da ich keine Minute vertrödeln möchte, ignoriere ich den Lichtschalter und taste mich im Dunkeln durch die Küche. Es ist ganz leicht. Der Ort ist mein zweites Zuhause, ich kenne ihn wie meine Westentasche. Außerdem ist es bis zu den Umkleiden nicht weit.

Eine aufgebrachte und ziemlich laute Stimme lässt mich innehalten. Es ist jemand im Restaurantbereich, gleich bei den Tischen. Das muss Shalita Vandas sein. Jackson hat erwähnt, dass sie sich ausruhen musste. Ob sie wirklich erschöpft ist oder nur keine Lust auf das weihnachtliche Theater samt Blingbling hat? Ich tippe auf letzteres.

Da ich sie auf ihren hohen Schuhen, die für einen Zoobesuch ziemlich unpassend sind, herumstöckeln höre, kann sie nicht allzu müde sein.

»Nein. Auf keinen Fall. So schnell geht das nicht«, fährt sie ihren Gesprächspartner an, der sich offensichtlich am Telefon befindet. Ein zweites Paar Schritte höre ich nicht. »Jackson ist nicht blöd. Wir müssen überlegt handeln. Ich brauche Zeit, um ihn zu überzeugen. Da wir uns momentan nicht gerade gut verstehen, geht das nicht von heute auf morgen.«

Wie erstarrt stehe ich da und spitze die Ohren. Das ist ein starkes Stück. Die Frau war mir schon bei unserer ersten Begegnung wenig sympathisch. Aber das …

Verlogenes Miststück!

Ihr Handeln ist das Allerletzte und nichts für schwache Nerven.

Was plant sie nun wieder? Neue Schlagzeilen? Die Öffentlichkeit scheint Shalitas liebstes Druckmittel zu sein.

»Zeit ist ein wichtiger Faktor«, setzt sie dem Ganzen die Krone auf. »Was glaubst du, warum ich mir diese tödliche Krankheit verpasst habe? Mit einem harmlosen Schnupfen hätte Jackson mich niemals zurückgenommen.«

Das ist ein starkes Stück.

Erstarrt lass ich das Gehörte nachhallen. Ich fühle mich wie von einem Panzer überrollt. Die Neuigkeiten sind ein Schock. Shalitas unheilvolle Krankheit ist nur eine Vorspiegelung falscher Tatsachen. Noch nie habe ich jemanden getroffen, der so wenig Moral hat. Unsympathischer geht es kaum. Bestimmt ist das die lange Geschichte, von der Jackson gesprochen hat.

Kaum vernehme ich sich entfernende Schritte, schleiche ich auf leisen Sohlen zu den Umkleiden. Ich habe genug gehört. Danke. Es könnte fatal für mich enden, wenn Shalita wüsste, dass ihr schöner Plan aufgeflogen ist. Das sind ziemlich krasse Neuigkeiten! Wie es scheint, läuft Shalita zu neuer Höchstform auf. Jackson wird froh sein, für mich eingesprungen zu sein. Ich kann es gar nicht erwarten, ihm hiervon zu berichten.

Rasch erledige ich, was ich zu erledigen habe, und nehme auch die Schmerztablette. Zum Glück gehöre ich zu den Frauen, die immer alles dabeihaben.

Auf dem Weg nach draußen ist im Ausschankbereich alles still. Entweder hat Shalita das Gespräch beendet oder sie hat sich zu den anderen *Christmas Paradise* Besuchern gesellt und das Restaurant verlassen.

Mir soll es egal sein. Ich habe genug gehört. Klar ist jedenfalls, dass sie einen Verbündeten hat, der ihr bei ihrem miesen Plan zur Seite steht. Sicher kann Jackson dahingehend ein paar Nachforschungen anstellen lassen.

Was wird der Arme zu den Neuigkeiten sagen? Innerlich bin ich aufgewühlt. Sogar meine Hände zittern ein wenig vor Aufregung. Es fühlt sich unrealistisch an, fast wie im Film. Noch nie habe ich Licht in ein dunkles Geheimnis bringen dürfen.

Für mich steht außer Frage, dass ich den Mann, der gerade für mich Champagner ausschenkt, erzählen werde, was ich gehört habe. Sobald sich die Gelegenheit ergibt – am besten noch hier – bin ich zur Stelle und …

Die blöde Shalita-Ziege wird sich wundern.

Noch bevor ich zurück an der *Christmas Paradise*-Bar bin, treffe ich ausgerechnet auf Colin. War ja klar. Mir bleibt auch nichts erspart. Er scheint zum Restaurant zu wollen und es eilig zu haben. Fehlt etwas? Brauchen wir schon Nachschub? Oder sucht er nach mir?

Kaum entdeckt er mich wird seine Miene finster. Finster wie nie. Die blitzschnelle Veränderung in seinem Blick erkenne ich sogar, obwohl der Weg dunkel und lediglich von ein paar Fackeln beleuchtet ist.

Na Prost! Warum muss der Miesepeter überall sein? Sicher hat er Jackson hinter der Bar entdeckt und nun bekomme ich eine Standpauke.

Das ist nicht fair. So viel mieses Karma verdiene ich nicht.

Für nichts auf der Welt werde ich Colin Dontell verraten, warum ich zurück zum Restaurant musste. Schlimm genug, dass Jackson Bescheid weiß. Kein weiterer Mann erfährt etwas von meinen Zyklusproblemen. Niemals.

»Wo sind die Ohrringe und die Lichterkette, die ich extra für euch Frauen hinter der Bar besorgt habe?«, fährt Colin mich an, als er nah genug ist. »Ich dachte, du wärst sie holen gegangen.« Sein Tonfall harmoniert mit seiner unzufriedenen Miene.

»Äh …«

Was hat Sue ihm erzählt? Warum haben wir uns für einen Fall wie diesen nicht besser abgesprochen?

Kollektiv haben wir Angestellten beschlossen, dass sich keiner von uns zum Affen macht und sich mit Weihnachtskugeln an den Ohren und einer bunten Lichterkette um den Hals als Weihnachtsbaum präsentiert. Etwas Derartiges fühlt sich erniedrigend und wenig festlich an. Außerdem sind Weihnachtskugeln aus Glas eindeutig zu schwer für ein paar zarte Frauenohrlöcher.

Colin war natürlich begeistert von seiner Idee – das Zoopersonal nicht.

»Kortney!« Der stellvertretende Zoodirektor fuchtelt mit der Hand vor meinen Augen. »Träumst du? Wo sind die speziellen Ohrringe und die Lichterketten, habe ich dich gefragt.«

Was antworte ich nur?

Denk nach.

»Ver… Ver–gessen!«, stottere ich.

»Vergessen?« Colin richtet sich auf und kommt sogar noch ein Stückchen näher.

Gute Ausrede.

Ich verfalle in ein heftiges Nicken und ringe mit den Händen. »Ja, vergessen«, gewinne ich an Selbstsicherheit. »Mein Montagsgehirn ist schuld.« Mit dem Finger tippe ich mir an die Stirn. »Du weißt doch, wie lückenhaft mein Gedächtnis ist. Ich kann kaum etwas behalten, wenn ich es mir nicht aufschreibe.« Um Verständnis bittend lächele ich und bemühe mich, nicht scharfzüngig zu klingen. »Entschuldige, deinen Rat mit den Vitaminen habe ich noch nicht befolgen können. Zu viel Arbeit.«

Kortney, musste das sein? Ein bisschen weniger schlagfertig hätte deine Antwort ruhig ausfallen dürfen.

Mein Gegenüber furcht die Stirn und ist sprachlos. Sauer und sprachlos. Zum Glück musste ich ihm nichts von dem vermaledeiten Tampon erzählen.

»Kortney?«, höre ich Jacksons Stimme hinter mir, bevor ein sehr unglücklicher Colin mich zur Schnecke machen kann.

Mein Karma lässt mich also doch nicht im Stich.

Die Rettung ist da. Perfektes Timing. Vor Jackson wird Colin sich nicht trauen mich zu maßregeln. Seine Angst, das Wohlwollen des Bauunternehmers zu verlieren, ist zu groß.

»Hey Jackson«, sage ich und drehe mich um. »Entschuldige, hätte Mr Dontell mich nicht aufgehalten, wäre ich längst zurück an meinem Platz.« Den Tadel kann ich mir nicht verkneifen. Sicher werde ich es später bereuen, aber jetzt in diesem Moment fühlt es sich gut und richtig an.

Colins empörtes Funkeln spüre ich im Nacken. Zum Glück muss ich ihn nicht ansehen. Schon lange ist er nicht mehr der Freund, mit dem ich ausgehen wollte.

Wie habe ich nur jemals denken können, dieser Mann wäre ein möglicher Partner für mich. Der stellvertretende Zoodirektor hat sich in den letzten Wochen sehr zu seinem Nachteil verändert. Ob es an der nicht enden wollenden Arbeit liegt oder einen anderen Grund hat, kann ich nicht sagen. Aber von der sympathischen Fröhlichkeit, die Colin früher ausgestrahlt hat, ist nicht mehr viel übrig. Wenn es irgend möglich ist, versuche ich ihm aus dem Weg zu gehen.

»Hast du im Restaurant zufällig Shalita getroffen?«, fragt Jackson mich und lenkt meine Aufmerksamkeit auf sich. Seine Stimme hat einen besorgten Unterton. Am liebsten würde ich ihm sofort sagen, dass er sich die Fürsorge sparen kann, dass seine Frau eine Lügnerin und Betrügerin ist und es ihr gesundheitlich ausgezeichnet geht. Dummerweise steht Colin in Hörweite hinter mir. Und den geht nichts davon etwas an.

»Äh …« Was antworte ich? Wirklich getroffen habe ich Shalita schließlich nicht.

»Hast du das auch vergessen?« Colin, der Tyrann geht an mir vorbei und rempelt mich mit der Schulter an, sodass ich einen stolpernden Schritt nach vorn machen muss. »Ich bin an der *Christmas Paradise*-Bar und erwarte dich in spätestens fünf Minuten. Mit den Ohrringen und der Lichterkette.«

Frechheit.

Armleuchter.

Mein Mund öffnet sich, um etwas von meinen Gedanken laut auszusprechen, aber Jackson legt seine Hand auf meinen Unterarm und schüttelt den Kopf. »Lass es gut sein. Der Knaller ist nicht wichtig.«

Weil er verdammt recht hat, reiße ich mich am Riemen. Außerdem möchte ich die versprochene Prämie. Ich sollte nicht nur den Mund halten, ich *muss* es sogar.

Tief atme ich durch, während ich auf Colins Rücken starre und ihm einen winzig kleinen Magen-Darm-Infekt an den Hals wünsche. Es ist höchste Zeit, dass es ihn auch mal erwischt.

»Entschuldige – ich bin Skorpion«, rechtfertige ich mein Aufbrausen und reiße den Blick los. Dabei knirsche ich mit dem Kiefer.

»Ich weiß?« Jackson legt den Kopf schief und scheint von mir fasziniert. »Das hast du mir bereits erzählt.«

Cool bleiben, Kortney.

»Stimmt. Im Café, als du mich mit den blauen Haaren gesehen hast.« Ich bemühe mich um Kontrolle. »Entschuldige, es ist eine meiner liebsten Eigenschaften, alles auf mein mangelhaftes Sternzeichen zu schieben.«

Jackson schaut irgendwie berechnend drein. »Mir ist schon aufgefallen, dass du nicht nur Kackhaufen backst, um deinen Gemütszustand auszudrücken. Du bist dir auch nicht zu schade, auf verbale Weise auszuteilen.«

Ist das ein Lob oder eine schlechte Eigenschaft?

Egal.

»Entschuldige. Meistens schaffe ich es, mein Temperament im Zaum zu halten. Nur manchmal«, ich zögere, »wenn ich Regelschmerzen und schlechte Laune habe, erleide ich einen Kontrollverlust.«

Irgendwie hätte ich damit gerechnet, dass Jackson lacht, oder mir erklärt, dass Männer von sowas keine Ahnung haben. Niemals hätte ich vermutet, dass er mich in seine Arme schließt und mich ansieht als wäre ich ein Rätsel, welches er unbedingt ergründen möchte.

Oh-ha!

Unerwartet aufsteigende Erregung lädt die Luft zwischen uns elektrostatisch auf. Es kribbelt.

Konzentrier dich.

Ich liege in Jackson Vandas Armen. Ich liege in Jacksons Armen und verschlucke mich an meiner eigenen Spucke. Verflixt! Jetzt nur nicht husten.

Himmel, fühlt sich das gut an. Die Berührung und der weiche warme Mantel. Ich möchte mehr …

Aufgewühlt lecke ich mir über die Unterlippe und versuche bei Verstand zu bleiben. Meine Welt gerät augenblicklich aus den Fugen, bringt mich aus dem Gleichgewicht.

Dieser Mantel muss aus Kaschmir sein. Ganz sicher sogar, das Material ist so wunderbar kuschelig. Wenn Jacksons begieriger Blick mich nicht so durcheinanderbringen würde, würde ich mein Gesicht an seine Brust betten und einfach ein paar Jahre so stehen bleiben. Wann wurde ich zuletzt von starken Männerarmen so liebevoll gehalten? Es muss ewig her sein.

Nervös und verunsichert bewege ich die Zunge und versuche das trockene Gefühl im Mund loszuwerden. Es klappt nicht.

»Warum siehst du mich so an?« Na bitte, ich bin nicht nur draufgängerisch, sondern auch direkt.

Jacksons Lächeln ist unwiderstehlich. Alles an ihm ist unwiderstehlich.

»Weil ich dich küssen möchte«, antwortet er mit ruhiger und völlig gelassener Stimme.

Direkte Frage, direkte Antwort – liebe Kortney.

Meine Mundwinkel zucken und ich lehne den Kopf ein Stückchen nach hinten. Eindeutig eine Aufforderung.

Was nun? Wird er mich küssen oder befinden wir uns in einer Sackkasse und begnügen uns damit, uns gegenseitig anzustarren?

Warum habe ich plötzlich das Gefühl, zu viel Zunge im Mund zu haben? Ich schlucke erneut und befeuchte auch meine Lippen ein zweites Mal. Gleich darauf werden Jacksons Pupillen dunkler, fast schwarz. Er starrt jetzt mehr auf meine Lippen als in meine Augen.

Was für eine Versuchung!

Die warmen starken Arme und dieses Verlangen in den Augen … ich bin verloren. Rettungslos verloren.

Kortney … versuche ich mich aufzuhalten.

Bevor Jackson reagieren kann, ergreife ich die Initiative. Keine Zurückhaltung mehr. Ich kralle mich in den wunderbar weichen Stoff seines Mantels, stelle mich auf Zehenspitzen und drücke meine Lippen auf seine. Es ist eine skorpionmäßige, äußerst draufgängerische Übersprunghandlung, über die ich nicht nachdenke. Ich gebe nur einem Gefühl nach.

Der Drang, diesen Mann zu küssen, ist unermesslich groß. Ich. Will. Jackson. Küssen. Richtig küssen, mit Zunge und allem was dazugehört. Einen besseren Moment als diesen könnte es nicht geben. Schließlich stehen wir auf dem Weg, abseits von den restlichen Besuchern, im Weihnachtswald, der vom *Christmas Paradise* zum Restaurant führt. Was will ich mehr. Romantischer geht es kaum.

Unsere Lippen liegen unbeweglich in Warteposition aufeinander.

Hoffentlich erwidert Jackson meinen Kuss. Hoffentlich denkt er ähnlich, empfindet ähnlich.

Bitte. Bitte, erwidere den Kuss. Lass mich nicht hängen.

Sollte dieser wunderbare Mann mein eigenmächtiges Verhalten als Fehler betrachten, bietet meine Monatsblutung mir wenigstens die perfekte Entschuldigung. Mit Hormonschwankungen und PMS ist schließlich nicht zu spaßen. Da können die unmöglichsten Sachen passieren. Jede Frau weiß das.

Kapitel 19

Jackson

Ich spüre Kortneys süße Lippen auf meinen und kann mein Glück kaum fassen. Eine Welle der Sympathie überrollt mich. Meine süße Bäckerin muss Gedanken lesen können.

So gut …

Leise stöhne ich in ihren Mund. Hätte sie nicht die Initiative ergriffen, hätte ich es getan – nur wenige Sekunden später. Unser Kuss – dieser Kuss – war längst überfällig.

Verdammt ja!

Allein wegen Andrews Warnungen habe ich mich in den letzten Wochen von Kortney ferngehalten und jeglichen Kontakt zu der jungen Frau mit den blauen Haaren gemieden. Damit ist jetzt Schluss. Ich entscheide selbst über mein Leben und über die Dinge, die darin passieren.

Sollen die Schmierfinken und Paparazzi sich doch das Maul zerreißen. Warum ist mir deren Meinung überhaupt wichtig?

Ich will mehr … mehr von Kortney. Mehr von diesem Kuss.

Ich möchte die faszinierende junge Frau, die meinen Geschmack für kalorienreiche Kekse geweckt hat, besser kennenlernen. Ich möchte uns eine Chance geben. Uns beiden.

Es ist verrückt – total verrückt. Kortney ist jung. Ich bin fast doppelt so alt wie sie.

Würde es sie stören, hätte sie nicht die Initiative ergriffen und würde sich nicht mit aller Macht in deinen Mantel krallen.

Kaum habe ich mir das bestätigt, ziehe ich sie fester in meine Arme und intensiviere unseren Kuss. Ich schiebe eine Hand ihren Rücken herauf und lege meine Fingerspitzen in ihren Nacken, wo ich sie sanft kreisen lasse.

Kortney gibt einen leisen Laut von sich, der mir prompt bis in die Eingeweide schießt. Teufel. Anscheinend ist die weiche Haut an der Stelle sehr sensibel. Durch ihre Reaktion angespornt, fahre ich mit dem Zeigefinger bis zu ihrem Haaransatz.

Der Dank für mein Geschick ist ein weiterer Laut, der noch mehr einem Stöhnen ähnelt.

Obwohl es riskant ist, sich auf dem Weg, ohne Schutz vor unerwünschten Blicken, derart gehen zu lassen, lege ich den Kopf etwas schief und schiebe meine Zunge ein Stück weiter vor. Kortney lässt mich tiefer in ihren Mund und erwidert die Geste mit der gleichen Leidenschaft. Der Moment ist perfekt. Wir ergänzen uns ganz hervorragend.

So lange, bis ich ein lautes Räuspern vernehme. Ein Räuspern, das mir ziemlich vertraut ist.

Gütiger Himmel!

Die Seifenblase, in der ich nur mit Kortney existiere, zerplatzt vor meinen Augen. Wie überaus schade.

Ohne Eile löse ich mich von der Frau in meinen Armen, die anscheinend nichts mitbekommen hat und noch in der Seifenblase steckt. Sanft streiche ich ihr mit dem Handrücken ein letztes Mal über die Wange. Danach drehe ich mich um und schirme Kortney mit meinem Körper ab.

»Hallo, Shalita!«, sage ich und höre im selben Moment Kortney hinter mir Luft holen. Richtig vermutet. Sie hat nicht mitbekommen, dass wir gestört wurden. Um meinen kleinen Skorpion nicht weiter in Verlegenheit zu bringen, räuspere ich mich und versperre meiner Frau noch ein wenig mehr die Sicht.

Das Bedürfnis, Kortney vor Shalitas anklagenden Blicken in Schutz zu nehmen, ist groß. Hoffentlich hält meine Frau ihre spitzfindigen Kommentare zurück. Wenn sie weiß, was gut für sie ist, tut sie es.

Was hat dieser zynische Zug um Shalitas Mund zu bedeuten? Nur weil sie zurück in unsere Wohnung gezogen ist und heute Abend bei der Eröffnung dabei sein darf, hat sie kein Recht, mir etwas vorzuschreiben. Oder einen Anspruch auf mich geltend zu machen. Unsere Ehe ist vorbei. Sie existiert nur noch auf dem Papier. Daran ändert auch ihre Krankheit nichts. Vermutlich hätte ich meinen Standpunkt klarer vertreten müssen. Die wenigen Worte, die ich bei unserem Ich-bin-wieder-da-Einzugsgespräch gefunden habe, waren offenbar nicht verständlich genug. Mein Mitleid für Shalitas Zustand hat mich ausgebremst und meine weiche Seite hervorgeholt. Warum war ich nicht geradeheraus? Höchste Zeit, um für klare Verhältnisse zu sorgen.

Das Schlimmste befürchtend, kneife ich die Augen zusammen und stelle mich auf eine Auseinandersetzung der Extraklasse ein. Jetzt und hier. Offensichtlich ist Shalita nicht so labil wie es vor einer halben Stunde den Anschein hatte. Ihre Wut steht eindeutig an erster Stelle. Momentan wirkt sie so wenig krank wie vor ihrem Auszug aus unserer Wohnung. Kein Zeichen von Erschöpfung ist zu erkennen.

»Jackson.« Kortney zupft an meinem Ärmel. »Ich muss zur Bar zurückkehren. Aber ich muss auch dringend mit dir reden.« Den letzten Satz spricht sie so leise aus, dass nur ich ihn hören kann.

Verflixt!

Den *Christmas Paradise* habe ich vollkommen vergessen. Die arme Sue. Ich habe Kortneys Kollegin beim Weggehen versichert, dass sie nicht lange allein bleiben würde. Mittlerweile dürfte ein Großteil der Besucher an der *Christmas Paradise*-Bar angekommen sein.

»Natürlich«, sage ich und wende mich Kortney zu. Shalita, samt anklagendes Stirnrunzeln, ignoriere ich. »Wann hast du Feierabend?«

Meine süße Bäckerin stößt ein wenig humorvolles Lachen aus. »Wenn Ende ist.«

Etwas Derartiges war zu erwarten. Ich nicke und würde Colin Dontell am liebsten zu einem Lehrgang für Personalführung schicken. Er ist ein schonungsloser Arbeitgeber mit zu wenig Verständnis. Hoffentlich bezahlt er seine Angestellten wenigstens gut.

»Ich möchte deine Handynummer.« Es ist keine Bitte. Kortney scheint den Unterschied zu spüren, denn ein echtes Lächeln taucht sogleich auf ihren Lippen auf. Lippen, die geschwollen von meinem Kuss sind. Eine Tatsache, die mir große Freude bereitet.

»Ts ts … die möchtest du also.« Shalita und ihre gespitzten Ohren scheinen ihr augenblicklich so egal zu sein wie mir.

»Ja.« Wieder höre ich ein Räuspern hinter mir. »Ich komme zu dir, bevor der Abend zu Ende ist«, lasse ich mich nicht aus der Ruhe bringen. »Geh nicht nach Hause, bevor ich deine Nummer habe.« Damit sie nicht denkt, dass ich unseren Kuss bereue, drücke ich ihr vor den Augen meiner Frau die Lippen auf den Mund. Es ist kein langer Zungenkuss. Trotzdem ist er aussagekräftig genug, um ein Statement zu setzen.

»Bis gleich«, antwortet Kortney, nachdem ich sie losgelassen habe. Sie geht, ohne einen Blick an Shalita zu richten.

Verdammt ist das sexy. Teuflisch sexy. Am liebsten würde ich ihr noch eine Weile hinterherstarren. Ihre wohlgeformten Kurven sind seit unserer letzten Begegnung schmaler geworden. Wie viel Gewicht hat sie in den Wochen, in denen ich mich von ihr ferngehalten habe, wohl verloren?

»Bist du jetzt fertig? Ich würde gerne nach Hause gehen. Mir ist plötzlich übel.« Shalita greift nach meinem Unterarm und hakt sich ein.

Ihr ist übel? Warum wohl?

»Ich kann dir ein Taxi oder ein Uber rufen, wenn du möchtest«, biete ich meiner Frau an, während ich auf ihre Hand an meinem Arm starre.

Shalita seufzt und sieht zu Boden. Ihr Griff wird fester. »Ich dachte, *du* bringst mich zurück nach Hause.«

»Nein.« Sanft aber bestimmt, löse ich ihre Finger. »Du vergisst, dass ich zu einer Eröffnung hier bin. Obwohl ich das Band am Eingang bereits durchschnitten habe, gibt es noch eine Feuer-Akrobatik-Show, bei der ich in der ersten Reihe sitzen muss. Rubio wird auffallen, sollte ich fehlen.«

Shalita denkt einen Moment nach. »Na gut … in dem Fall bleibe ich ebenfalls.« Ihre Hand landet wieder auf meinem Arm, als hätte sie Angst, ich könnte plötzlich weglaufen. »Vielleicht kann ich an der Bar ein Ginger Ale gegen die Übelkeit bekommen.«

»Du musst nicht bleiben.« Ich seufze und sehe auf ihre lackierten Nägel. »Es ist nicht nötig. Es genügt, wenn einer von uns anwesend ist.« Dass es mir lieber wäre, sie würde verschwinden, behalte ich für mich. Es war ein Fehler, Shalita heute Abend mitzunehmen. Ein großer Fehler.

»Sei nicht albern. Ein bisschen halte ich noch durch.« Ihr Lächeln wirkt bemüht.

Ich gebe mich geschlagen, da es ein denkbar schlechter Zeitpunkt ist, um zu diskutieren. »Meinetwegen …

dann bleibe.« Ihre Hand lasse ich liegen, obwohl ich das Gefühl habe, dass es die falsche Reaktion ist. »Aber sobald wir nach Hause kommen, müssen wir reden. Richtig Reden. Eine Unterhaltung führen und ein paar Regeln aufstellen.«

»Selbstverständlich. Wir können unser Gespräch fortsetzen. Ich habe dir noch längst nicht alle Einzelheiten berichtet.« Etwas Gönnerhaftes liegt in ihrer Stimme, das mir sauer aufstößt.

»Du verstehst nicht.« Ich ziehe Shalita zurück, die sich gerade in Bewegung gesetzt hat. »Sobald wir nach Hause kommen, rede ich und du hörst zu.« Um ihr zu verdeutlichen wie ernst es mir ist, schaue ich ihr tief in die Augen. »Unsere Ehe ist vorbei, Shalita. Wir müssen uns nicht scheiden lassen, wenn du nicht möchtest, aber es wird nie mehr etwas zwischen uns laufen. Nicht das kleinste Bisschen.« Ich zögere und hoffe, meine Worte klingen nicht zu hart. »Andrew soll sich eine Lösung für die Öffentlichkeit ausdenken. Irgendwas müssen wir der Presse schließlich mitteilen. Die Aasgeier sollen dich in Ruhe lassen.« Mitgefühl schwingt mit. »Und mich auch.«

»Liegt es an dem Zoomädchen?« Shalita deutet mit dem Kinn in die Richtung, in die Kortney verschwunden ist. Ihren Blick hält sie absichtlich neutral. »Die Kleine ist süß und hat dein bevorzugtes Alter.«

Ist das eine Herausforderung? Möchte Shalita das wirklich hier erörtern? Hoffentlich nicht.

»Dass ich Kortney mag, hat nichts mit ihrem Alter zu tun.« In dem Moment, wo ich es ausspreche, spüre ich, dass es die Wahrheit ist. »Kortney ist ein außergewöhnlicher Mensch und ich mag sie, weil sie ist, wie sie ist.«

Shalita zuckt mit den Schultern. »Du kannst deine Vorlieben nicht leugnen. Dafür kenne ich dich zu gut.«

Den aufsteigenden Seufzer unterdrücke ich. »Dieses Gespräch führt zu nichts.« Diesmal bin ich es, der sie in die Richtung der Show zieht. »Lass uns den Abend hinter uns bringen und im Anschluss unsere Unstimmigkeiten klären. Hier vor Ort hat das wenig Sinn.«

Sich nähernde Stimmen kündigen die *Christmas Paradise* Besucher an. Vorbei ist die Ruhe.

»Ganz wie dem Herrn belieben. Wir wollen die aufkommende Weihnachtsstimmung schließlich nicht in Gefahr bringen.«

Natürlich reagiert Shalita eingeschnappt auf meinen Kommentar. Im Grunde habe ich mit nichts anderem gerechnet.

Kapitel 20

Kortney

Shalitas ungeheuerliches Auftreten schießt den Vogel ab! Was ist Jacksons Ehefrau doch für eine Blenderin. Dieses Biest. Ich kann es gar nicht erwarten, Jackson von dem Gespräch, dass ich zufällig belauscht habe, zu erzählen. Hoffentlich bekomme ich bald die Gelegenheit.

Jackson möchte dir seine Handynummer geben.

Wie aufregend. Ich hatte noch nie die Handynummer eines Millionärs. Okay. Sicher bin ich mir nicht, dass Jackson M. Vandas Millionär ist. Aber die Wahrscheinlichkeit ist groß.

Als ich Sue erreiche, hat die Arme alle Hände voll zu tun. Jeder *Christmas Paradise* Besucher möchte ein Glas Champagner, bevor er sich auf den Weg zum Höhepunkt des Abends macht. Die Feuer-Akrobatik Show. Bentons Baby. Zum Glück bin ich meinem Bruder heute noch nicht über den Weg gelaufen. Seine Erschöpfung steht meiner in nichts nach. Auch er hat in den letzten Wochen nahezu rund um die Uhr geschuftet. Die heutige Veranstaltung ist eine exklusive Sache, die dem Zoo eine ordentliche Stange Geld einbringt. Was auch ein Stück unser aller Verdienst ist.

»Kortney«, spricht Sue mich an, kaum dass ich die Hand an die Absperrung, die zur Bar führt, gelegt habe. »Wo warst du in Dreiteufelsnamen?« Sie zieht die Augenbrauen zusammen. »Wie lange kann es dauern, einen Tampon einzuführen?«

Das meine Kollegin ihre Stimme nicht senkt, treibt mir die Schamesröte ins Gesicht. Verflucht noch eins.

Danke auch, Sue. Jetzt weiß jeder Bescheid. Das Feixen der Männer in der ersten Reihe ist Beweis genug.

»Nun bin ich ja da.« Ich greife nach einer geöffneten Flasche Champagner und fülle leere Gläser nach, die mir unter die Nase gehalten werden.

Eine Zeitlang arbeiten wir im Akkord ohne zu Reden. Wir sind ein eingespieltes Team. Alles funktioniert wunderbar, bis Colin mit unserem Ohrschmuck und den überflüssigen Lichterketten auftaucht.

Warum kann der liebe Gott nicht einmal Erbarmen haben?

»Hier.« Colin legt die Sachen in den Arbeitsbereich hinter die Bar. »Sobald ihr etwas Luft habt, könnt ihr den Christbaumschmuck anlegen.«

Umgehend tausche ich mit Sue, die die Worte ebenfalls gehört hat, einen Blick. Wir sind uns einig. Heute werden wir keine freie Minute haben, um etwas anderes zu tun, als Getränke nachzuschenken.

»Danke.« Ich nicke Colin freundlich und vielleicht ein bisschen zu ergeben zu. »Das machen wir gerne.«

»Hier, die Nachricht soll ich dir geben.« Er reicht mir einen Zettel und wirkt missgestimmt.

»Was ist das?« Obwohl ich zu tun habe, greife ich mit der trockenen Hand, die nicht nass von Kondenswasser ist, nach dem Papier.

»Mr Vandas Handynummer. Ich soll sie dir persönlich überreichen.« Die letzten Worte ringt Colin sich schwerfällig ab. Sieh an, sieh an! Anscheinend spielt er nicht gerne den Boten für mich. Etwas wie Schadenfreude überkommt mich. Geschieht ihm recht. Wie oft hat er mich schon von A nach B gescheucht.

»Danke.« Mit einem plötzlichen Glücksgefühl im Bauch stecke ich den Zettel in meine Rocktasche und strahle den nächsten Gast mit leerem Glas an. Meinen stellvertretenen Chef ignoriere ich für den Rest des Abends.

***

Als ich gegen Mitternacht die Tür zu meiner Wohnung aufschließe, bin ich völlig erledigt. Müde streife ich mir die Schuhe von den Füßen und lasse mich mitsamt der Winterjacke auf die Couch fallen. Was spricht eigentlich dagegen, einfach hier liegen zu bleiben? Ich könnte die Augen schließen – und dann war es das für mindestens zwölf Stunden.

Unter Umständen würde es mir sogar gelingen, sofort einzuschlafen, wenn der Zettel nicht wäre. Der Zettel mit Jacksons Handynummer, der mir ein Loch in die Tasche brennt.

Ich muss sie abspeichern und Jackson eine Nachricht schreiben, damit er auch meine Nummer hat. Colin hat zwar nicht gesagt, dass ich das tun soll, aber es ist schließlich die übliche Herangehensweise, wenn man Nummern austauscht.

Träge rücke ich das Sofakissen in meinem Rücken zurecht und ziehe Zettel und Handy aus der Jackentasche.

Während ich Jacksons Nummer eintippe und abspeichere, überlege ich bereits, was ich ihm schreiben könnte.

Gar nicht so einfach.

Meine Finger schweben in Warteposition über dem Tastenfeld.

Ein Emoji? Perfekte Idee. Ich schicke Jackson ein Emoji. Es dient schließlich lediglich dem Zweck, dass er meine Nummer bekommt.

Welches?

Ein Herz?

Auf keinen Fall ein rotes – eine andere Farbe auch nicht. Nein! Abbruch! Das geht nicht. Keine Herzchen für meinen neuen Handykontakt, der womöglich irgendwie auch ein bisschen mein neuer Freund ist.

Denk nach, Kortney!

Was steht unter zuletzt benutzt? Auf Suche nach Inspiration schaue ich nach. Kaktus, Daumen hoch, Blume und ein Bus.

Den Kaktus habe ich in der letzten Nachricht an Benton verwendet, um Colin und seine stacheligen Anweisungen zu untermalen, mit denen er uns tagtäglich piesackt. Mein Bruder hat mit einem Vorschlaghammer geantwortet. Sehr kreativ, wie ich finde.

Ein Seufzen samt Blick zur Decke entweicht mir.

Mist! Nichts davon taugt für eine Nachricht an einen sexy Millionär, den ich spontan geküsst habe.

Unser Kuss …

Darf es vielleicht ein Kussmund oder ein küssendes Emoji sein? Wäre das mutig, schlau oder dumm?

Unter Umständen bin ich zu müde, um heute noch komplexe Zusammenhänge wie diese zu durchdenken.

Nein. Noch mal Stopp!

Ein Kussmund ist ein furchtbarer Gedanke. Schließlich bin ich keine himmelnde Fünfzehnjährige mehr.

Ein Cookie?

Es kribbelt im Nacken. Die richtige Idee ist nah und kündigt sich an. Ja, ein Cookie-Emoji würde gehen.

Noch besser … ein Cookie plus Kackhaufen. Vorfreude macht sich breit. Super Einfall. Vielleicht entlockt meine schräge Idee ihm sogar ein Schmunzeln.

Schade, dass ich Jacksons Reaktion darauf nicht sehen kann.

Weil mir die Uhrzeit egal ist, schicke ich meine Nachricht ab. Bestimmt gehört Jackson M. Vandas zu den Menschen, die den Ton ihres Handys nachts ausschalten.

Erledigt.

Es fühlt sich gut an. Es fühlt sich richtig an.

Endlich kann ich die Augen schließen und meine Gedanken zur Ruhe kommen lassen. Das Handy mit beiden Händen umschließend, auf die Brust gelegt, als würde ich beten, gebe ich dem Drang nach, und lasse meine Augenlider zufallen. Meine Winterjacke ist mollig warm und sorgt dafür, dass der Rest um mich herum egal ist.

Ich denke, ich werde sie anbehalten und hier liegen bleiben. Der Weg ins Schlafzimmer ist zu weit. Mein Energielevel hat den absoluten Nullpunkt erreicht.

Unerwartet und überraschend brummt es in meiner Hand.

Mein Handy.

Hat Jackson geantwortet?

Wer sonst, Kortney.

Sofort fängt mein Herz heftig zu schlagen an, und eine Welle an Gefühlen, die ich nicht deuten kann, rollt über mich hinweg.

Langsam hebe ich den Kopf, entsperre den Bildschirm und lese seine Antwort.

Rotes Herz und Kussmund-Emoji.

Volle Punktzahl.

Selig grinsend lasse ich meinen Kopf zurück ins Kissen sinken. Jetzt kann ich schlafen, vielleicht sogar träumen.

Irgendwann werde ich vom Sonnenlicht geweckt. Wie spät es wohl ist? Müde blinzelnd drehe ich mich zur Seite und sehe aus dem Fenster. Die Sonne steht hoch, was bedeutet, dass ich das Frühstück bereits verschlafen habe.

Nach zwei Stunden auf der Couch mit Winterjacke habe ich mich aufgerafft und bin ins Bett umgezogen.

Hier habe ich den Schlaf der gerechten mühelos fortgesetzt.

Die letzten Tage waren so anstrengend, dass ich ohne Probleme weiterschlafen könnte. Ich müsste nur den Vorhang zuziehen und meinem Magen eine Kleinigkeit anbieten, damit sein Gebrüll mich nicht erneut aufweckt.

Gähnend strecke ich die Arme über den Kopf und genieße die Tatsache, dass ich heute und morgen frei habe. Zwei volle Tage stehen mir zur freien Verfügung. Pures Glück nach dem Stress in der letzten Zeit.

Warum habe ich mein Handy nur auf dem Wohnzimmertisch liegen gelassen als ich ins Bett umgezogen bin? Was für ein dummer Schnitzer.

Hat Jackson mir tatsächlich ein rotes Herz samt Kussmund geschickt? Oder habe ich mir das eingebildet – vielleicht auch geträumt.

Verflixt. Jetzt ist an Einschlafen nicht mehr zu denken.

Mit Elan, den ich mir nach einer Nacht wie dieser gar nicht zugetraut hätte, schwinge ich die Beine aus dem Bett und flitze ins Wohnzimmer. Ich schnappe mir das Handy und krieche in Windeseile zurück ins kuschelige Bett. Erst als ich wieder im Warmen bin, entsperre ich das Display.

Fünf verpasste Nachrichten lächeln mich an. Alle stammen von Jackson.

Oh-ha!

Mein Herz bleibt kurz stehen und schlägt dann schneller weiter. Umständlich rutsche ich hoch und lehne mich gegen das Kopfteil.

Fünf Textnachrichten! Was hat das zu bedeuten?

Warum bekomme ich gleich eine ganze Serie?

Die erste Nachricht stammt von acht Uhr. Die letzte kam vor zehn Minuten rein.

Verflixt!

Wie spät ist es überhaupt? Ich checke die Uhrzeit und erschrecke. Gleich zwei Uhr mittags. Wow! Ich habe mehr als zwölf Stunden geschlafen. Ziemlich viel.

Mein Finger schwebt über den ungelesenen Nachrichten. Was ist, wenn Jackson sich für seine eindeutige Nachricht von letzter Nacht entschuldigt? Unter Umständen ist ihm der Daumen abgerutscht und er wollte mir gar keinen Kussmund schicken. Er ist schließlich verheiratet.

Schau nach, Kortney.

Mit angehaltenem Atem öffne ich den Chatverlauf. Ich habe nicht geträumt. Der Kussmund und das rote Herz sind noch da. Gefolgt von einem *Guten Morgen,* um acht Uhr, einem *Schläfst du noch*?, um zehn Uhr, einem *Kortney?* Und weiteren eindeutigen Emojis. In der letzten Nachricht, die er vor zehn Minuten geschickt hat, steht: *Ich möchte dich sehen.*

Wieder hört mein Herz kurz auf zu schlagen. Himmel, wenn ich weiter so reagiere, bekomme ich bald Rhythmusstörungen.

Jackson möchte mich sehen. Heute. Wahrscheinlich sofort. Die vielen Mitteilungen lassen darauf schließen, dass ich ihm wichtig bin – oder, dass er nicht warten möchte, bis wir uns das nächste Mal zufällig über den

Weg laufen. Verdrehte Welt. Ungeduldige Männer gibt es in meinem Umfeld eher selten. Meist bin ich es, die sich nicht gedulden kann.

Da er sicher gleich bemerkt, dass ich online war, antworte ich ihm. Diesmal muss ich nicht lange überlegen.

Guten Morgen. (Küssendes Emoji). *Ich möchte dich auch sehen.*

Bevor ich meine Antwort wegen ihrer Plumpheit lösche oder umformuliere, schicke ich sie ab. Wir haben schon genug Zeit verloren, weil ich den halben Tag im Bett verbracht habe.

Guten Morgen zurück. Endlich ausgeschlafen?

Bevor ich antworten kann, kommt schon die nächste Nachricht herein.

Kannst du zu mir kommen? BostonOne Hotel, Suite 1253. Ich warte auf dich.

Mein Herz, welches nun völlig außer Kontrolle gerät, rast unkontrolliert los. Jackson ist in einem Hotel. Er hat ein Zimmer. Nein, eine Suite! Und ich soll zu ihm kommen.

Holla – ja!

Ich bin bereit, mich auf ein Abenteuer wie dieses einzulassen. Aber sowas von.

Und jetzt …

Aufstehen – Zähneputzen – Duschen – Beine rasieren – Anziehen – ein Uber rufen, gehe ich die nächsten Schritte im Kopf durch.

Schnell noch eine Antwort tippen.

Ich komme. Bin in einer Stunde da.

Kapitel 21

Kortney

Zum Glück hat sich meine Periode als stressbedingte Zwischenblutung entpuppt, die Sturzbäche sind ausgeblieben. Ich habe die Schmerztablette umsonst genommen. Nicht auszudenken, wenn ich das spontane Treffen wegen Regelschmerzen nicht hätte genießen können.

Warum übernachtet *Jackson in einem Hotel?*, frage ich mich, seit ich ins Uber gestiegen bin. Ist er zuhause ausgezogen? Hat er seine Frau verlassen? Weiß er, dass sie ein falsches Spiel mit ihm spielt?

Ich knete mit den Fingern und versuche, meine Nervosität nicht die Oberhand gewinnen zu lassen. Was ist, wenn er nur eine Nummer schieben will und mich deshalb in dieses äußerst schicke Hotel bestellt hat? Auch wenn das Hotel aufgrund seiner Preisklasse keinen verruchten Charakter hat, fühlt es sich ein wenig merkwürdig an, seinem Ruf zu folgen.

Du wolltest ein Abenteuer genießen. Also denk nicht nach.

Meine Zweifel steigern sich, kaum dass ich die prunkvolle Lobby mit gleich drei goldenen Kronleuchtern betreten habe. Was hier wohl ein Zimmer für die Nacht kostet? Und erst eine Suite …

Beeindruckt drehe ich mich im Kreis und lasse Gold und Glanz auf mich wirken. Reichlich kitschig. Ist das Weihnachtsmusik, die da im Hintergrund dudelt?

Zu wissen, dass Jackson M. Vandas extrem wohlhabend ist und es zu sehen, ist etwas vollkommen anderes. Meine Handflächen sind feucht und mein Mund ist trocken. Ich habe keine Chance, die Flüssigkeit in meinem Körper umzuverteilen. Die Aufregung und Anspannung sind zu groß. Etwas Unmoralisches wie heute, habe ich noch nie getan. Ist es überhaupt unmoralisch?

Langsam und mit Bedacht gehe ich zu den Aufzügen. Jeden Moment rechne ich damit, dass mich jemand aufhält und wissen möchte, wo ich hinwill. Warum habe ich meine Kleidung nicht besser durchdacht? Jeans und abgetragene Sneaker sind nun wirklich kein Outfit, das in ein solches Hotel gehört. Hätte ich mir nur mehr Zeit genommen, um mich fertig zu machen. Warum muss ich immer so ungeduldig sein?

Geduld ist eine Tugend, die du nicht hast, Kortney.

Die Aufzugtüren öffnen sich und mein Spiegelbild fährt auseinander.

»Welches Stockwerk darf ich für Sie auswählen?«, fragt mich der Mann in Pagenuniform gleich neben der Bedientafel. Sein Lächeln wirkt freundlich, aber nicht sehr echt.

Heiliger Bimbam. Dieser Aufzug wird von einem eigens dafür abgestellten Hotelangestellten begleitet, damit der Gast keinen Finger rühren muss.

»Äh …« Ich spähe auf das Tastenfeld und hoffe, dort ein paar Nummern entziffern zu können. Nichts. Nur blankpolierte Knöpfe.

»Zu welchem Zimmer möchten Sie, Miss?« Die Frage wird mit deutlichem Misstrauen gestellt. Prompt und natürlich, weil ich es vermeiden will, werden meine Wangen heiß.

Verflixt! Was denkt der Angestellte jetzt von mir? Und warum fühle ich mich plötzlich wie Pretty Woman?

Du hast eine Einladung. Du darfst hier sein.

»Ich möchte zur Suite …«, kurz überlege ich, »1253.« Während ich das sage, trete ich in den Fahrstuhl. Sollte der Typ mich von oben herab mustern, bekomme ich es nicht mit, denn ich hole mein Handy heraus und rufe den Chatverlauf mit Jackson auf.

Bin da, schreibe ich und hoffe, dass ich ohne Probleme nach oben gelange.

Der Fahrstuhlbegleiter hat den Knopf für das oberste Stockwerk gedrückt und mustert meine Aufmachung still und mit Argwohn. War ja klar … die besten und teuersten Suiten liegen immer oben. Ob Jacksons Suite einem Penthouse gleicht?

Du guckst zu viel Fernsehen.

Der Fahrstuhl hält nach einer gefühlten Ewigkeit. Sobald die Türen sich öffnen, springe ich heraus wie von der Tarantel gestochen. Dass mein Verhalten leicht panisch wirkt, kann ich nicht verhindern. Bestimmt wartet Mr Fahrstuhlführer, bis ich an die Tür geklopft habe und eingetreten bin. Er wird warten und überprüfen, ob ich ein Recht habe, hier zu sein. Darauf würde ich meinen Weihnachtsbonus wetten, der sich ab morgen auf meinem Konto befinden müsste.

Jacksons Suite ist nicht weit vom Aufzug entfernt. Es ist gleich die erste Tür auf der linken Seite. Ich hebe die Hand und klopfe dezent an. Wie ich vermutet habe, schließen sich die Fahrstuhltüren nicht. Mr Fahrstuhlführer beobachtet mich nicht direkt, aber er scheint plötzlich großes Interesse am Tastenfeld zu haben. Aus dem Augenwinkel sehe ich, dass er sogar ein weißes Staubtuch zückt und anfängt, den Edelstahl um die Knöpfe herum zu polieren. Wie auffällig kann ein Mensch sich eigentlich verhalten?

»Kortney.«

Plötzlich steht ein hochzufriedener Jackson vor mir. Ein Jackson, der nicht nur grinst, sondern auch bequeme Sportkleidung trägt. Noch nie habe ich den wohlhabenden Bauunternehmer ohne maßgeschneiderten Anzug gesehen.

Dieser Augenschmaus war mir bisher nicht vergönnt. Vor Überwältigung und neu aufsteigender Panik weiß ich nicht, was ich sagen soll. Ein Jackson im Anzug hat etwas Atemberaubendes an sich. Ein Jackson in Jogginghose und schlichtem weißem T-Shirt, der bis über beide Ohren grinst, besitzt etwas Magisches. Fassungslos und völlig baff stehe ich da und starre auf den sportlichen Body. Die ansehnlichen Schultern und die Abwesenheit von Fettpölsterchen lassen darauf schließen, dass der Mann vor mir regelmäßig ins Fitnessstudio geht. Ich kann nicht wegsehen – so normal und doch so umwerfend sieht er aus.

»Möchtest du nicht reinkommen?« Seine Frage krönt er mit einem amüsierten Glucksen, das hervorragend zu seinem Grinsen passt. Meine Erstarrung und Wortlosigkeit sind ihm also nicht entgangen.

Wieso musst du auch Bauklötze staunen!

»Äh …« Schnell zwinkere ich, um meine Gedanken zu klären und reiße mich am Riemen. »Klar. Äh – Moment noch.« Rasch drehe ich mich um und winke Mr Fahrstuhlführer zu. »Tschüssi!« Jacksons Glucksen verstummt und wird durch einen fragenden Gesichtsausdruck abgelöst. »Entschuldige«, ich trete ein und warte, bis mein Gastgeber die Tür hinter mir geschlossen hat. »Das musste sein.«

»Hat der Page etwas zu dir gesagt? Hat er seine Pflichten zu ernst genommen? Manchmal sind die Mitarbeiter des Hotels zu engagiert und übereifrig.« Jacksons Miene hat augenblicklich einen angespannten Zug. Er würde nicht zulassen, dass ich Spott ausgesetzt bin oder mich nicht rundum wohlfühle. Wie süß von ihm.

»Nein. Meine Fahrstuhlbegleitung war zuvorkommend und sehr aufmerksam. Vielleicht etwas neugierig.« Um meine rasant zunehmende Nervosität in Schach zu halten, lasse ich meinen Blick umherschweifen und schnuppere.

Warum riecht es hier so verdammt gut? Nach Gewürzen, Zimt und Tannennadeln – irgendwie weihnachtlich. Ich fühle mich sofort wohl und atme den dezenten Geruch ein weiteres Mal ein. Sollte das eine Duftkerze sein, möchte ich die auch für meine Wohnung haben. So riecht Weihnachten. Wunderbar.

»Alles gut, bei dir?« Jackson mustert mich. »Du atmest so komisch.«

»Ja.« Ich zupfe verlegen an einer Haarsträhne, die mir ins Gesicht gefallen ist. Wie peinlich. »Das Zimmer – nein, das Hotel – ist umwerfend. Der Luxus macht mich ein wenig nervös.« Ich lasse meine Haare los. »Warum wohnst du in einem Hotel?« Die Frage schießt einfach so aus mir heraus. Sollte Jackson mich für eine schnelle Nummer herbestellt haben, weil unser Kuss ihn auf den Geschmack gebracht hat, möchte ich das wissen. Ob ich es schaffen würde, ihm zu widerstehen und die Suite zu verlassen, steht auf einem anderen Blatt. Trotzdem möchte ich klare Verhältnisse haben, was da zwischen uns ist oder bereit ist, sich zu entwickeln.

Jackson fasst sich in den Nacken und wirkt augenblicklich selbst ein wenig nervös.

»Gib mir bitte deinen Mantel und den Schal.« Er streckt die Hand aus und ich ziehe beides aus und reiche es ihm. Für einen Moment verschwindet er im Nebenraum, bevor er ohne die Sachen zurückkommt.

»Komm wir setzen uns, dann erkläre ich dir alles.« Er geht vor und ich folge ihm in den Bereich, der mit einer kleinen Wohnlandschaft und einem wandfüllenden Fernseher ausgestattet ist.

Was eine Nacht im *BostonOne* wohl kosten mag?

Gespannt setze ich mich Jackson gegenüber und warte bis er ebenfalls Platz genommen hat. Wir benehmen uns gezwungen und völlig anders als sonst. Es fühlt sich ungewohnt und ein wenig merkwürdig an. Hoffentlich gibt sich das gleich wieder.

»Du wolltest wissen, warum ich im Hotel wohne.« Jackson sucht den Blickkontakt und fixiert mich an Ort und Stelle. Mir wird sofort heiß. »Ich bin gestern Abend aus meiner Wohnung ausgezogen und habe meine Frau verlassen.«

Deutliche Worte.

»Oh!«, ist alles, was ich rausbringe.

Ein *Warum* liegt mir auf der Zunge. Ob er bereits von Shalitas falschem Spiel weiß?

Jackson überschlägt die Beine und wartet. Worauf? Sein Fuß wippt und ich registriere, dass er keine Socken trägt. Hölle, ist das sexy. Jackson hat schöne wohlgeformte Füße.

Was wollte ich noch gleich fragen? Möchte ich überhaupt etwas fragen?

»Ich will nicht mit dir über meine Frau und unsere Probleme sprechen.« Er seufzt und sieht kurz zur Seite. »Die Sache ist kompliziert und soll dich nicht belasten. Du musst nur wissen, dass ich seit …«, er sieht auf den teuer aussehenden Chronographen an seinem Handgelenk, »zwölf Stunden und vierunddreißig Minuten ein von seiner Frau getrenntlebender Mann bin.« Die Aussage krönt er mit einem Lächeln, das mit großer Erleichterung einhergeht. Es ist ihm anzusehen, dass er seine Entscheidung bisher nicht bereut hat.

»Okay. Die Tatsache freut mich.« Sofort muss ich an das küssende Emoji in seiner Nachricht denken. »Und was bedeutet dein Auszug für *mich*? Möchtest du mich erneut küssen?« Mein Mundwinkel hebt sich von selbst. »Diesmal ohne eine nachtragende Ehefrau, die uns unterbricht?«

Jackson antwortet nicht auf meine Herausforderung, die witzig rüberkommen sollte. Mein Versuch, der Situation eine gewisse Komik zu geben, scheitert kläglich. Seine Miene ist vollkommen ernst. Außerdem hat er aufgehört mit dem Fuß zu wippen. Was bedeutet das? Hält er sich zurück?

Unruhig rutsche ich auf die andere Pobacke.

»Kortney.«

Er entknotet seine Beine und beugt sich vor, sodass sein Körper meinem ganz nah ist. Der Geruch eines dezenten Aftershaves mischt sich mit dem Weihnachtsgeruch der Suite. Ich muss den Drang unterdrücken, die Augen zu schließen und tief einzuatmen. Von dieser Kombination könnte ich high werden. O Gott, vielleicht bin ich es schon.

»Ich möchte sehr viel mehr als dich nur küssen, meine liebe Kortney«, offenbart Jackson mit rauchigem Unterton, der mich umgehend in Erregung versetzt. Sofort höre ich auf zu Atmen – zu denken ebenfalls.

»Hm.«

Was soll ich darauf antworten? Was erwartet Jackson von mir? Warum fällt mir zum Geier keine gescheite Reaktion ein? Möchte ich auch mehr von ihm? Warum stelle ich mir so viele Fragen?

»Ich möchte ehrlich zu dir sein.« Seine Stimme klingt jetzt wieder wie immer. Nicht wie purer Sex.

»Shalita und ich haben noch einige Aspekte zu klären, die unweigerlich zu Streit führen werden. Höchstwahrscheinlich wird die Presse in den nächsten Wochen und Monaten nicht von meiner Person ablassen und weitere schmutzige und falsche Nachrichten verbreiten. Unter Umständen wird die Meute sich auch auf dich stürzen, solltest du mit mir gesehen werden.« Er zögert einen Moment. »Und trotz der Schwierigkeiten und Hindernisse, die sich uns in den Weg stellen werden, möchte ich mit dir zusammen sein. Ich möchte dich küssen. Du ahnst gar nicht wie sehr.« Er schüttelt den Kopf. »Ich möchte dich als meine feste Freundin, auch wenn Andrew mir den Kopf abreißen wird, sobald er von meinem Vorhaben erfährt.«

Zu gerne möchte ich antworten und ihm klarmachen, dass ich mit ihm einer Meinung bin. Doch ich habe keine Chance, Jackson lässt mich nicht zu Wort kommen.

»Warte, ich bin noch nicht fertig.« Er lächelt und ich tue es auch. »Du bist jung, Kortney. Und du könntest wahrlich einen besseren«, er blickt zu Boden, »einen knackigeren Kerl als mich haben. Es ist egoistisch … aber du gehst mir nicht aus dem Kopf. Seit du deine Haare blau gefärbt hast, halte ich ständig Ausschau, sobald ich im Zoo bin. Und nicht nur da. Überall, wo sich viele Menschen aufhalten, suche ich nach etwas Blauem in der Masse.«

Echt?

»Gefallen dir meine Haare so gut?« Etwas überrascht bin ich schon.

Jackson blickt auf meine Haare, die ich lediglich zu einem langweiligen Pferdeschwanz zusammengebunden habe. »Ich liebe deinen neuen Look. Er passt zu dir. Außerdem verleiht der schräggeschnittene Pony dir das gewisse Etwas.«

»Danke.« Von einem Mann, der tagtäglich spießige Anzüge trägt, zählt ein solches Kompliment doppelt. Für gewöhnlich ist das männliche Geschlecht nicht so aufmerksam und offen für Neues.

»Kortney, ich möchte uns eine Chance geben, wenn du es auch willst. Ich möchte dich an meiner Seite, als meine Freundin. Ich möchte dich ohne schlechtes Gewissen küssen – überall. Und nachts möchte ich es in meinem Bett tun.«

Direkte Worte. Ich liebe Männer, die sich auszudrücken wissen.

»Aber – es wird nicht leicht.« Jacksons Miene zeigt Zweifel an seiner Idee. »Vor allem, da Shalita nicht zu den Frauen gehört, die eine Niederlage einstecken können. Solltest du dich auf mich einlassen, wirst du unweigerlich ins Licht der Öffentlichkeit gerückt. Ich werde dich beschützen und, soweit es geht, aus allen Schwierigkeiten heraushalten, aber es wird nicht leicht. Du musst damit rechnen, dass ein gewaltiger Shitstorm auf uns niederprasselt.«

Unweigerlich sehe ich den Tatsachen ins Auge. »Weil

du für junge Frauen an deiner Seite bekannt bist?« Mir ist sonnenklar, worauf er hinauswill.

»Ja. Doch mit uns wäre es anders. Bisher habe ich mit keiner meiner Bekanntschaften eine Beziehung geführt. Mit dir möchte ich das volle Programm. Ich möchte Alles. Ich möchte dich ganz und gar. Könntest du dir vorstellen, meine feste Freundin zu sein?«

»Ja.« Das Wort kommt mir so schnell und ohne nachzudenken über die Lippen, dass Jackson förmlich zurückschreckt.

»Kortney. Du hast nicht mal eine Sekunde überlegt.« Er schüttelt den Kopf als wäre ich ein hoffnungsloser Fall. »Nimm dir einen Moment Zeit zum Nachdenken. Du ahnst nicht im Entferntesten, worauf du dich mit mir einlässt.«

»Stimmt. Das weiß ich nicht.« Jetzt bin ich es, die sich über die Knie nach vorn beugt, um ihm nah zu sein. »Ich kenne die Welt nicht, in der du zuhause bist.« Mein Blick fixiert ihn, damit er spürt, wie wichtig mir die Sache ist. »Aber ich mag dich – sehr sogar.« Meine Schultern heben sich kurz und ich überlege, wie ich am besten sage, was ich zu sagen habe. »Ich möchte Zeit mit dir verbringen. Ganz viel Zeit.« Ein Lächeln schleicht sich auf meine Lippen. »Und ich möchte dich küssen. Du bist ein sehr begabter Küsser.« Gleich werde ich knallrot. Es dauert nicht mehr lang. Noch nie habe ich mit einem Mann, den ich erst kurz kenne, so offen gesprochen. »Ich bin nicht aus Zucker und habe einen Großteil der Artikel gelesen, die über dich geschrieben worden sind. Ich weiß, worauf ich mich einlasse. Zumindest hoffe ich, dass ich es weiß.«

»Du hast im Internet nach mir gesucht?« Jackson scheint mein Engagement in der Sache zu erfreuen.

»Ja. Meine Neugier ist grenzenlos«, gebe ich selbstbewusst und ein wenig frech zu. »Hast du wirklich deiner Freundin neue Brüste spendiert?«

Kapitel 22

Jackson

Ein haltloses Lachen samt Kopfschütteln bricht aus mir heraus. So etwas kann auch nur Kortney fragen. Ihre unbeschwerte Art, die Dinge anzugehen, ist nur einer der Gründe, warum ich sie so sehr mag.

»Zwischen all den gemeinen und schlecht recherchierten Nachrichten, die über mich veröffentlicht werden, ist dir ausgerechnet *das* im Gedächtnis geblieben?«

Kortney zuckt mit den Schultern. »Die Baubranche, mit all ihren Komplikationen und Unwegsamkeiten, interessiert mich nicht. Klatsch und Tratsch hingegen schon. Zumindest manchmal. Oder wenn es um einen Kerl geht, den ich kenne.«

Meine süße Bäckerin – so ehrlich und von den Medien und der Öffentlichkeit noch unverletzt. Welchen Gefahren setze ich sie aus, wenn ich etwas mit ihr anfange? Die Schmierfinken werden sie vor meinen Augen zerreißen, sollten wir uns als Paar der Öffentlichkeit präsentieren. Dummerweise gibt es keine Garantie, egal wie Kortney sich entscheidet. Ob ich sie vor allem Schlechten, was unweigerlich über sie und mich geschrieben werden wird, schützen kann, steht in den Sternen.

Wäre ich ein bisschen weniger egoistisch, würde ich mich von Kortney Starr fernhalten. Zu ihrem eigenen Schutz.

»Ja«, komme ich zum Thema zurück und beantworte Kortneys Frage. »Ich habe einer Freundin geholfen und ihre Brustoperation finanziert.«

Kortney nickt. Was sie wohl denkt? Ihre Miene gibt nichts preis.

»Allerdings hat die Presse nur über den Teil geschrieben, der sich gut verkaufen lässt. Die komplette Wahrheit hinter der Geschichte interessiert die wenigsten. Sie ist auch meist nicht Schlagzeilen tauglich.«

»Okay.«

Da ich an Kortneys Tonfall höre, dass sie gerne mehr erfahren möchte, rede ich weiter. »Petra, die Frau, der ich zu neuen Brüsten verholfen habe, arbeitet für die X & U Agentur, die mir eine weibliche Begleitperson zur Verfügung stellt, sobald ich zu einem offiziellen Anlass oder einem Geschäftsessen nicht allein gehen kann.« Kortneys Augen weiten sich. »Xandra & Upton ist eine seriöse Agentur, kein Escort-Service, bei dem es um Sex geht«, kläre ich sie auf.

»Okay.«

Ein Schmunzeln bildet sich automatisch auf meinen Lippen. Die Antwort scheint ihre Lieblingsantwort zu sein.

»Petra hat mich ziemlich oft begleitet, da Shalita sich mehr und mehr zurückgezogen hat. Wir sind uns über die Monate nähergekommen.« Ich lehne mich zurück, lasse Kortney aber nicht aus den Augen. »Petra und ich waren ein starkes Team und haben uns gut verstanden, außerdem war sie äußerst wortgewandt und hatte ein besonderes Geschick mit einem Geschäftspartner an den Tag gelegt, der für *Vandas Construction* äußerst wichtig war.«

»Und als Dank hast du ihr ein paar Silikonpolster gesponsert?« Kortneys Frage sind keine Emotionen zu entnehmen. Sie weiß anscheinend noch nicht, was sie von der Sache halten soll.

»Nein.« Unruhig, weil ich finde, dass wir langsam genug über dieses Thema geredet haben, rücke ich näher. Vielleicht bedränge ich sie sogar ein winziges bisschen. »Ich habe ihr eine Brustverkleinerung bezahlt. Petra hatte starke Rücken und Nackenbeschwerden und konnte sich die Operation von ihrem Gehalt nicht leisten. Durch sie habe ich ein zwei Milliarden Dollar schweres Geschäft abgeschlossen, da fielen ein paar tausender für ihre Gesundheit nicht weiter ins Gewicht.«

»Oh.«

»Ja. Oh! Die Tatsache hast du nicht in der Klatschpresse gelesen. Stimmt's?«

»Nein.« Kortney wirkt nachdenklich.

»Und – was machen wir jetzt?« Weil ich hoffe, dass mein Körper sie positiv beeinflusst, rücke ich dichter an sie heran. Bald passt kein Blatt mehr zwischen uns. Ein Stückchen noch den Kopf neigen … dann könnte ich sie küssen. »Wie ist deine Antwort, Kortney? Möchtest du es mit mir versuchen, auch wenn meine angespannte Lage mit der Presse dir höchstwahrscheinlich Probleme bereitet?« Dass sie bereits ja gesagt hat, ist mir bewusst. Aber die Antwort kam ihr sehr spontan über die Lippen. Kortney muss sich absolut sicher sein. »Was möchtest du?« Ich streiche ihr mit dem Finger über die Wange und sehe, wie sich eine leichte Gänsehaut bildet. Die Frau vor mir erzittert. Und ich bin dafür verantwortlich. Ein Glücksgefühl durchströmt mich unerwartet.

»Dich.« Die Antwort kommt so klar und deutlich wie eben das Ja. »Ich möchte dich. Nur dich.«

Ein Chaos aus Glück, Freude und irgendetwas Kindischem, das ich schon seit Jahren nicht mehr gefühlt habe, bricht über mich herein. Ein wahres Feuerwerk der Gefühle durchflutet mich und lässt mich innerlich vor Freude tanzen.

Sie hat ja gesagt.

Kortney hat ja gesagt.

Ich bin ein verdammter Glückspilz. Bevor meine süße Bäckerin wieder die Initiative ergreift und mich küsst, komme ich ihr zuvor. Diesmal bin ich schneller und lasse mir das Ruder nicht aus der Hand nehmen. Ich schließe sie in die Arme und drücke meine Lippen auf ihre.

Wahnsinn.

Sie schmeckt so wunderbar wie beim ersten Mal. Vielleicht sogar besser.

Unser Kuss ist kurz und heftig. Bevor wir richtig in Fahrt kommen, unterbreche ich unser Tun. Ich möchte

Kortney in meinem Bett. In einem Kingsize-Bett, das uns genügend Platz für allerlei Aktivitäten bietet.

»Komm.« Beim Aufstehen greife ich nach ihrer Hand und ziehe sie mit hoch. Ihr Blick ist erwartungsvoll. »Hier ist zu wenig Platz«, beantworte ich die stumme Frage.

»Findest du?« Kortney starrt auf das Sofa, das niemand mit Verstand als zu klein bezeichnen würde.

»Ja, finde ich.« Bevor sie zu diskutieren anfängt, bleibe ich stehen, schiebe eine Hand unter ihre Knie und lege die andere in ihren Rücken. Danach hebe ich sie auf die Arme. »So geht es schneller«, erkläre ich mein Handeln.

Kortney schlingt mir die Arme um den Hals und lächelt mich an. »Ich wollte schon immer mal von einem Mann ins Schlafzimmer getragen werden. Davon habe ich bisher nur in Liebesromanen gelesen.« Ich gehe langsam, weil es mir gefällt, Kortneys Gewicht in meinen Armen zu spüren. »Heißt das, ich erfülle dir gerade eine heimliche Fantasie?«

Ihr Körper vibriert leicht als sie zu glucksen anfängt. »Für meine Fantasie haben Sie zu viel an, Mr Vandas.« Ihr Blick intensiviert sich und ihr Lachen wird zu einem Schmunzeln. »Tausche die Jogginghose mit einem Lendenschurz und zieh das T-Shirt aus, dann kommst du schon nah an meine Träume heran.«

Nein.

Auf keinen Fall.

Mit dem Fuß stoße ich die Tür zum Schlafzimmer auf.

»Ich bin zu alt für etwas Albernes wie einen Lendenschurz.« Mit Schwung platziere ich die Frau, die ich vorhabe, bis auf das letzte Bisschen auszuziehen und zu verwöhnen, in der Mitte des Bettes. Ein wunderschöner Anblick, den ich sofort abspeichere. »Aber von Jogginghose und T-Shirt trenne ich mich sofort, wenn du es wünschst.«

Kortney antwortet mit einem frechen Grinsen. »Au ja! Strippst du für mich?«

Teufel!

Die Frau treibt meinen Blutdruck nur mit ein paar ausgesprochenen Worten in die Höhe. Ich werde trainieren müssen, um in Zukunft mit ihr mithalten zu können.

Welches Feuer habe ich da entfacht? Allein ihr alles verschlingender Blick lässt mich den Verstand verlieren. Wann habe ich mich das letzte Mal so gut und zu allem bereit gefühlt?

Ich komme nicht dazu darüber nachzudenken, da Kortney mit gehobenem Kinn auf mein T-Shirt deutet. »Fang damit an. Und mach langsam!« Ihr Tonfall hat etwas Herrisches an sich, das nicht ohne Folgen bleibt und mich in meinen Boxershorts anschwellen lässt.

Ohne sie aus den Augen zu lassen – natürlich werde ich mich in wenigen Augenblicken revanchieren – fasse ich nach dem Saum meines T-Shirts und ziehe es so hoch, dass sie mein Sixpack bewundern kann. Mein Körper ist durchtrainiert und ohne überflüssige Fettpölsterchen, worauf ich stolz bin. Ob das so bleibt, sobald Kortney anfängt, regelmäßig für mich zu backen, steht auf einem anderen Blatt. Ich bin nicht nur ihrem Charme und ihrem Körper verfallen, auch ihre köstlichen Cookies haben sich einen festen Platz in meinem Leben erschlichen und sind nicht mehr wegzudenken.

»Höher.« Sie reckt das Kinn und deutet ungeduldig mit dem Finger. »Bitte.«

»Bin ich zu langsam?«, necke ich sie und empfinde ungewöhnlich viel Spaß.

Kortney legt den Kopf schief. »Ich möchte dich anfassen.«

»Das glaube ich dir.« Ohne mich ihr zu nähern, ziehe ich mir das T-Shirt über den Kopf und werfe es zu Boden. Kortneys Pupillen weiten sich. Ihr gefällt was sie sieht – und das gefällt mir. Wir sind uns einig. Wir wollen das hier beide.

Am liebsten würde ich mir die Hose samt Boxershorts gleichzeitig runterschieben und zu ihr ins Bett springen, aber ich halte mich zurück und koste die Situation noch einen Moment aus. Gelassener als ich mich fühle, hake ich die Daumen in den Rand meiner Jogginghose und … danach warte ich.

Kortneys Ungeduld ist spürbar.

Die Luft zwischen uns heizt sich auf. Mit geringem Kraftaufwand ziehe ich den Hosenbund in die Breite und spanne den Baumwollstoff über meiner Mitte, sodass sie erkennt, dass ich bereits erregt bin.

»Jackson …!« Ihr angehaltener Atem entweicht explosionsartig. Auf die Reaktion habe ich spekuliert. Der süßen Kortney gefällt mein Anblick. Gut zu wissen … sie steht unter der gleichen Anspannung wie ich.

»Ja?«, frage ich scheinheilig und stelle ihre Geduld auf die Probe.

»Schiebe endlich die verdammte Hose runter und komm zu mir ins Bett!«

Genau das wollte ich hören.

»Hm.« Die Situation auskostend ziehe ich die Daumen aus dem Bund und lege eine Hand nachdenklich ans Kinn. Meine Hose bleibt vorerst wo sie ist. »Nein.«

»Nein?«, fragt sie frustriert. Ein Schnauben folgt den Worten.

»Hast du noch Krämpfe?«

»Was für Krämpfe?« Eine Falte taucht auf ihrer Stirn auf.

Mir ist bewusst, dass ich dabei bin, die Stimmung zu verderben. Aber ich muss wissen, ob sie sich rundum wohlfühlt.

»Deine Periode. Unterleibskrämpfe. Du hast gestern nach einem Tampon gesucht.«

Ihre Stirn glättet sich. »Nein. Keine Krämpfe. Es war falscher Alarm.« Die Matratze bewegt sich, als sie zu zappeln beginnt. »Versteh mich nicht falsch. Es freut mich, dass du derart aufmerksam bist. Aber können wir jetzt weitermachen? Bitte.«

»Natürlich können wir weitermachen«. Nichts lieber als das. »Ich finde nur die Rollen sind etwas ungleich verteilt.«

Diesmal deute ich mit dem Finger auf ihr Oberteil. »Zieh du etwas aus, dann ziehe ich etwas aus.« Dieses nervenaufreibende Spiel gefällt mir immer besser. Hoffentlich können wir es noch ein Weilchen ausdehnen.

Ich liebe dieses erregte Funkeln in Kortneys Augen, wofür allein ich verantwortlich bin.

»Jackson!«, fährt sie mich an. Ihre Geduld ist eindeutig aufgebraucht. »Du bist gemein.« Sie zieht ihre Schuhe von den Füßen und lässt anschließend den Kopf auf das Kissen hinter sich fallen. Anders als von mir erwartet, hebt sie im nächsten Augenblick das Becken wie beim Bodenturnen an, öffnet ihren Hosenknopf und schiebt ihre Skinny-Jeans samt Höschen – es ist ein schwarzes – hinunter. Kaum über die Füße gestreift, wirft sie beides zu Boden und schlägt die ausgestreckten Beine übereinander. Mit den Händen stützt sie sich hinten auf der Matratze ab. Alles geht so wahnsinnig schnell, dass ich keine Zeit habe, meinen Blick auf die wichtigen Stellen zu fokussieren.

Verdammt!

Am liebsten würde ich die Szene zurückspulen und mir die Zeitlupe ansehen – vielleicht sogar zwischendurch die Stopptaste drücken.

»Ist es so besser?«, fragt die Person, die genau weiß, was ich verpasst habe, mit einem fetten und herausfordernden Grinsen. Kortneys Hemdbluse bedeckt nicht nur ihren Oberkörper, sondern auch den Bereich zwischen ihren Beinen, der wie ich weiß, vollkommen nackt ist.

Die pure Folter.

Ein ergebenes Stöhnen entweicht mir.

Ich bin verloren.

»Du hast dich mit Absicht so schnell bewegt.« Hungrig mustere ich ihre langen Beine und die Füße, die in rosa Söckchen stecken. Schwarze Unterwäsche und rosa Socken. Die provozierende Kombination passt ganz wunderbar zu der Frau vor mir. »So gut mir unser Spiel auch gefällt – jetzt ist Schluss.«

Kapitel 23

Kortney

Endlich bewegt Jackson sich in meine Richtung. Wenn er noch lange so unfassbar sexy vor mir gestanden hätte, wäre ich ohne Fremdeinwirkung dahingeschmolzen. Der Mann strahlt eine reife Maskulinität aus, die etwas Faszinierendes hat und überwältigend auf mich wirkt. Obwohl die Männer, mit denen ich bisher geschlafen habe, alle deutlich jünger waren, hatte keiner von ihnen Jacksons Körperbau. Sein Gerede über Kalorien und Muskelaufbau war kein leeres Geschwätz. Jackson tut etwas für sein Aussehen. Dagegen fehlt mir jegliche Körperspannung. Vielleicht kann mein hübsches B-Körbchen über die fehlenden Muskeln hinweghelfen.

Ich höre auf zu denken, als Jackson sich über meine Beine setzt und anfängt, meine Bluse aufzuknöpfen. Er stützt sich mit den Knien ab, sodass ich nicht von seinem Gewicht erdrückt werde. In seinem Blick steht Erregung und etwas, das an kindlichen Übermut erinnert.

Mit steigendem Interesse beobachte ich seine geschickten Finger und seine Miene, die sich mit jedem offenem Knopf weiter verändert.

»Ich bin also ein begabter Küsser?« Noch zwei von den winzigen Knöpfen, bis Jackson feststellt, dass ich keinen BH trage. Ich freu mich schon auf seinen überraschten Gesichtsausdruck.

»Bitte was?« Die Frage verwirrt mich. Wo kommt die plötzlich her? Aus dem Nichts?

Der Mann mit dem sexy Körper hält inne. »Du hast eben behauptet, ich wäre ein begabter Küsser.« Seine Augenbrauen ziehen sich zusammen. »Ist erst wenige Minuten her. Das kannst du unmöglich vergessen haben.«

»Habe ich das tatsächlich behauptet?«, frage ich nach und kann ein Kichern nur mit Mühe zurückhalten. Ist ihm meine Meinung über seine Fähigkeiten so wichtig? Braucht er Bestätigung? Von mir? Etwas Derartiges ist bei einem selbstbewussten Mann wie Jackson M. Vandas schwer vorstellbar.

»Ja, liebe Kortney, das hast du behauptet«, antwortet er grimmig, bevor er sich in die Knopfleiste samt Stoff krallt und mich an seinen Mund zieht. »Ziemlich deutlich sogar.«

Bitte mehr …

Sofort schlinge ich meine Arme um seinen Hals und erwidere den stürmischen Kuss. Wir geben uns hin und erforschen den jeweils anderen, bis wir nach Luft schnappen müssen.

»Du bist wahrlich ein begabter Küsser«, flüstere ich über seinen Lippen, weil es stimmt. »Und du hast einen tollen Körper. Es gibt keinen Grund, warum ich dich nicht attraktiv finden sollte.« Anscheinend braucht Jackson diese Bestätigung, zumindest ein klein wenig.

»Danke.« Er schiebt den Zeigefinger unter mein Kinn und hebt es an, sodass ich direkt in tiefe braune Augen blicke. »Da wir das nun festgestellt haben …« er lächelt, »will ich dir jetzt zeigen, was ich mit diesem tollen und erfahrenen Körper alles anstellen kann. Bist du bereit, die letzten Hüllen fallen zu lassen?« Es knistert gewaltig um uns herum. Sogar die winzigen Härchen auf meinem Unterarm stellen sich auf.

Mein Mundwinkel zuckt. »Schon lange. Du bist der, der sich immer noch an seine Hose klammert.«

Der Kommentar bringt mir einen weiteren stürmischen Kuss ein, bevor ich sanft nach hinten geschubst werde und mit dem Rücken auf der Matratze lande.

Jackson steigt von mir herunter und entledigt sich so schnell von seinen letzten Kleidungsstücken wie eben ich. Er lässt mir kaum Zeit, seine Pracht zu bewundern. Verdammt! Wieso diese Gerechtigkeit? Gerade als ich mehr als nur den Kopf heben möchte, um bessere Sicht zu haben, ist er zurück. Er schiebt meine Beine auseinander und positioniert sich dazwischen.

Sein Verhalten, die Initiative zu ergreifen, ist verdammt sexy. Ich bin längst bereit für ihn.

Der nächste Kuss trifft mein Dekolleté. Sofort spüre ich die leichten Bartstoppeln und erschauere. Meine Nervenenden reagieren hochsensibel. Gefühle überwältigen mich.

Jaaa … mehr …

Mit einem wohligen Seufzen lasse ich den Kopf zurücksinken und genieße, was mir gegeben wird.

Jackson öffnet einen Knopf und küsst die Haut darunter. Nach dem nächsten Knopf hält er inne – und erstarrt.

»Ich trage keinen BH«, erkläre ich, ohne die Augen zu öffnen, die von ganz allein zugefallen sind.

»Die entzückende Tatsache ist mir gerade bewusst geworden.« Jackson schiebt den Stoff zur Seite und entblößt mich vollständig. Kalte Luft lässt meine Brustwarzen hart werden. »Wunderschön.«

Im nächsten Moment spüre ich Jacksons Lippen auf meiner Haut und höre auf zu denken. Seine Zunge, auf meinen Brüsten, auf meinem Bauch, ist unglaublich geschickt. Der Kontrast zu seiner rauen Wange bringt mich um den Verstand und lässt mich nur noch mehr fühlen.

Zu gerne würde ich ihn zu mehr Eile drängen.

»Verdammt! Verdammt, verdammt!« Plötzlich zieht Jackson sich zurück … und stoppt.

Er ist weg.

»Was ist jetzt wieder?« Ich verstehe die Welt nicht mehr.

Der Mann, der gerade dabei war, mir den Himmel auf Erden zu schenken, springt aus dem Bett und verschwindet durch die Tür, die an das Schlafzimmer grenzt. Ich vermute, dass es das Badezimmer ist.

Wenige Sekunden später ist er zurück und ich kann endlich seinen nackten Körper in voller Pracht bewundern.

Wow!

»Kondom! Wir brauchen ein Kondom.« Er hält ein quadratisches Päckchen in die Luft, bevor er es mit den Zähnen aufreißt. Während er das tut, nähert er sich dem Bett, sodass ich das Spiel seiner Muskeln bewundern kann.

Jackson ist geschickt und so ist er wenige Augenblicke später bereit, da weiterzumachen, wo er aufgehört hat. Der Gute küsst mich erst auf den Mund und anschließend auf den Bauch.

»Entschuldige. Für gewöhnlich denke ich früher an wichtige Sachen wie diese.«

Liebevoll fahre ich ihm durch die Haare und genieße es das zu tun. Jackson hat dicke Strähnen, die nur widerspenstig durch meine Finger gleiten. Am liebsten würde ich meine Hand hineinkrallen und ihn festhalten.

»Ich auch«, gestehe ich und fühle mich mitschuldig. »Du hast mich etwas überwältigt.« Da Jackson mich weiter um den Bauchnabel herum küsst, lasse ich seinen Kopf los und gebe ihm mehr Bewegungsfreiheit. Mit voller Glückseligkeit atme ich aus und stütze mich mit beiden Händen auf der Matratze ab.

»Wenn ich dich nur *etwas* überwältigt habe«, Jackson hört auf mich zu küssen und schiebt seinen Körper in die perfekte Position über meinen. »Dann ist es wohl an der Zeit, dich richtig und angemessen zu überwältigen.«

Mein zustimmendes Ja verwandelt sich in ein tiefes Einatmen, als Jackson sich langsam in mich schiebt. Er nimmt sich Zeit und genießt jeden Zentimeter von mir.

»Du fühlst dich gut an«, stöhne ich mehr als das ich spreche. Meine Hände landen auf Jacksons Rücken und meine Fingernägel kratzen über seine Haut. Ich spüre Gänsehaut unter meinen Fingerkuppen, einen schnellen Puls und einen Körper, der Mühe hat sich zu beherrschen.

»Lass los!«, weise ich ihn an und komme ihm endlich mit meinem Becken entgegen, sodass er vollständig in mich gleitet.

Ein berauschendes Gefühl, das mein Innerstes zum Erbeben bringt, lässt nicht lange auf sich warten.

Jackson stöhnt protestierend, erfüllt mir aber im nächsten Augenblick meinen Wunsch und lässt sich gehen. Er bewegt sich. Erst langsam, dann schneller und dann … O Gott … er schiebt seine Hand unter meinen Po, korrigiert den Winkel und … Unweigerlich halte ich die Luft an und spüre in die Veränderung hinein. Es dauert nicht lange, bis ich bunte Sternchen sehe und ein Orgasmus der Extraklasse sich ankündigt.

Verdammt!

Ich kann nicht anders. Meine Fingernägel graben sich in Jacksons Rücken und ich rufe seinen Namen, bevor ich mich gänzlich fallen lasse.

Nahezu zeitgleich mit mir kommt Jackson. Am Rande nehme ich wahr, wie seine Rückenmuskulatur sich anspannt und er einen lustvollen und tiefen Laut von sich gibt.

Was für ein Sturm.

Was für ein Feuer.

Meine Erwartungen wurden eindeutig übertroffen.

Völlig erschöpft und rundum zufrieden liegen wir noch Minuten später nebeneinander und konzentrieren uns auf unsere Atmung.

»Gib mir einen Moment. Ich bin gleich wieder da.« Die Matratze wackelt als Jackson sich erhebt und ins Badezimmer verschwindet, um das Kondom zu entsorgen.

Kaum ist er zurück und liegt neben mir suche ich seine Hand und hake meinen kleinen Finger in seinen. »Das war ein ziemlich guter Anfang würde ich sagen.«

Jackson lacht und greift sich meine Hand. »Dem kann ich nur zustimmen.« Er zieht und im nächsten Augenblick liege ich mit dem Kopf an seine Schulter gebetet. »Wie gut, dass ich sämtliche Termine in den nächsten zwei Tagen gecancelt habe, so können wir uns diesem Vergnügen noch unzählige Male hingeben. Wir können sogar im Anschluss an jede schweißtreibende und kalorienverzehrende Nummer den Zimmerservice bestellen und im Bett essen.«

Seine Worte überraschen mich.

»Du hast dir zwei Tage frei genommen?«, frage ich nach und drehe den Kopf, sodass ich ihm ins Gesicht sehen kann. Warum ist mir nicht schon eher aufgefallen, dass heute ein normaler Arbeitstag ist und Jackson um diese Uhrzeit im Büro sein müsste?

»Yep.« Sein Grinsen ist echt. »Tief in meinem Innern habe ich wohl gewusst, dass du ja zu mir sagen würdest.« Er küsst mich auf den Kopf und streicht mir anschließend eine blaue Ponyfranse aus der Stirn.

»Du kannst dir also tagtäglich aussuchen, wann du zur Arbeit erscheinen möchtest?«

Was für eine unglaubliche Vorstellung.

Jackson wirkt von meiner Frage belustigt. »Mir gehört *Vandas Construction*. Ich bin der Firmeninhaber und Hauptanteilseigner und kann mir so viel freinehmen wie ich möchte.«

»Richtig.« Jackson ist der Boss. »Wie dumm von mir.« Ich kuschele meine Wange zurück an seine nackte Haut und genieße den betörenden Geruch, der von meinem neuen Freund ausgeht »Entschuldige. Ich hatte kurz vergessen, dass du stinkreich bist.«

»Das bin ich.« Er zieht mich fester an seinen Körper.

»Es muss schön sein, hin und wieder ein richtiges Wochenende haben zu können.« Mit meinem Zeigefinger male ich Kreise auf die leicht beharrte Haut und suhle mich einen Moment in Selbstmitleid. Die letzten Wochen haben Spuren hinterlassen. Im neuen Jahr kann es so nicht weitergehen. Etwas muss sich ändern.

Der Körper an dem ich liege, erbebt. »Es ist süß, dass du glaubst, ich hätte eine geregelte Arbeitswoche, freie Wochenenden inklusive.«

»Hast du die nicht?« Wieder hebe ich den Kopf, um ihn ansehen zu können. Unter Umständen hat es auch Nachteile, der Chef eines millionenschweren Unternehmens zu sein.

»Nein. Für gewöhnlich bin ich Rund um die Uhr erreichbar, auch am Wochenende. Die zwei freien Tage, die ich mir für dich genommen habe, sind die ersten seit …«, er stockt, »… keine Ahnung, seit vielen Jahren.«

Die Worte lassen etwas Warmes in meinem Innern entstehen und mein Herz zieht sich ein Stück zusammen. Ich fühle mich begehrt wie noch nie. Jackson ist bewundernswert und scheint mich zu mögen. Seine Absichten sind ehrlich.

Mein Blick bleibt an seinen bestechend braunen Augen hängen, die mich zu erforschen scheinen.

Möglicherweise ist jetzt der richtige Augenblick gekommen, um ihm zu erzählen, was ich im Restaurant belauscht habe. Er muss erfahren, dass seine Frau ein falsches Spiel mit ihm spielt. Womöglich weiß er das längst oder vermutet es. Warum sonst sollte er in einem Hotel wohnen? Vielleicht gab es bereits ein Gespräch mit seiner Frau und ich mache mir umsonst Sorgen.

Zweifelsohne muss ich loswerden, was mir auf der Zunge brennt. Es ist wichtig, dass Jackson im Bilde ist.

Obwohl es mir unglaublich schwerfällt, diese mollig warme Umarmung zu verlassen, setze ich mich auf. Da ich meine Bluse noch anhabe, bin ich nicht vollständig nackt. Ich ziehe sie über meinem Busen zusammen und starre einen verwunderten Jackson an. Er fragt sich sicher was jetzt kommt.

»Ich muss dir etwas erzählen. Etwas Wichtiges.«

»Okay«, antwortet er mit dem gleichen nichtssagenden Wort, wie ich schon unzählige Male vor ihm. Seine Miene bleibt gelassen, mit einer Spur Neugier.

»Als ich letzte Nacht im Restaurant war, um …«

»… dir einen Tampon zu holen«, vervollständigt Jackson den Satz, als ich ins Stocken gerate. Wie zu erwarten, zuckt sein Mundwinkel. War ja klar. Meine Augenbrauen ziehen sich zusammen und ich funkele ihn gespielt böse an, weil es ihn zu amüsieren scheint, darüber zu reden. »Genau.« Zur Strafe stoße ich ihn leicht gegen die Schulter. »Ich habe mir einen Tampon geholt und dabei deine Frau belauscht.«

Umgehend löst sich Jacksons Belustigung in Luft auf. »Du hast Shalita belauscht?«, fragt er ernst.

So direkt und ohne Filter wollte ich das gar nicht aussprechen.

»Nicht absichtlich natürlich.« Warum habe ich mich nicht anders ausgedrückt? »Ich war auf dem Weg zu den Umkleiden, da habe ich sie telefonieren gehört«, versuche ich mich rauszureden. »Sie hat so laut gesprochen. Ihre unverkennbare leicht fordernde Stimme war nicht zu überhören.«

»Sicher dachte sie, sie wäre allein«, stellt Jackson angespannt fest.

»Höchstwahrscheinlich.« Um meinen Fingern etwas zu tun zu geben, spiele ich mit dem Saum meiner Bluse. Ich entdecke einen losen Faden und zupfe daran.

»Was hast du gehört? Erzähle es mir, bitte.« Jackson setzt sich aufrecht und lehnt sich mit dem Rücken gegen das Kopfteil. Dass er nackt ist, scheint ihn nicht im Geringsten zu stören.

»Shalita spielt ein falsches Spiel. Sie betrügt dich«, beginne ich. Da Jackson darauf nichts erwidert, fahre ich fort und berichte ihm, was ich gestern Abend belauscht habe. Ich bemühe mich, alles wortgetreu widerzugeben und nur bei den Fakten zu bleiben. Emotionen gehören hier nicht hin.

Dass mir Shalitas Verhalten zuwider ist, versuche ich nicht durchblicken zu lassen. Schlimm genug, dass ich von nun an die Freundin bin, mit der Jackson seine Frau betrügt. Nur ungern möchte ich wie eine eifersüchtige und boshafte Quertreiberin erscheinen.

»Was sagst du dazu?«, frage ich, da der Mann neben mir noch kein Wort gesprochen hat, seit ich meinen Monolog beendet habe.

»Ich denke nach.«

»Okay.« Dieses Wort sollte ich aus meinem Wortschatz streichen. Wir beide sollten das. Es ist so unzulänglich.

»Ich entschuldige mich schon jetzt dafür, dass du in Zukunft unweigerlich mit in meine Probleme hineingezogen wirst. Zu gerne würde ich es verhindern, aber das wird nicht möglich sein. Die Tatsache, dass Shalita ein doppeltes Spiel spielt, wundert mich nicht. Eine Vermutung, dass sie es mit der Wahrheit nicht so genau nimmt, hatte ich bereits. Lediglich, dass sie zu so drastischen Mitteln greift, hätte ich ihr nicht zugetraut. Wahrscheinlich hat sie ihre Wunderheilung längst geplant.« Mein neuer Freund schüttelt den Kopf und hat schlagartig einen angewiderten Gesichtsausdruck. »Sie wusste, dass ich sie nicht abweisen würde, sollte sie todkrank vor meiner Tür stehen.«

»Das würde niemand mit Herz über sich bringen.« Ich lasse den ausgefransten Faden los und greife nach Jacksons Hand, um sie zu drücken.

»Hat Shalita mitbekommen, dass du ebenfalls im Restaurant warst?«

Einen Moment denke ich nach. »Nein, ich glaube nicht. Sonst hätte sie nicht so laut gesprochen. Deine Frau hat sich dort vollkommen sicher und unbeobachtet gefühlt.«

Ein Schnauben erfüllt das Schlafzimmer.

»Meine Frau wird bald meine Ex-Frau sein.« Jackson zieht mich an seine Brust, sodass ich fast komplett auf ihm liege. »Mit der Aktion hat sie sich ihr eigenes Grab geschaufelt. Ich weiß noch nicht genau wie, aber Andrew wird sicher eine Möglichkeit finden, um eine schnelle Scheidung durchzusetzen. Wir werden sehen, zu welchen Bedingungen das möglich sein wird.«

»Möchtest du Andrew anrufen? Ich hätte Verständnis dafür.« Nur ungern würde ich Jackson aufstehen und telefonieren lassen, aber es gibt Dinge, die sind wichtiger als Kuscheln und Sex.

»Jetzt? Du fragst mich, ob ich jetzt mit meinem PR-Berater telefonieren möchte?« Jackson wirkt überrascht. »Ganz sicher nicht. Bis morgen habe ich frei und gehöre vollständig dir. Was hältst du davon, wenn wir den Tag im Bett verbringen?«

Von Glück erfüllt drücke ich meine Brust an seinen nackten Oberkörper. »Die Idee ist ausgezeichnet.«

Kapitel 24

Jackson

Zwei Tage war ich nicht im Büro, zwei Tage habe ich keine Anrufe entgegengenommen und schon herrscht das blanke Chaos bei *Vandas Construction*. Zumindest fühlt es sich so an. Meine Assistentin hat zehn Minuten gebraucht, um mich auf den neuesten Stand der Dinge zu bringen. Und das obwohl sie von den Turbolenzen, die uns in naher Zukunft erwarten werden, noch gar nichts ahnt.

Bevor ich heute Morgen das Hotel verlassen habe, habe ich Andrew eine Nachricht geschickt. Es ist wichtig, dass er sich umgehend in meinem Büro einfindet. Es gibt einiges zu klären. Mein Freund muss einen Plan ausarbeiten, vielleicht sogar direkt mit einem Reporter sprechen, um den Informationsfluss in die richtige Richtung zu lenken. Außerdem soll er ein offizielles Treffen mit Shalita organisieren. Bevor ich einen Detektiv engagiere, um ihrem Plan in allen Einzelheiten auf die Schliche zu kommen, möchte ich ihr die Gelegenheit geben, sich mir zu offenbaren. Das bin ich ihr nach unserer elfjährigen Ehe schuldig.

Die Tatsache, dass Kortney zufällig im Restaurant war, als Shalita mit ihrem Anwalt oder »neuem besten Freund«

telefoniert hat, war pures Glück. Durch den Umstand habe ich ein paar Fakten in die Hand bekommen, mit denen ich meine Frau alsbald konfrontieren kann.

Auf ihre Reaktion bin ich gespannt.

Doch auch ohne Kortneys Spitzelei, habe ich geahnt, dass etwas nicht stimmt, dass an Shalitas Krankengeschichte etwas faul ist. Es war mehr als ein unbestimmtes Gefühl, dass mich am Abend nach dem *Christmas Paradise* ins Hotel getrieben hat.

Aber nicht nur Shalitas merkwürdiges Verhalten, nachdem sie wieder in die Wohnung eingezogen ist, war der alleinige Grund, sondern auch der Kuss, den Kortney mir gegeben hat. Vor allem der Kuss.

Dieser Kuss, der von ihr ausgegangen ist, und mich völlig aus den Socken gehauen hat. Der hat mir die Augen geöffnet.

Meine süße Bäckerin mit den kobaltblauen Haaren!

Dass ich mich wochenlang von ihr ferngehalten habe, war ein Fehler. So glücklich wie in den letzten beiden Tagen war ich schon ewig nicht mehr. Vielleicht war ich es überhaupt noch nie. Ich glaube, ich bin verliebt. Verknallt trifft es schon eher.

Besser ich unternehme etwas gegen das Dauergrinsen in meinem Gesicht, bevor Andrew zur Tür hereinschneit. Der Schlaukopf wird sofort wissen, dass ich etwas getan habe, mit dem er nicht einverstanden ist.

Teufel auch!

Noch nie war mir die Klatschpresse so egal wie heute. Sollen sie doch schreiben, was sie wollen. Solange die

Schmierfinken Kortney weitgehend in Ruhe lassen, bin ich zufrieden. Ich stehe schon so lange auf der Prominenten-Abschussliste, da bekommt man ein dickes Fell.

Eine Stunde später sitzen Andrew sowie Mae und Zack, beide ebenfalls für die Public Relations von Vandas zuständig, in meinem Büro. Das Andrew gleich zwei Leute aus seinem Team dabei hat, lässt nichts Gutes erahnen.

Was ist passiert? Ist bereits etwas durchgesickert? Hat jemand Kortney und mich im Hotel gesehen? Warum sehen alle drei, als würde es dieses Jahr keine Geschenke zu Weihnachten geben?

»Was ist los?«, frage ich in die Runde, da keiner meiner Angestellten Anstalten macht, das Wort zu ergreifen. Nicht mal Andrew. Und der ist für gewöhnlich überaus schnell dabei, mir seine Meinung aufs Auge zu drücken.

»Was los ist? Wir dachten, das würdest du uns sagen.« Andrew spielt mit einem Kugelschreiber in der Hand. Auf seinen übereinandergeschlagenen Beinen liegt ein Block, als wollte er sich Notizen machen.

»Euren Mienen entnehme ich, dass ihr bereits im Bilde seid oder zumindest eine Ahnung habt.«

Mae sieht nach links und Zack betrachtet die Schnürsenkel seiner Sneaker etwas zu aufmerksam. Warum hat Andrew die beiden überhaupt mitgebracht? Mehr als aufmerksame Zuhörer sind sie ohnehin nicht.

»Wir haben vor einer Stunde einen Anruf von der *Boston InnTouch* bekommen, die Jackson M. Vandas um eine persönliche Stellungnahme bittet«, erklärt Mae kleinlaut. Zumindest sieht sie mich an, während sie spricht.

»Eine Stellungnahme wozu?«, gebe ich mich unwissend und male mit den Zähnen. Wieso hat die Presse schon jetzt von meiner Beziehung zu Kortney erfahren? Das ist nahezu unmöglich, es sei denn, das Hotelpersonal hat geplaudert. Der Zimmerservice hat Kortney im Bademantel die Tür aufmachen gesehen. Vielleicht war es einer der Kellner, der uns das Essen gebracht hat. Es ist zwar schwer vorstellbar – so prominent bin ich nun auch wieder nicht –, aber durchaus möglich.

Andrew räuspert sich und ich wende mich ihm zu.

Jetzt kommt's!

»Aushilfskraft angelt sich wohlhabenden Bauunternehmer, um sich eigene Bakery finanzieren zu lassen.« Enttäuschung und unterdrückter Zorn sind nicht zu überhören. »Die Schlagzeile oder eine ähnliche wird morgen sämtliche Zeitungen füllen. Es sei denn, wir können entsprechend dementieren.« Der Kugelschreiber stoppt über dem Papier, bereit etwas aufzuschreiben. »Können wir das?«

Bitte?

Die Abrissbirne hat zugeschlagen.

Mein Körper erstarrt. Entsetzen macht sich breit.

Mir fehlen im ersten Moment die Worte. Ich spüre, wie mir sämtliche Farbe aus dem Gesicht weicht und Übelkeit sich breit macht. Geht es überhaupt noch schlimmer? Zumindest ist es schlimmer, als alles was ich befürchtet habe.

»Du wirkst überrumpelt.«

»Weil ich es bin«, fahre ich meinen PR-Berater scharf an. Mein Zorn steht seinem in nichts nach. »Die Behauptungen sind völlig haltlos und aus der Luft gegriffen. Wieso dürfen Reporter sich so einen Quatsch aus den Fingern saugen?«

»Dieser Quatsch, mein lieber Jackson, treibt die Auflagenzahlen in die Höhe und spielt Geld in die Kassen.«

»Aber er ist gelogen.«

»Ist er das?« Andrew hat kein Erbarmen. »Meist gibt es einen Funken Wahrheit in dieser Art von Storys. Erst das macht sie so unglaublich interessant.«

Halt! Bis hier und nicht weiter.

Mit der Unterstellung ist Andrew zu weit gegangen. Ich wende mich Mae und Zack zu. »Können Sie uns bitte einen Moment allein lassen? Andrew wird Sie später über alles, was wir besprochen haben, informieren.«

Ich bin stolz, weil meine Stimme kontrolliert klingt.

Einatmen – Ausatmen, Jackson.

Ruhe bewahren.

Kaum bin ich mit Andrew allein, platze ich. Sogar mein aufgewühlter Magen überschlägt sich.

»Diese Geschichte ist granatenmäßiger Mist! Wie kommen die Pressefuzzies darauf, dass ich Kortney eine Bakery finanziere?« Natürlich ist mir bewusst, dass meine neue Freundin diesen Wunsch hat – sie hat mir selbst davon erzählt – aber wir stehen noch am Anfang unserer Beziehung. Keiner von uns hat ein solches Thema je angeschnitten. Nicht im Traum würde Kortney etwas Derartiges von mir erwarten. Da bin ich mir hundertprozentig sicher.

»Sag du mir, wieso die Presse etwas Absurdes wie das veröffentlichen möchte.«

Der Kugelschreiber samt Block landet auf meinem Schreibtisch. Andrews Miene verwandelt sich in die eines strengen Personenschützers, der mit seinem Schützling unzufrieden ist. »Gerüchte hin oder her.« Er seufzt und wirkt augenblicklich erschöpft. »Ich gehe davon aus, dass du meinen Rat ignoriert hast und mit Miss Starr etwas angefangen hast?«

»Ja.« Mein Blick bleibt fest, meine Schultern gestrafft. Ich bereue nichts. Kortney ist Mein.

»Gibst du mir ein kurzes Update?« Missbilligung liegt in der Luft. Natürlich beunruhigt es Andrew immer, wenn er erst im Nachhinein in die Geschehnisse eingeweiht wird.

»Kortney und ich sind uns nähergekommen. Ich mag sie sehr. Und da Shalita versucht, mich nach Strich und Faden zu betrügen und aufs Übelste hinters Licht zu führen, habe ich auch keine Skrupel, meine Beziehung mit der Bäckerin des Zoos öffentlich zu machen. Shalita ist eine hinterhältige Schlange. Das darf jeder wissen. Unsere Ehe ist schon seit Monaten, seit Jahren, keine mehr.« Ich fahre mir mit der Hand durch die Haare und versuche, das Schwirren in meinem Kopf unter Kontrolle zu bekommen. »Eigentlich dachte ich sogar, es ging bei dem Gespräch heute ausschließlich darum. Um Kortney und mich. Nicht um ihren Wunsch, eine eigene Bakery zu eröffnen.« Mit einer herausfordernden Miene setze ich mich aufrechter. »Denn Kortney und ich sind seit vorgestern ein Paar, nur … falls von deiner Seite aus noch irgendwelche Zweifel bestehen.«

Andrew nickt, seufzt und akzeptiert ohne Einwände, was ich ihm so schonungslos präsentiere.

»Sei dir bewusst, Jackson, dein Vorhaben wird kein Sonntagsspaziergang. Es wird ein Höllentrip.«

Zwei Stunden und ein Telefongespräch mit Kortney später, sind wir uns einig. Sogar Mae und Zack sitzen wieder in meinem Büro und haben nachdenkliche und sehr verschlagene Mienen aufgesetzt. Vor allem Mae fand meinen Vorschlag, auf diese Art und Weise mit den nicht zu verhindernden Schlagzeilen umzugehen, brillant. Der morgige Tag wird ein Spaß.

Ohne mich selbst loben zu wollen … ich bin brillant. Wenn die letzten Jahre mich eins gelehrt haben, dann schnell zu reagieren und – wenn möglich – mit den gleichen Mitteln zurückzuschlagen. Okay, das sind mehr Andrews Worte als meine, aber ich sehe das mittlerweile genauso.

Nun denn … die Tage, an denen ich den Schmierfinken versuche aus dem Weg zu gehen, sind vorbei. Mit Kortney an meiner Seite habe ich neuen Anreiz bekommen. Von heute an geht es nicht mehr nur um mich, meine Firma und mein Ansehen als Bauunternehmer. Jetzt ist meine Freundin ebenfalls betroffen. Und sie möchte ich um alles in der Welt beschützen. Gleich von Anfang an. Jeder soll wissen, dass es in Zukunft bei Vandas anders und deutlich aggressiver ablaufen wird.

Zieht euch warm an, ihr Paparazzi. Ich verklage euch, dass euch Hören und Sehen vergeht.

»Dann ist es beschlossene Sache…« Andrew erhebt sich. »Wir treffen uns in zwei Stunden mit Rubio Silverman im Restaurant des *Green Lane Zoos*.«

Den Treffpunkt habe ich vorgeschlagen. Es ist ein guter Ort. Außerdem sind fast alle Personen, die für das anberaumte Gespräch von Nöten sind, vor Ort.

»Ich gebe Kortney Bescheid und informiere auch die Geschäftsleitung des Zoos.« Mit einem guten Gefühl sehe ich auf die Uhr und überprüfe, wie viel Zeit uns noch bleibt. Bis achtzehn Uhr möchte die *Boston InnTouch* ein Statement von mir.

»Ich denke, Colin Dontell wird uns zu gerne einen Tisch in seinem Restaurant für die Planung dieses Vorhabens zur Verfügung stellen. Wie ich den Schleimer kenne, ist es ihm ein Bedürfnis, mir jeden Wunsch zu erfüllen.«

Halleluja. Noch nie war ich für katzbuckelnde Menschen so dankbar wie in diesem Augenblick.

Kapitel 25

Kortney

Manchmal ist es doch gut ein Skorpion zu sein. Wäre ich im Sternzeichen Waage geboren, hätte ich Jacksons Vorschlag kaum zustimmen können. Der Mann hat die verrücktesten Ideen.

Über nahezu unbegrenzte Geldmittel zu verfügen, macht anscheinend größenwahnsinnig. Oder es liegt am Sex, gutem wirklich außergewöhnlichem Sex. Ein wenig kann ich sein überschäumendes Glücksgefühl sogar nachempfinden. Mir geht es selbst nicht anders. Die zwei Tage mit Jackson, völlig ungestört in einer luxuriösen Suite, haben auch mit mir etwas gemacht. Ich fühle mich schon den ganzen Morgen als würde ich auf Wolke sieben wandeln. Nicht mal die lästige Blase an meiner Ferse, die ich mir in den rutschigen Gummistiefel gelaufen habe, kann mir die Laune verderben.

Korrigiere: Konnte mir die Laune verderben. Seit Jackson angerufen und mich und Benton ins Restaurant bestellt hat, wandele ich nicht mehr auf Wolken. So blitzartig knallt eine Frau vom Himmel auf den Boden. Der Boden der Tatsachen hat uns schneller eingeholt, als wir beide es für möglich gehalten haben.

Mein Freund hat mich kurz und mit wenigen Worten über die aktuelle Situation informiert und gebeten, Benton anzurufen und herzubestellen.

Da Jackson wenig Zeit hatte, konnte ich nicht nachfragen, warum mein Bruder bei dem Treffen, an dem ich endlich Andrew kennenlernen darf, dabei sein muss. Zu gerne hätte ich Jacksons Freund und PR-Berater zu einem anderen Zeitpunkt, und in einer anderen Situation getroffen – die momentanen Schwierigkeiten sind wirklich brisant –, aber es war vorherzusehen, dass wir irgendwann an den Punkt, an dem wir jetzt stehen, kommen würden. Lediglich, dass es sofort passiert, ist etwas verwunderlich.

Wie konnte die Presse so schnell an Informationen über mich kommen? Und woher wissen sie von dem Wunsch, eine eigene Bakery zu besitzen? Es ist fast unmöglich, dass das jemand außerhalb meines Umfeldes herausbekommen hat.

Geduld, Kortney. Vielleicht erfährst du gleich mehr.

Gerade stelle ich ein paar Flaschen Wasser zu den Keksen auf den Tisch, den ich für das kurzfristige Treffen hergerichtet habe, da schneit Benton herein. Laut, polternd und in Arbeitskleidung, die immer ein wenig schmuddelig aussieht, weil er den halben Tag draußen ist. Zum Glück ist während der Woche und zum frühen Nachmittag hin kaum jemand im Restaurant. Alle Besucher sind noch bei den Tieren im Zoo und kommen erst zum Tagesende.

»Hey, Schwesterherz.« Benton drückt mir einen Kuss auf die Wange und strubbelt mir durch die Haare.

Wie ich es hasse, wenn er das macht. Heute verabscheue ich es besonders, da ich hübsch für Jackson aussehen möchte.

»Verdammt, Benton!«, fahre ich ihn an und gebe ihm einen Schubs, damit er von mir ablässt.

»Bist du geschminkt?«, fragt er und hält inne. »Seit wann trägst du Make-up auf der Arbeit?« Sein Blick ist argwöhnisch. »Erzählst du nicht ständig, dass bei den Temperaturen vor dem Backofen die beste Wimpertusche verläuft?«

»Ich habe heute nicht gebacken«, kläre ich den nervigsten Bruder der Welt auf und streiche meine Haare glatt, die ich extra für Jackson offen trage. »Außerdem bist du ein Kerl. Was weißt du schon von Schminke und bei welchen Bedingungen sie verläuft.« Und warum erinnert er sich daran, dass ich das gesagt habe? Sonst vergisst er doch auch alles.

Merkwürdig.

Unterschätze ich meinen Bruder? Ist er aufmerksamer, als es den Anschein hat? Schließlich hat Benton mir auch von einem Video erzählt, um meine halbe Augenbraue nachschminken zu können. Womöglich ist er besser informiert als ich. Ob es da etwas gibt, von dem ich wissen sollte?

Kortney, jetzt ist nicht der richtige Zeitpunkt, um nachzuhaken. Du hast andere Sorgen.

Benton lässt sich auf einen der freien Stühle fallen. »Eigentlich weiß ich nicht viel übers Schminken«, erklärt er, als hätte er mein Misstrauen gespürt. »Aber ich habe selbstverständlich erwartet, dass du dich für diese Zusammenkunft aufbrezelst. Ich bin nicht blöd, Schwesterchen. Das wir uns hier treffen und dieser Vandas dabei sein wird, der dir geholfen hat, als dich das Tischfeuerwerk über dem Auge getroffen hat, lässt mich eins und eins zusammenzählen.« Benton nimmt sich ein Glas und schüttet Wasser hinein. »Der Macker mag dich. Er mochte dich schon damals. Die Vibes, die er ausgestrahlt hat, habe ich gleich gespürt.« Durstig leert er das Glas und seufzt im Anschluss. »Lass mich raten … wahrscheinlich wurde ich für die große Offenbarung herbestellt.« Ein unglaublich freches Grinsen ziert das Gesicht meines eingebildeten Bruders. Ein *Blödmann* liegt mir auf der Zunge.

»Große Offenbarung?«, wiederhole ich und nähere mich dem Stuhl, auf dem er sitzt. Am liebsten würde ich ihn ein weiteres Mal schubsen. Nur fester.

»Na du – und er. Er – und du. Das Traumpaar des Jahres.« Seine rechte Augenbraue hebt und senkt sich im Takt der Worte. »Muss ich noch deutlicher werden?«

Meine Faust schnell hoch und verharrt vor seinem Gesicht. »Wenn du jetzt eine eindeutige Handbewegung machst, Benton – dann schwöre ich dir, landet diese Faust in deinem Gesicht.«

Der Besserwisser vor mir hebt beide Hände. »Friede. Ich komme in Frieden.« Sein Blick verändert sich, wird weich und verständnisvoll. »Ich freue mich für dich, Kort. Ehrlich.« Ein kurzes Zögern. »Natürlich weiß ich, dass dein Vandas verheiratet ist, und dass er keinen guten Ruf hat. Aber ich habe seinen Blick gesehen, als du verletzt warst. Das und sein überfürsorgliches Gebaren, haben mir mehr verraten, als Worte es können.«

Ach wirklich?

Seit wann ist mein Bruder so aufmerksam?

Unterschätze ich ihn?, frage ich mich zum zweiten Mal in kurzer Zeit.

»Ich hätte bei der Aktion mein Augenlicht verlieren können«, werfe ich ihm zum gefühlt hundertsten Mal an den Kopf. In dem Punkt weigert mein Bruder sich nachzugeben. Er ist unfassbar stur und nicht bereit seine grobe Fahrlässigkeit beim Aufstellen des Tischfeuerwerks einzusehen. Er sucht die Schuld lieber bei den Leuten, die am Tisch gewackelt und seine Konstruktion im Nachhinein verschoben haben könnten.

»Nein. Ich glaube, dein Augenlicht war nie in Gefahr.«

»Das kannst du nicht mit Gewissheit behaupten.« Der Wunsch, mit dem Fuß aufzustampfen, ist übermächtig. Ahhh …

Benton rollt mit den Augen und sieht danach zur Decke. »Reden wir jetzt wieder darüber?«

»Nein. Tun wir nicht.« Auch ich setze mich endlich und nehme mir ein Glas. Ein Schlückchen Wasser zur Beruhigung kann nicht schaden. »Ich möchte nie wieder mit dir über diesen Vorfall reden«, beende ich das Thema.

»Gut, ich nämlich auch nicht.« Er reicht mir die Flasche und ich fülle mein Glas.

»Danke.«

»Also …« Benton lehnt sich zurück und mustert mich. »Warum bin ich hier?«

Gute Frage.

»Das wüsste ich auch gerne. Jackson hat mich nur gebeten, dich herzubestellen. Mehr Informationen habe ich nicht bekommen.«

»Okay.« Er mustert mich, als wäre er auf der Suche nach einer äußerlichen Veränderung. »Bist du dir wirklich sicher – mit ihm, meine ich. Klar er ist reich und sieht für sein Alter gut aus, aber er ist verheiratet. Außerdem scheint er eine Vorliebe für deutlich jüngere Frauen zu haben. Alles, knapp über zwanzig, entspricht seinem Beuteschema.« Benton zögert. »Zumindest liest man Derartiges über ihn in der Zeitung.«

»Du hast dich über Jackson informiert?« Jetzt bin ich baff. In der Regel zeigt mein Bruder selten Interesse an meinen Freunden.

»Natürlich. Als ich mitbekommen habe, wie er dich angesehen hat, wollte ich mehr über den reichen Schnösel, der meine Schwester toll findet, erfahren.«

So viel Engagement hätte ich meinem Bruder gar nicht zugetraut. Es freut mich, dass er sich Sorgen um mich macht und mich beschützen will. Wenn ihm mein Augenlicht schon egal ist.

»Unsere Beziehung ist kompliziert«, antworte ich und schnaufe leise. Bestimmt kommen in wenigen Augenblicken die anderen und stören unser kleines privates Gespräch. Trotzdem muss ich noch etwas loswerden. »Jacksons Ehe besteht nur noch auf dem Papier«, fange ich an zu erklären und möchte gar nicht an die Probleme denken, die Shalita uns noch bereiten wird. »Dein Gespür trügt dich nicht. Jackson mag mich. Sehr sogar.« An der Stelle muss ich lächeln. Es geschieht automatisch. »Und ich mag ihn auch. Wir haben über die Probleme, die eine feste Beziehung mit sich bringen wird, gesprochen und sind bereit, es zu versuchen.« Ich zögere, da ich nicht weiß, wie ich es in einem Satz erklären soll. »Die ersten Schwierigkeiten sind allerdings schon da. Du wirst gleich davon erfahren. Sobald die anderen hier sind.« Es freut mich, dass Jackson Benton dazu gebeten hat. Wenn ich auch nicht verstehe, warum.

Mein Bruder beugt sich vor und greift über den Tisch nach meiner Hand. Er drückt sie. »Ich wünsche mir nur das Beste für dich, Schwesterchen.« Sein Lächeln ist echt. »Wenn du jemals Hilfe brauchst, oder ich deinem neuen Freund in den Hintern treten soll, weil er sich wie ein Idiot verhält, bin ich zur Stelle.« Benton lässt meine Hand los. »Ich habe noch nie einen millionenschweren Bauunternehmer in den Hintern getreten. Das könnte eine interessante Erfahrung werden.«

Ein Räuspern ertönt hinter uns.

»Ich würde dir sofort eine Klage an den Hals hängen.«

»Jackson!« Blitzschnell drehe ich mich auf dem Stuhl sitzend um und springe auf. Dabei verziehe ich das Gesicht zu einem überglücklichen Rundumlächeln. »Du bist da!« Wieso habe ich ihn nicht reinkommen gehört?

»Ja.« Er fängt mich auf, als ich ihm etwas zu stürmisch in die Arme falle. Gott, bin ich peinlich. Wir haben uns schließlich erst gestern gesehen und heute schon zwei Mal telefoniert. Was ist nur mit mir los? So kenne ich mich gar nicht.

Jackson drückt mir einen schnellen Kuss auf den Mund und wendet sich gleich danach wieder Benton zu. »Hey.« Er streckt seine Hand aus. Mit der anderen umschlingt er meine Taille und drückt mich an seine Seite. »Meine Bemerkung war ein Scherz. Ich würde nie den Bruder meiner Freundin verklagen.«

Benton antwortet mit einem zögerlichen Senken des Kinns. Er weiß offensichtlich nicht, was er sagen soll. Ihn so überrascht und eingeschüchtert zu erleben, befriedigt mich irgendwie. Geschieht ihm recht. Das ist die Strafe dafür, dass er mir vor wenigen Minuten die Haare zerzaust hat.

»Sind die anderen schon da?« Jackson blickt sich suchend um. Heute trägt er sein übliches Arbeitsoutfit, Anzug und Krawatte. Ich kann mich nicht entscheiden was ich anziehender finde, den Anzug oder die tiefsitzende Jogginghose.

»Nein.« Mein Körper drückt sich von selbst gegen den starken von Jackson. »Benton war der erste und dann kamst du.« Mein Bruder scheint immer noch sprachlos. Oder er hat beschlossen, erst mal abzuwarten und mich mit meinem neuen Freund zusammen zu beobachten. Obwohl er die Zähne nicht auseinanderbekommt, lässt er uns nicht aus den

Augen. Meine Güte. So von den Socken habe ich ihn selten erlebt.

»Geht es dir gut?« Jackson blickt mir in die Augen, während ich zu ihm hochsehe. Er ist deutlich größer als ich, sodass ich den Kopf in den Nacken legen muss. »Es tut mir leid, dass das alles passiert ist. So schnell.«

Meine Augen verdrehen sich. »Fang gar nicht erst an, dich für etwas zu entschuldigen, wofür du nichts kannst. Mir geht es gut.« Ich stelle mich auf Zehenspitzen, stehle mir einen schnellen Kuss und ignoriere meinen Bruder, dem natürlich nichts entgeht. »Wir wussten, dass es nicht leicht werden würde, dass Probleme auf uns warten.«

Jackson knurrt irgendetwas, dass ich nicht verstehe. Bevor ich nachfragen kann, geht die Tür auf und ein Mann, offensichtlich Andrew, kommt mit einem Laptop unter dem Arm geklemmt herein. Hinter ihm geht Rubio Silverman, den ich von der letzten Pressebesprechung hier im Zoo kenne. Ihre Mienen sind verkniffen, als hätten sie in eine Zitrone gebissen. Eine sehr unreife.

Jackson entlässt mich aus der Umarmung, hält aber meine Hand. »Gut, ihr seid da. Dann können wir anfangen.« Er zieht einen Stuhl neben den, auf dem ich eben gesessen habe, heraus. Danach fährt er mit dem Daumen über meinen Handrücken und gemeinsam setzen wir uns. Unsere Finger sind immer noch verschlungen. Dieses Pärchengehabe gefällt mir ausgesprochen gut. Ich liebe es, obwohl es kitschig ist.

»Das ist Benton Starr, Kortneys Bruder«, stellt Jackson Benton vor, der noch auf seinem Stuhl sitzend verwundert aus der Wäsche schaut. »Er ist Handwerker, vom Fach und wird uns helfen, dass richtige Gebäude auszuwählen.«

»Ich wiederhole mich nur ungern, aber du bist verrückt.« Um meine Meinung zu unterstreichen, lasse ich die Hand meines Freundes los, lehne mich zurück und verschränke die Arme vor der Brust. Jackson hat mich bereits am Telefon in seine Schnapsidee eingeweiht, aber es hier, vor allen Leuten, zu besprechen macht es irgendwie real. Beängstigend real.

Er kann doch nicht spontan ein Gebäude kaufen, wie andere Leute einen Liter Milch. Das erscheint mir nicht richtig. Wir sollten sämtliche Auswege in Betracht ziehen. Nicht nur den einen.

»Hast du mir nicht erzählt, du hättest dir schon mögliche Räumlichkeiten für deine Bakery angesehen und Benton würde dir bei der Renovierung helfen können?«, kommentiert Jackson meinen Protest.

Mein Bruder, dem leicht der Mund offensteht, setzt sich aufrecht, als hätte ihm jemand einen Stromschlag verpasst. »Wie bitte? Was für Räumlichkeiten? Welche Renovierung? Ich verstehe nicht …«

Gut gemacht, Jackson. Jetzt ist er wach.

Meine Scham verstecke ich, indem ich die Arme entknote und einen Schluck aus meinem Glas trinke. Den Blick halte ich gesenkt. Warum musste Jackson ausgerechnet diese Sache erwähnen? Das war nicht abgesprochen. Mein Bruder hat etwas Derartiges nie gesagt, ich habe es nur vorausgesetzt.

»Unter Umständen habe ich etwas übertrieben«, gebe ich kleinlaut zu. Obwohl ich gerade getrunken habe, fühlt sich meine Zunge trocken an.

Ein Kopfschütteln samt Stöhnen kommt von links. »Meine Schwester hat sich bisher nur Bruchbuden angesehen. Nichts davon sollte sie in meinen Augen kaufen oder mieten«, echauffiert mein Bruder sich übertrieben. »Nicht mal die bauliche Grundsubstanz scheint bei den Objekten in ihrer engeren Auswahl akzeptabel. Ohne Prüfung seitens eines Architekten, lasse ich Kortney in keins der Gebäude ihre paar Kröten investieren.« Mit dem letzten Satz funkelt er Jackson an, als wäre er es, der mir eine überteuerte Ruine verkaufen wollte.

»Grundgütiger.« Kann er nicht wieder sprachlos aus der Wäsche gucken? Das hat mir besser gefallen. »Von eurem Gerede schwirrt mir bereits der Kopf, dabei hat dieses Treffen gerade erst angefangen.«

Kann mal einer ein Fenster öffnen? Etwas Sauerstoff wäre nicht schlecht.

»Verlange nicht von mir, dich ins Unglück rennen zu lassen«, sagt Benton und starrt mich böse an.

Mein Bruder regt sich völlig unnötig auf. Auch ohne Kenntnisse in der Körpersprache, erkenne ich an Jacksons Miene und Haltung, dass er mit Benton einer Meinung ist. Demnach ist es völlig unnötig, dass mein Brüderchen derart in Rage gerät. Vielleicht sollte ich ihm das mitteilen.

Nach einem langen Atemzug, der mich beruhigen soll, stelle ich das Glas zurück auf den Tisch. »Können wir alle mal runterkommen?«, wende ich mich Benton zu. »Meine Ersparnisse möchte Jackson gar nicht haben«, erkläre ich dem Sturkopf. »Jackson will unabhängig von mir die Bakery kaufen. Für mich.« Ein Schnauben kommt mir über die Lippen. »Verdammt! Im Grunde möchte ich gar nicht, dass Jackson irgendetwas für mich kauft. Und schon gar nicht ein ganzes Gebäude.« Dieses Vorhaben ist eine Schnapsidee. »Es muss eine andere Lösung geben.«

Warum spreche eigentlich nur ich?

Andrew, der sich bis jetzt im Hintergrund gehalten hat, seufzt. Es klingt, als würde er sich selbst zutiefst bemitleiden. Vielleicht habe ich ihm aus der Seele gesprochen. Nur eine Vermutung.

»Hey Kortney, ich bin Andrew, Jacksons geplagter PR-Berater, der demnächst kündigen wird«, stellt er sich vor. Er schenkt mir ein Lächeln, welches leicht bemüht wirkt und reicht mir seine Hand. Anscheinend waren die letzten Stunden für ihn kein Zuckerschlecken.

»Hallo, Miss Starr«, grüßt Rubio mich mit einem Zwinkern und zieht sich den Stuhl neben Benton heraus. Auch Andrew nimmt Platz und klappt seinen Laptop auf.

Endlich sitzen alle. Und keiner hat etwas zu meinem Kommentar – meinem Protest – gesagt. Warum? Was ist hier los? Mich beschleicht der leise Verdacht, dass sämtliche Pläne bereits beschlossene Sache sind.

»Super.« Jackson reibt sich die Hände. »Alle sind bereit. Dann können wir loslegen. Andrew …«, er deutet auf den Laptop. »Was hast du für Kortney herausgesucht? Ich möchte Bentons Meinung hören.«

Echt jetzt?

Ich hebe die Hand als wären wir in der Schule. »Ist das wirklich die einzige Möglichkeit?«, spreche ich, ohne drangekommen zu sein. »Vielleicht können wir zuerst über das Problem reden und nach einer besseren Lösung suchen. Ich möchte nicht, dass Jackson Geld für mich ausgibt«, wiederhole ich mich.

Stille.

Andrew starrt auf seinen Laptop als gäbe es da etwas überaus Interessantes zu entdecken. Rubio spielt mit dem ausgeschalteten Aufnahmegerät in der Hand und Benton wirkt verwirrter als zu Beginn der Unterhaltung.

»Moment.« Mein Bruder schüttelt den Kopf, als müsste er seine Gedanken klären. »Verstehe ich das richtig? Möchte dein neuer Freund dir etwa eine Bakery kaufen?« Seine Verwirrung wird von Erstaunen abgelöst.

Jackson lächelt hochzufrieden mit sich. »Ja«, antwortet er kurz und knapp.

»Krass«, kommt es sogleich von meinem Bruder, der sich durch die Haare streicht und anschließend am Kopf kratzt, als würde das helfen, das Gehörte zu verarbeiten.

Am liebsten würde ich dem Chaos, welches gerade um mich herum entsteht, entfliehen. Doch das geht nicht. Es wäre falsch. Wir müssen den Shitstorm gemeinsam bekämpfen und überstehen. So war es zwischen Jackson und mir ausgemacht. Kneifen ist keine Alternative. Für keinen von uns.

»Ich habe mir bereits eine Schlagzeile für unseren Gegenangriff überlegt«, fährt Rubio dazwischen, bevor ich etwas sagen oder die Debatte über das passende Gebäude Fahrt aufnehmen kann.

Wie von Rubio beabsichtigt, wenden sich ihm alle zu.

»Lass hören«, fordert Jackson ihn mit einer Handbewegung auf.

In Rubios Gesicht entsteht ein verschlagener Zug, der ihn als einen Journalisten mit viel Erfahrung auszeichnet.

»*Klatschblatt verrät Weihnachtsgeschenk und missachtet den Glauben an den Weihnachtsmann.*«

Kapitel 26

Jackson

»Dann sind wir uns einig?«, frage ich nach einer schier endlosen Debatte. »Andrew wird der *Boston InnTouch* versichern, dass Kortney Starr meine feste Freundin ist und dass wir von nun an ein Paar sind. Mehr geben wir nicht preis. Sollen die Redakteure doch drucken, was sie wollen. Alle Nachfragen Shalita betreffend, beantwortet er mit: kein Kommentar.«

Sämtliche Personen am Tisch stimmen zu.

Freudig reibe ich mir die Hände und kann nicht verhindern, dass sich ein Lächeln auf meine Lippen schleicht. Selten haben mir Schlagzeilen, um meine Person herum, so gut gefallen. Unsere Lösung ist der Knaller.

»Schön, da jetzt alles beschlossene Sache ist, müssen wir nur noch herausfinden, wer der Presse von Kortneys Traum, sich selbstständig zu machen, erzählt hat. Woher haben die Schmarotzer diese Informationen? Dafür kann Shalita unmöglich verantwortlich sein. Auch wenn sie mir einen größtmöglichen Schaden zufügen möchte … sie ist sicher unwissend, was Kortneys Wünsche angeht.«

»Ich höre mich mal um«, bietet Rubio an. »Vielleicht finde ich etwas heraus. Gerüchte gibt es schließlich immer.«

»Hervoragende Idee.«

Stühlerücken und leises Gemurmel ist zu hören.

»Äh«, die Geräusche verstummen, »möglicherweise habe ich mich verquatscht.« Benton schluckt und fängt an zu husten. »Da war so ein Typ mit schwarzem Cap und Sonnenbrille …« Ein Räuspern löst den Husten ab. »… er hat mich am Tag nach der Eröffnung des *Christmas Paradise* aufgesucht. Wir haben kurz über die Show gequatscht und anschließend über den Zoo im Allgemeinen. Über die wunderbaren Kekse und über Kortneys Cake-Pops.« Benton verstummt für einen Moment. »Entschuldige.« Sein Blick richtet sich auf Kortney. »Es hätte mich stutzig machen müssen, dass der Mann mich in dieses sonderbare Gespräch verwickelt. Außerdem gibt es aktuell keinen von deinen speziellen Keksen an den Außenständen. Nur den klumpigen Pudding.«

»Du hast mit einem fremden Kerl über meinen Traum gesprochen?« Die Fassungslosigkeit steht Kortney ins Gesicht geschrieben. Auch ich bin ein wenig sprachlos.

Aufgeladene Stille erfüllt den Raum.

»Ich bin eben stolz auf dich und deine Backtalente«, rechtfertig Benton sein Handeln. »Der Mann, er hat sich als Julian vorgestellt, hat in den höchsten Tönen von deinen Cookies geschwärmt. Da habe ich ihm eben erzählt, dass du planst, dich selbständig zu machen. Was ist so schlimm daran?«

Kortney klappt der Mund auf. Sie verzieht sogar auf extrem niedliche Weise die Nase.

»In zehn Jahren, Benton! In zehn Jahren oder später.« Sie fuchtelt mit den Händen, als würde das im Nachhinein etwas bewirken.

»Komm mal runter und mach dich locker.« Benton hebt beschwichtigend die Hände. »Wenn dieser Kerl mich ausgefragt hätte, um dir ein lukratives Angebot zu machen, würdest du dich jetzt nicht so aufregen. Es hätte auch ein Unternehmer sein können, der bereit ist dich abzuwerben, weil er von deinem Können überzeugt ist.«

Der Kommentar entlockt mir ein Schmunzeln. Ob die beiden sich öfter derart ereifern? Es hat fast den Anschein, als würden wir gerade Zeugen eines gewohnten Schlagabtausches.

»Dieser Julian hat dich ausgefragt, um die Informationen, die du ihm so bereitwillig zugespielt hast, an den Meistbietenden zu verkaufen.« Missbilligung fliegt Benton in hohem Bogen um die Ohren. »Wegen dir steckt Jackson – stecken wir – jetzt in diesem verfluchten Dilemma.«

Grundgütiger! Das geht zu weit.

Es ist Zeit, meinen kleinen Skorpion von der Palme zu holen. Auch wenn ich mich gerade in ihre leidenschaftlich aufbrausende Art verliebe.

»Moment, Kortney. Etwas derart Ungewöhnliches konnte dein Bruder nicht ahnen«, gehe ich besänftigend dazwischen. »Bisher musste er sich um Probleme mit Paparazzi nie Sorgen machen.«

»Genau.« Benton bedankt sich mit erleichterter Miene. »Jackson hat recht. Woher hätte ich das wissen sollen?«

Kortney antwortet mit einem Schnauben und einem bösen Am-liebsten-würde-ich-dir-den-Kopf-abreißen-Funkeln.

»Von nun an handelst du bitte überlegter«, weise ich Benton mit ruhiger Stimme an. »Von nun an handeln wir alle überlegter und quatschen nicht gedankenlos und vorschnell drauflos.« Meine Stimme ist besonnen wie nie. Ich bin von mir selbst überrascht. Diese Seite ist neu.

»Hoffentlich.« In Andrews Augen funkelt es. »Das predige ich schon seit Jahren, falls es dir nicht entgangen ist.«

War ja klar. Ich ignoriere den Seitenhieb. Andrew hat schließlich nicht unrecht.

»Wo steckt eigentlich Colin Dontell?«, frage ich meinen PR-Berater, um dieses leidliche Thema, um die Paparazzi, zu beenden. »Wolltest du ihn nicht zu dieser Runde dazu bitten?«

»Nein, du wolltest, dass ich das mache.« Andrew schließt den Laptop. »Ich habe keinen Nutzen darin gesehen, eine weitere Person frühzeitig einzuweihen.«

Immer diese Haarspalterei. »Also schön. Ich wollte, dass du es machst. Wo steckt er? Hast du ihn nicht angerufen?«

»Doch. Natürlich.« Andrew steht auf und brummt. Seine Laune könnte wahrlich besser sein. »Ich tue immer, was du mir sagst. Er behauptet, zu viel Arbeit zu haben, und hat mich gebeten, demnächst früher Bescheid zu geben, wenn wir auf seine Anwesenheit Wert legen. Er hätte aktuell zu viele Aufgaben und könnte sich nicht um all unsere Interessen persönlich kümmern. Die Belange des *Christmas Paradise* beanspruchen gerade den Hauptteil seiner Arbeitszeit.«

Kortney und Benton stoßen synchron ein Schnauben aus.

»Etwas Lächerlicheres als das, habe ich noch nie gehört«, sagt Kortney. als könnte sie es nicht fassen.

»Der fleißige Colin hat Angst«, richtet sich Benton an mich. »Deshalb meidet er jegliche Zusammenkunft mit dir und deinen Beratern.«

Wie aufschlussreich.

Ist das Buhlen um meine Gunst bereits vorbei? Oder gibt es einen anderen Grund? Unter Umständen ist der Sohn des Zoodirektors kein totaler Idiot. Sicher hat er bemerkt, dass zwischen Kortney und mir etwas läuft – zum Teufel, vielleicht hat er sogar mitbekommen, wie ich Kortney am Eröffnungsabend geküsst habe. Möglich wäre es. Er war an dem Abend zumindest in der Nähe. Außerdem habe ich ihn später gebeten meine Telefonnummer Kortney zu überbringen.

»Ich bin mir nicht absolut sicher …«, unterbricht Benton meine Gedanken, obwohl Kortney versucht, ihn durch ein Kopfschütteln daran zu hindern, »… aber ich denke, Colin möchte dir keine Gelegenheit geben, dich an ihm zu rächen.«

Habe ich mich verhört?

Offensichtlich bin ich nicht gänzlich im Bilde.

»Warum glaubt er, ich möchte mich an ihm rächen?« Aus den Augenwinkeln sehe ich, wie Andrew Platz nimmt, den Laptop zurechtrückt und sich bereit macht, ihn wieder aufzuklappen. Dieses Treffen ist noch nicht vorbei.

»Rächen ist vermutlich ein zu starkes Wort«, revidiert Benton seine Aussage. Aber es ist zu spät, ich habe bereits angebissen.

»Würde ich auch sagen.« Kortney grummelt mehr als das sie spricht. Anscheinend ist sie mit dem, was ihr Bruder in den letzten Minuten von sich gegeben hat, nicht einverstanden.

Geschwisterliebe scheint etwas Komplexes zu sein. Benton und Kortney zu beobachten, wie sie miteinander umgehen, ist für ein verwöhntes Einzelkind wie mich hochinteressant.

»Nachtragen oder heimzahlen ist vielleicht passender ausgedrückt.«

Wieder schnauft Kortney. Bentons Oberschenkel zuckt, was mich vermuten lässt, dass meine erzürnte Freundin ihm auf den Fuß getreten ist. Vielleicht hat auch das Schienbein etwas abbekommen.

»Was möchte ich Colin denn heimzahlen?« Meine Neugier steigert sich von Minute zu Minute.

Nun ist es Andrew, der einen Seufzer ausstößt. Er kennt mich zu gut. Ich werde nicht lockerlassen. Natürlich muss ich es genau wissen.

Benton schiebt seinen Stuhl zurück und erhebt sich. In der Position befindet er sich außerhalb von Kortneys Reichweite. Sehr schlau. Offensichtlich hat die Erfahrung ihm einiges gelehrt.

»Warum möchtest du nicht, dass Jackson erfährt, wie Colin dich in den Wochen zwischen Halloween und dem Eröffnungsabend nach Strich und Faden ausgenutzt hat?«, richtet er sich an eine zornig dreinblickende Kortney. »Verdammt, Kort! Du hast mir erzählt, dass er von dir verlangt hat, Vitamine zu nehmen, damit du schneller und effektiver arbeiten kannst.«

Was?

Das kann unmöglich stimmen. Hellhörig geworden setze ich mich aufrechter. Sollte das wahr sein …

Mein Puls beschleunigt sich. Ich höre das Blut in meinen Adern rauschen.

»Colin hat nichts Derartiges verlangt«, schießt Kortney zurück. »Du verdrehst die Tatsachen. Er hat die Vitamine vorgeschlagen, weil ich mich in stressigen Situationen schlechter konzentrieren kann. Colin war an dem Tag zwar nicht besonders nett zu mir, aber es war nicht so schlimm, wie du es hier darstellst.« Sie seufzt und wirkt völlig erschöpft. »Das war ein Fehler. Ich hätte dir niemals davon erzählen dürfen. Es war sonnenklar, dass du es bei nächster Gelegenheit ausplauderst. Du kannst nichts für dich behalten. War früher auch schon so.«

Benton legt seiner Schwester eine Hand auf die Schulter und drückt sie. »Keiner darf so mit dir reden, Kleines. Sollte Jackson das nicht regeln und für Gerechtigkeit sorgen, mache ich es. Ich warte schon lange auf den richtigen Zeitpunkt, diesem Schnösel die Meinung zu geigen. Jetzt, wo die Arbeit am *Christmas Paradise* erledigt ist, kann mir ein möglicher Rauswurf egal sein. Den doppelten Weihnachtsbonus habe ich bereits eingesackt.« Benton klopft symbolisch auf seine Hosentasche. »Einen neuen Job im nächsten Jahr finde ich leicht.«

Gütiger Himmel.

Das Gehörte schockiert mich über alle Maßen. Ich bin entsetzt und weiß im ersten Moment nicht, was ich denken soll.

Wieso bin ich Kortney in der Zeit aus dem Weg gegangen? Ein großer Fehler, wie ich nicht zum ersten Mal feststellen muss.

»Es reicht«, beende ich das Gespräch zwischen den Geschwistern, die gerade weiter streiten wollten. »Ich habe genug gehört.« Mit einem dankerfüllten Blick an Benton erhebe ich mich, um nachzusehen, ob Colin Dontell in seinem Büro ist. Manche Dinge regelt ein Mann am besten sofort.

Es ist höchste Zeit etwas klarzustellen. Hoffentlich bleiben Andrew und Rubio am Tisch sitzen. Was ich dem Sohnemann des Zoodirektors zu sagen habe, muss keiner der beiden Medienvertreter hören.

Und Kortney? Ihrem sicher gereizten und stark angespannten Gemütszustand weiche ich absichtlich aus. Es wäre mir lieber sie würde mich den Punkt für sie klären lassen – allein. Hoffentlich hält Benton sie zurück, sollte sie mir nachlaufen wollen. Zur Sicherheit deute ich mit dem Kinn in Kortneys Richtung und versichere mich, dass Benton meine stumme Bitte verstanden hat.

Die Bürotür des Zoodirektors ist nur angelehnt. Sieh an, sieh an. Wollte der liebe Colin etwa mitbekommen, worüber wir reden? Der Restaurantbereich liegt zwar etwas abseits, trotzdem wäre es möglich zuzuhören, wenn unsere Debatte hitzig genug geworden wäre.

Da ich nicht unhöflich sein möchte, klopfe ich und warte, bis Colin mich hereinbittet. Ich darf nicht den Kopf verlieren und aufbrausend reagieren. Ein solches Verhalten hilft niemandem und sorgt nur für neue Schlagzeilen, die ich nicht gebrauchen kann.

Eine klärende Unterhaltung zwischen dem Sohn des Zoodirektors und mir hätte in jedem Fall stattgefunden, auch ohne die neue Information, die ich von Benton habe. Das stand an Punkt zwei auf meiner heutigen Liste. Gleich nach der Entscheidung um Kortneys Bakery.

Es wird interessant zu beobachten sein, wie Colin auf die Vorwürfe reagiert. Da er offenbar beschlossen hat, nicht mehr um meine Gunst zu buhlen, darf ich nun vermutlich mit einem unmaskierten Dontell junior verhandeln.

Mit einem winzigen, aber herausfordernden Lächeln trete ich ein. Der Affentanz kann beginnen.

»Mr Vandas«, begrüßt Colin mich, steht auf und reicht mir über seinen Schreibtisch hinweg die Hand.

»Entschuldigen Sie, dass ich zu der spontan einberufenen Zusammenkunft nicht dazustoßen konnte.« Er deutet auf die Unterlagen, die vor ihm auf dem Tisch liegen. "Ich bin mit Arbeit überhäuft. Immer noch.« Sichtlich nervös fährt er sich durch die Haare und setzt sich wieder. »Obwohl das *Christmas Paradise* ganz hervorragend gestartet ist und wir uns nicht beklagen dürfen«, erklärt er mit einem Räuspern. »Dass es seit gestern unaufhörlich schneit, lockt Unmengen mehr Besucher in den Zoo. Mit Schnee auf den Tannenspitzen wirkt alles noch viel weihnachtlicher. Finden Sie nicht?« Mit einer Handbewegung deutet er auf den Besucherstuhl. »Bitte, nehmen Sie Platz.«

Schweigend, da ich in solchen Momenten gerne meine Überlegenheit ausspiele, setze ich mich und schlage die Beine übereinander. Dass es im *Chinesischen Garten* nur wenig Tannenbäume gibt, erwähne ich nicht. Ein schneller Blick auf meine Schuhe verrät mir, dass ich auch dieses Paar mit Dreck und Schneematsch ruiniert habe.

»Es freut mich zu hören, dass die Zookasse tüchtig klingelt. Überraschend hohe Einkünfte werden stets gerne genommen.« Meine Schuhe ignorierend, lege ich eine Hand auf den Oberschenkel und fange an, mit dem Finger zu tippen. Dabei sehe ich Colin direkt in die Augen. »Für den guten Verdienst sind sicher ihre Angestellten mitverantwortlich, die in den Wochen vor der Eröffnung unzählige Überstunden geschoben haben, oder?«

Colin nickt wie ein Wackeldackel. »Ohne Frage. Der *Green Lane Zoo* hat durchweg zuverlässige und fleißige Mitarbeiter. Wir wissen dieses uneingeschränkte Engagement sehr zu schätzen und haben jedem einen Weihnachtsbonus ausgezahlt. Das machen wir jedes Jahr nach der Eröffnung des *Christmas Paradise*.«

»Schön zu hören.« Ich tippe weiter, nehme aber einen zweiten Finger dazu und erhöhe das Tempo.

»Was ist mit Kortneys Cookies? Mir ist aufgefallen, dass sie an den Außenständen nicht mehr verkauft werden.« Ich tue überrascht, obwohl wir beide wissen, dass ich längst über sämtliche Einzelheiten Bescheid weiß.

»Das stimmt.« Ein paar Schweißtropfen bilden sich auf Colins Stirn. »Wir haben jetzt Tassenpudding im Programm. Schoko, und ab Januar auch Vanille. Die Zubereitung geht schneller und die Kinder lieben ihn.«

Diesmal bin ich es, der das Kinn senkt und ein Nicken andeutet. Obwohl ich es zu gerne würde, kann ich dem Zoo nicht vorschreiben, was er verkaufen soll. Wie schade.

»Verlangen Sie von ihren Angestellten, dass sie Tabletten nehmen, damit sie konzentrierter und schnellfüßiger arbeiten können?«, gehe ich umgehend ans Eingemachte, um das Gespräch Fahrt aufnehmen zu lassen.

Der Mann mir gegenüber reißt die Augen auf und fasst sich an den Kragen. Ihm ist eindeutig unwohl. »Wer behauptet das?«

»Haben Sie Kortney gebeten, Vitamine zu schlucken, oder nicht?«, werde ich deutlicher.

»Meine Bitte dahingehend war etwas vollkommen anderes. Es war nur ein Vorschlag, weil sie auf mich kränklich und müde wirkte. Ich habe nichts dergleichen von ihr verlangt.« Colin bemerkt, dass er dabei ist, seine Krawatte zu lockern und lässt die Hand sinken. Seine Körpersprache ist deutlich. Er ist nervös, hat sogar Angst vor mir, wenn ich mich nicht täusche.

»Dann ist es ja gut.« Die Tatsache, dass Kortney wegen der vielen Arbeit kränklich gewirkt hat, macht mich wütend. Das tippen auf meinem Oberschenkel wird noch schneller.

»Kortney wird im neuen Jahr nicht mehr in Vollzeit für das Zoorestaurant arbeiten können«, sage ich und versuche mir meinen Unmut nicht anmerken zu lassen.

»Nicht?« Colin wirkt überrascht.

»Nein. Sie wird mit dem Aufbau ihrer eigenen Bakery ausgelastet sein und kann nur noch ab und zu im Zoorestaurant aushelfen. Maximal zehn Stunden die Woche.« Die Zahl ist mir spontan durch den Kopf geschossen und erscheint mir angemessen.

»Ihrer eigenen Bakery?«

»Ja.« Für umfangreiche Erklärungen fehlt mir die Lust. »Wären Sie bei dem Zusammentreffen dabei gewesen, wüssten Sie das.« Besser ich zwinge mich, das Tippen einzustellen. Gut möglich, dass dieser Prachtkerl meine Körpersprache liest wie ich seine.

Ist doch egal. Soll er ruhig merken, dass du ihm zu gerne den Hals umdrehen möchtest.

»Was ich hier und heute verdeutlichen möchte –« Kurz halte ich inne. »Sollten Sie mich als Wohltäter des Zoos behalten wollen, erwarte ich, dass Sie zukünftig mit Kortney und mir kooperieren. Ohne Absprache läuft nichts mehr. Auch keine Überstunden.«

Colin Dontell wirkt argwöhnisch, aber interessiert.

»Und kooperieren bedeutet in dem Fall wirklich kooperieren. Ich möchte nicht, dass sie meine Freundin in der wenigen Zeit, in der sie sich für den Zoo aufopfert, ausnutzen.«

»Ihre Freundin?« Seine Überraschung wirkt geschauspielert. Er muss von mir und Kortney wissen oder zumindest eine Ahnung haben, sonst hätte Benton nicht den Verdacht geäußert, dass Colin Angst vor meiner Rache hat. Er weiß zumindest, dass die Bäckerin des Zoos mir am Herzen liegt.

»Ja. Kortney Starr ist meine Freundin und ich schenke ihr zu Weihnachten eine eigene Bakery. Die Einzelheiten können Sie morgen auf der Titelseite der Lokalpresse nachlesen.«

Colin sieht mich an, hält aber jeglichen Kommentar zurück. Es ist nicht zu übersehen, dass er völlig von den Socken ist. Zum Glück hat er in den letzten Wochen nicht mehr versucht bei Kortney zu landen, sonst müsste ich ganz andere Geschütze auffahren.

Da meine Zeit knapp bemessen ist und ich nicht warten kann, bis Dontell junior sich gefasst und seine Sprache wiedergefunden hat, fahre ich fort. »Besprechen wir kurz die Einzelheiten. In Zukunft wird meine Freundin nur noch für das Restaurant und den Zoo backen. Sie wird nicht mehr im Service aushelfen und kann sich ihre Zeit, soweit möglich, frei einteilen.« Wie für mich üblich, spreche ich mit Nachdruck in der Stimme.

Colins Stirn furcht sich. Er steht kurz davor Widerworte zu geben. Seine Miene spricht Bände. Ihm gefällt nicht, was ich fordere – und auf welche Art ich es verlange.

»Ich möchte gar nicht, dass sie den Tassenpudding aus dem Verkauf nehmen«, fahre ich unbeirrt fort und reize mein Gegenüber. »Die Becher mit dem niedlichen Nilpferdhintern sind toll und sicher ein zusätzliches Kaufargument. Trotzdem verlange ich, dass Kortney neue Rezepte ausprobieren und sie an den Außenständen den Zoobesuchern anbieten darf.« Ein Lächeln, das den Todesstoß einleitet, schleicht sich auf meine Lippen. »Wenn Sie meiner Freundin diese Möglichkeit gewähren, bis die neue Bakery sie komplett in Anspruch nimmt, werde ich mich um die Wege im Zoo kümmern.« Ich deute auf meine Schuhe. »Zumindest die Hauptwege sollten befestigt und trockengelegt werden. Der allgemeine Zustand ist eine Katastrophe. Wie schwer muss es erst eine Mutter mit Kinderwagen haben, vorwärtszukommen? Die Beschaffenheit und der Matsch sind unzumutbar.«

»Sie wollen die Wege sanieren?« Colin wirkt freudig überrascht.

»Ja.« Mit einem langen Ausatmen entknote ich meine Beine. »Ich tue *Ihnen* einen Gefallen und Sie tun *mir* einen Gefallen, indem Sie Kortney einfach in

Ruhe backen lassen. Sie hat sich übrigens schon etwas Besonderes zu Marshmallows erstem Geburtstag ausgedacht.« Sofort muss ich an die lustige Skizze in Kortneys Rezeptbuch denken. Meine Freundin kann nicht nur backen, sie kann auch zeichnen.

»Marshmallow?«

»Ja, Marshmallow. Ihr Eisbärjunges, das bald ein Jahr alt wird.« Ich mache Anstalten aufzustehen. »Sie müssen doch wissen wie alt die Tiere in ihrem Zoo sind. Oder wie sie heißen.« Der gute Colin Dontell scheint ein wenig durch den Wind zu sein.

»Selbstverständlich weiß ich diese Sachen.«

»Perfekt!« Mit Elan erhebe ich mich und schließe den Knopf an meinem Jackett. »Haben wir einen Deal?« Ich strecke die Hand aus.

Mr Dontell junior ist nicht dumm und zögert keine Sekunde. Schön, dass ihm der Zoo und seine Besucher am Herzen liegen. Oder er ist nur auf die Anerkennung seines Vaters aus, die nach meinem Angebot sicher folgen wird.

»Wir haben einen Deal.« Er erwidert den Handschlag kraftvoll, wie ich es erwartet habe. »Kortney hat freie Hand in der Küche und im Gegenzug übernimmt *Vandas Contstruction* die Befestigung der Hauptwege«, wiederholt er unsere Übereinkunft.

»Wie schön. In dem Fall ist ja alles geklärt.« Mein Blick bleibt einen Moment an Colin hängen. »Es ist sicher nicht nötig, es extra zu erwähnen, aber da ich sicher gehen möchte, dass Sie verstehen, tue ich es trotzdem.« Ich beuge mich ein winziges Bisschen vor, sodass mein Gesicht nah an Colins ist. Seine Hand halte ich fest, ziehe sie sogar ein Stückweit zu mir heran und ihn vom Stuhl hoch. »Hören Sie auf, meine Freundin von oben herab zu behandeln. Die Sachlage hat sich ab heute geändert. Kortney ist nicht mehr die unterbezahlte Aushilfskraft, die Sie herumkommandieren und zu einem Date mit Ihnen zwingen können.«

Der Mann vor mir schreckt zurück und wirkt plötzlich blass. Mit Vergnügen gebe ich seine Hand frei.

Ziel erreicht. Meine Drohung, wenn sie auch etwas höhlenmenschartig war, ist angekommen.

Zufrieden räuspere ich mich. Die Unterhaltung hat mir gefallen. Sie rundet den Tag, der so unerwartet turbulent gestartet ist, wunderbar ab. »Kortney hat übrigens ein leckeres Keksrezept für Kackhaufen.« Das nächste Lächeln ist sanft und lässt den armen Colin vom Haken. »Es ist zwar noch lange hin, aber etwas Derartiges wäre sicher eine ausgesprochen gute Idee für das nächste Halloweenfest hier im Zoo.«

Diese Forderungen sollten genügen und zum Nachdenken anregen. Ich warte nicht auf eine Antwort, sondern tippe mir an die Stirn und verlasse mit einem höflichen Nicken das Büro.

So sieht ein Erfolg auf ganzer Linie aus.

Kaum habe ich die Tür hinter mir geschlossen, stoße ich auf *meine* süße Bäckerin. Sie steht mit überkreuzten Armen an die Wand gelehnt und starrt mich an. Ihr Blick verrät mir, dass sie an der Tür gelauscht hat.

Jackson, du bist geliefert.

Kapitel 27

Kortney

Grundgütiger. Mit jedem Wort, das ich höre, rege ich mich mehr auf. Nicht zu fassen. Ich stehe an der Tür seit Benton mir aus dem Weg gegangen ist, und traue meinen Ohren nicht.

Benton! Mein Bruder ist schuld, dass Jackson glaubt, sich im Büro des Zoodirektors profilieren zu müssen. Wieso musste mein plötzlich überfürsorglicher Bruder meine Auseinandersetzung mit Colin überhaupt erwähnen? Und warum glauben Männer stets, sie müssten für uns Frauen sprechen?

Ein derartiges Verhalten ist nicht nötig. Wir können uns allein verteidigen.

Warum habe ich nur so ein verdammtes Plappermaul? Hätte ich einfach die Klappe gehalten und meine Empörung für mich behalten, wäre ich jetzt nicht in dieser misslichen Lage. Wieso habe ich Benton überhaupt von den Vitaminen erzählt? Dummer Fehler. In Zukunft behalte ich solche Informationen für mich.

»Hey, du.«

Jacksons Miene und das Kratzen am Kopf verraten mir, dass er sich schuldig fühlt. Minimal schuldig. Er ist unglaublich leicht zu durchschauen. Sicher wird er mir in wenigen Augenblicken versichern, dass er sich jederzeit und stets aufs Neue für mich einsetzen wird, und dass ich daran nichts ändern kann. Fall erledigt.

»*Kortney, ist nicht mehr die kleine Aushilfskraft, die Sie herumkommandieren und zu einem Date mit Ihnen zwingen können*«, wiederhole ich seine Worte und klinge fassungslos. Anklagend natürlich auch.

Am liebsten würde ich …

»Du hast gelauscht.« Jackson nähert sich und zieht mich an den Schultern zu sich heran. Danach umschlingt er mich und ignoriert meine verschränkten Arme. So dicht an seine Brust gedrückt, bekomme ich nur schwer Luft. Verflixt. Jacksons wohliger Geruch und das Gefühl gehalten zu werden, stimmen mich sofort milde. Ich muss mich zurückhalten, sonst schmiege ich meine Wange an ihn und fange an zu schnurren. Das macht der Schuft absichtlich. Obwohl wir uns erst so kurz kennen, weiß er bereits, wie er mich positiv beeinflussen kann.

»Ja. Natürlich habe ich gelauscht«, gestehe ich. Obwohl es so eingequetscht nicht leicht ist, löse ich meine Arme und umschlinge Jacksons Taille. »Ist es nicht schon schlimm genug, dass du meinetwegen gezwungen bist, in eine Bakery, die du ursprünglich gar nicht haben wolltest, zu investieren, musst du dich jetzt auch noch mit dem stellvertretenden Zoodirektor streiten?«

Männer.

»Was redest du denn da für einen Unsinn?« Jackson furcht die Stirn. »Ich bin nicht *gezwungen* zu investieren.«

»Ach wirklich?« Mit einem herausfordernden Schmunzeln sehe ich hoch und hebe eine Augenbraue. »Verdrehen Sie gerade die Tatsachen, Mr Vandas?«

»Okay, vielleicht bin ich durch lästige Paparazzi und schlechte Nachrichtenblätter in eine Zwangslage bugsiert worden. Aber du solltest nicht vergessen, dass ich Bauunternehmer bin. Es ist mein Geschäft, Geld in Projekte, die ich als vielversprechend erachte, zu investieren.«

Die Diskussion kann ich nicht gewinnen.

Außerdem macht es wenig Sinn über etwas zu streiten, zu dem ich längst ja gesagt habe.

Der Tag war lang und anstrengend. Erschöpfung macht sich breit und hält mich fest im Griff.

Jackson hat recht. Und da das Gebäude, das wir gemeinsam beschlossen haben zu kaufen, seines sein wird, ist es okay für mich. Jackson ahnt noch nichts, aber ich plane Miete zu zahlen, sobald alles fertig ist und ich die Bakery eröffnen kann. Was sicher noch Monate, vielleicht sogar ein Jahr dauern wird.

»Außerdem …«, fährt er fort und küsst meine Stirn. »… musste ich verhindern, dass Colin in Zukunft versucht bei dir zu landen oder schlimmer — dich ausnutzt, wie er es bisher getan hat. Mit diesem respektlosen und ungebührlichen Verhalten ist jetzt Schluss.«

Ungebührliches Verhalten?

Bei so viel Testosteron wird mir ganz schwindelig.

»Okay, irgendwie kann ich dein Benehmen sogar nachvollziehen.« Besänftigt und weil Jacksons Geruch sich wie eine Einladung anfühlt, bette ich meinen Kopf unter sein Kinn und atme seinen markanten Duft ein. Wie kann ich mich so schnell und Hals über Kopf verlieben? Etwas derart Verrücktes ist mir noch nie passiert.

»Klär mich doch bitte mal auf, warum ich in Zukunft nicht Vollzeit für den Zoo arbeite«, nuschele ich gegen seine Brust und ignoriere die Tatsache, dass Jackson glaubt, in diesem Punkt, über mich bestimmen zu können.

»Ich verstehe nicht?«

»Du hast gesagt: *Kortney wird im neuen Jahr nicht mehr in Vollzeit für das Zoorestaurant arbeiten können*«, spreche ich deutlicher und hebe sogar den Kopf an. »Das waren deine Worte.«

»Ich bin lediglich realistisch, Süße.« Jacksons Hand streicht über meinen Rücken. »Wie willst du denn einen Job samt Überstunden bewerkstelligen und gleichzeitig deine eigene Bakery aufbauen?«, äußert er eine Gegenfrage, die durchaus Berechtigung hat. »Der Tag hat nun mal nur vierundzwanzig Stunden. Keiner weiß das besser als ich.«

Mist. Ein frustrierter Laut kommt mir über die Lippen.

»Den genauen Ablauf für mein zukünftiges Berufsleben habe ich mir noch nicht überlegt«, fahre ich ihn an. »Wie du sicher weißt, hatte ich noch keine Zeit, mich mit dem Gedanken auseinanderzusetzen. Aber trotzdem … ich möchte selbst bestimmen, wie und wo ich arbeite. Und auch wie lang mein Arbeitstag künftig aussehen wird.«

Jackson grummelt etwas Unverständliches. An seiner plötzlich angespannten Brustmuskulatur merke ich, dass er dazu seine eigene Meinung hat, die mit meiner nicht unbedingt konform geht.

»Lass uns einen Tag nach dem anderen nehmen« beschwichtigt er mich. »Es gibt keinen Grund, sich deswegen schon jetzt zu streiten.«

Wahre Worte.

Heute ist tatsächlich so einiges passiert. Einen zusätzlichen ersten Streit brauchen wir nicht.

»Also gut.« Ich lege den Kopf in den Nacken und sehe zu ihm hoch. Glückseligkeit erfüllt mich.

Jackson entspannt sich bei meiner Antwort, lächelt sogar. »Denke nur nicht, liebe Kortney, dass du in Zukunft allein mit den Problemen und Herausforderungen des Lebens klarkommen musst.« Er küsst mich auf die Nasenspitze. »Das musst du nicht. Ab jetzt sind wir ein Team.«

»Es gefällt mir, dass du uns so nennst.« Das wunderbare Gefühl in mir verstärkt sich.

»Auch wenn ich noch verheiratet bin, möchte ich, dass eines zwischen uns klar ist.« Der wunderbare Mann, in dessen Armen ich liege, blickt mir in die Augen. »Die Sache zwischen Shalita und mir – egal, was uns da noch erwartet – ist vorbei. Endgültig. Ich will die Scheidung um jeden Preis.«

»Danke. Es freut mich, dass du es nicht leid bist, das für mich zu erwähnen, damit ich mich nicht unnötig sorge.« Obwohl ich weiß, dass Jacksons Frau ein manipulatives Miststück ist, fühlt es sich schrecklich an, die Frau zu sein, die sich in eine Ehe gedrängt hat.

Auch, wenn diese Ehe bereits gescheitert ist. Ich bin die andere Frau.

Der Tag war lang, meine Gedanken kommen nicht zur Ruhe und ich bin müde. Keine gute Kombination. Ich fühle mich erschöpft und ausgelaugt und das, obwohl ich heute keine Überstunden gemacht habe.

»Möchtest du mit zu mir kommen?« Es fühlt sich noch ungewohnt an das auszusprechen. »Mein Reich ist nicht so luxuriös wie deine Suite im Hotel, aber ich würde es dir gern zeigen.«

Jackson wirkt einen Moment lang hochzufrieden und sprachlos. Mein Themawechsel kam wohl etwas plötzlich.

»Ich würde sehr gern deine Wohnung sehen und deine Küche – und dein Schlafzimmer.« Sein Blinzeln, das irgendwie zweideutig wirkt, entgeht mir nicht.

»Einverstanden. Gut. Ich freu mich.«

Heilige Nervosität, wo kommst du her?

»Lass uns am besten sofort aufbrechen«, sagt Jackson ungeduldig und mich loslassend. »Gerade habe ich beschlossen, für heute nicht mehr ins Büro zurückzukehren.«

***

Wie es zu erwarten war, werden wir am nächsten Morgen von einschlägigen Schlagzeilen in diversen Klatschzeitschriften begrüßt. Gefühlt zerreißt sich jeder, der das Recht hat, seine Meinung auf Papier zu drucken, das Maul über Jackson und mich. Es ist erschreckend, wie schnell etwas die Runde machen kann, solange es explosiv genug ist. Die Vielzahl der Beiträge schockiert mich.

Es ist noch früh. Jacksons Handywecker hat vor zehn Minuten geklingelt. Wir liegen beide noch im Bett. Ich bin bereits mehr wach als mein Freund, der seinen Kopf auf meinen Bauch gebettet hat und zufrieden ist, meinen Körper noch ein Weilchen als Kopfkissen benutzen zu können. Anders als mich, scheinen ihn die Nachrichten, um die gestern so viel Wirbel gemacht wurde, kaum zu interessieren.

»Soll ich dir vorlesen?«, frage ich, das Handy gezückt. Mit der freien Hand fahre ich ihm durch die Haare, die sich wunderbar weich anfühlen.

»Hmm.«

»Ich werte das als ein Ja«, sage ich mit einem Schmunzeln und scrolle mit dem Daumen die Suchergebnisse auf meinem Handy nach oben.

»Aushilfskraft des Zoos angelt sich wohlhabenden Bauunternehmer, um sich eigene Bakery finanzieren zu lassen«, lese ich laut und bemühe mich, die Emotionen aus meiner Stimme herauszuhalten. Eine unverschämtere Lüge ist mir noch nie untergekommen. Das zusätzliche *#PerfektDeal* am Ende des Artikels, setzt dieser Dreistigkeit die Krone auf.

Tief durchatmen.

Mit der Schlagzeile haben wir gerechnet. Andrew hat uns versichert, dass die Presse sich diesen Fang nicht entgehen lassen würde. Nicht, nachdem Jackson offiziell bestätigt hat, dass ich seine neue feste Freundin bin.

»Jackson Vandas wieder verliebt. Diesmal steht er auf blau«, lese ich weiter und puste mir den mittlerweile zu langen Pony aus der Stirn.

»Oh – das gefällt mir. Sehr kreativ«, sagt Jackson. Ich spüre sein Schmunzeln an meinem Bauch. »Ich stehe wirklich auf deine blauen Haare. Diese Schlagzeile ist nicht gelogen.«

»Vandas bleibt seinen Vorlieben treu«, geht die Berichterstattung munter in dieselbe Richtung. Zu meiner eignen Verwunderung berühren mich die Lügen weniger als erwartet. Keine dieser Nachrichten kann einen Zweifel bei mir säen. Ich bin mir Jacksons Liebe sicher. Ein gutes Gefühl, in dem ich gerne noch ein wenig schwelge.

Auch Rubio hat seinen Vorschlag wahr gemacht und einen Artikel durchbekommen. Weiter unten lese ich: *»Klatschblatt verrät Weihnachtsgeschenk und missachtet den Glauben an den Weihnachtsmann #NixMitWeihnachtszauber«*

Wie schön. Und erfrischend anders als der Rest.

Zwischen all den Verleugnungen fühlt sich der Gegenschlag – wenn er auch klein und unerheblich ist – ziemlich gut an. Außerdem passt er wunderbar in die empathische Vorweihnachtszeit, in der die Menschen nach Harmonie und Wohlbefinden suchen.

Ich streiche mit meiner Hand über Jacksons Kopf und lasse sie in seinem Nacken liegen. Hier kringeln sich die Haare, weil sie zu lang sind.

»Was muss ich tun, damit du diese Kopfmassage den Tag über fortsetzt?«, dringt Jacksons leise Stimme zu mir hoch. Es freut mich, dass er trotz des erneuten Chaos um seine Person sorgenfrei zu sein scheint.

Ich antworte mit einem Lächeln, dem ein Kuss auf den Kopf folgt. »Die Meldungen können dich nicht schocken?«, frage ich nach. »Oder zumindest aus der Ruhe bringen?«

»Nein.« Jackson bewegt sich. »Kein bisschen. Bitte, mach weiter, nicht aufhören. Auf keinen Fall aufhören. Andrew wird sich um alles kümmern. Dafür bezahle ich ihn. Du musst dir keine Gedanken machen. Sicher ist er bereits auf den Beinen und regelt alles, was nötig ist. Sollte überhaupt etwas zu regeln sein. Schließlich haben wir gut vorgearbeitet und für ein paar Antworten gesorgt.«

Es muss schön sein, über ausreichend Geld zu verfügen. Da ich neugierig bin und anders als Jackson mit derartiger Presse nicht vertraut bin, scrolle ich tiefer. Weiter unten gibt es mehr Brisantes zu entdecken.

Die Nachrichten tauchen in der Suchanfrage nicht an erster Stelle auf, da ich nach Jackson M. Vandas gesucht habe – nicht nach Shalita Vandas.

Shit!

Diesmal lese ich nicht laut. Der Schock über die ersten Worte ist zu groß. Es verschlägt mir glatt die Sprache.

Tragödie. Shalita Vandas am Ende ihrer Kraft. Alle Reserven aufgebraucht.

Tod statt Scheidung. Mrs Vandas spricht offen über ihre Krankheit und zieht die kürzlich eingereichte Scheidung zurück.

Gütiger Himmel. Was steht da in Dreiteufelsnamen? Anscheinend wurde auch Shalita um ein Statement gebeten. Meinen Blick kann ich unmöglich abwenden, denn dieser Schwachsinn geht munter weiter.

Neuer Skandal schlägt Wellen. Harte Worte gegen Bauunternehmer Jackson M. Vandas. Shalita Vandas Lebenstage sind gezählt.

Trifft Jackson M. Vandas eine Schuld an dem Gesundheitszustand seiner Frau? Unbestätigten Meldungen zufolge könnte es einen Zusammenhang geben.

»Aua.«

Mist! Sofort lasse ich Jacksons Haare los. Mir war gar nicht bewusst, dass ich meine Fingernägel in seine Kopfhaut gegraben habe.

»Entschuldige.« Ich lege das Handy mit der Vorderseite nach unten auf den Nachttisch und atme tief durch. Meine Hand zittert und mir ist schlecht, richtig schlimm schlecht. Von dem unangenehmen Gefühl in meinem Bauch ganz zu schweigen.

Wir haben uns verkalkuliert.

»So schrecklich?«, fragt Jackson, hebt erst den Kopf und setzt sich anschließend aufrecht hin. Was er wohl in diesem Moment in meinem Gesicht liest? Blankes Entsetzen. Etwas anderes kann da nicht stehen.

Ich bin über alle Maßen schockiert. Damit habe ich nicht gerechnet. Warum hat Andrew das nicht vorhergesehen? Er ist doch ein PR-Experte. Hätte er uns nicht gestern vor dieser möglichen Wendung warnen müssen? War es nicht zu erwarten, dass Shalita eine Chance wie diese nicht ungenutzt verstreichen lassen würde?

Abrupt stoppe ich das Gedankenkarussell, das eigenmächtig Fahrt aufgenommen hat. Wahrscheinlich verlange ich Unmögliches. Wer konnte vorausahnen, dass Jacksons rachsüchtige Ehefrau die Presse in der Form anfachen würde.

»Deine Frau ist eine gemeine Lügnerin.« Es fällt mir schwer, meinen Hass zurückzuhalten. Warum ist jemand so?

»Möchte ich wissen, was du gerade gelesen hast? Was für diesen Gesichtsausdruck verantwortlich ist?« Jackson hebt die Hand und streichelt mir über die Wange. Danach legt er seinen Zeigefinger auf meine Stirn und glättet Falten.

Ich bemühe mich, meine Gesichtsmuskeln zu entspannen und nicht zu verkniffen dreinzuschauen. Es fällt mir nicht leicht.

»Deine Frau hält an der Aussage, sie sei schwerstkrank, fest«, setze ich meinen Freund ins Bild und kann immer noch nicht fassen, was ich gelesen habe.

»Wie bitte?« Jetzt ist es Jackson, der die Stirn furcht. »Was soll denn der Schwachsinn? Sie wird nicht sterben.« Er schüttelt den Kopf. »Zumindest nicht sofort, wie sie es uns weißzumachen versucht.«

»Bestimmt hat sie einen Plan.« Der Gedanke ist naheliegend.

»Welcher sollte das sein?«

»Keine Ahnung.« Für einen Moment schließe ich die Augen und versuche, das wunderbare Gefühl, das ich verspürt habe, als ich neben Jackson aufgewacht bin, zurückzuholen. Es klappt nicht. Leider.

»Seit gestern geht mir etwas durch den Kopf und lässt mich nicht los«, rede ich mit geschlossenen Augen. »Woher wusste der Paparazzi, dass Benton mein Bruder ist, dass er über ihn an Informationen kommen kann? Er hat gezielte Fragen über mich und meine Ziele gestellt. Warum? Ob Shalita dem Paparazzi einen Hinweis gegeben hat? Sie hat gesehen, wie ich dich geküsst habe. Bestimmt war sie verärgert.« Ich öffne die Augen. »Ist es nicht sehr wahrscheinlich, dass sie Eifersucht verspürt und sich an dir rechen will – an uns?«

Einen Moment herrscht Schweigen.

»Hat dein Bruder nicht gesagt, der Typ mit der Cap hätte sich als Julian vorgestellt?«, durchbricht Jackson zuerst die Stille.

»Ich glaube ja. Kennst du einen Julian? Hast du eine Vermutung, wer das sein könnte?«

»Nein. Einen Julian kenne ich nicht, aber den Hashtag *GuruJulianIstDerBeste*.« Jackson furcht die Stirn. »Ich hätte es wissen müssen ... in dem Moment, in dem Benton den Namen erwähnt hat ... da hätte ich es wissen müssen.«

Verflixt.

»Shalita, die Philippinen, der Guru«, spreche ich laut vor mich hin. »Ich erinnere mich bei meinen Nachforschungen im Netz etwas gelesen zu haben.« Aber sind die Vermutungen nicht etwas weit hergeholt? »Es gibt viele Julians, es könnte ein anderer sein«, spreche ich meine Zweifel aus.

»Unwahrscheinlich. Der Zufall wäre groß.«

Jackson richtet sich auf und setzt sich neben mich, mit dem Rücken gegen das Kopfteil des Bettes gelehnt. Er nimmt meine Hand. Nachdenklich streicht er mit dem Daumen über den Handrücken. »Ich vermute, dass Shalita sich in eine verhandlungsstarke Position bringen möchte und deshalb recherchiert hat. Damit ich einer schnellen Scheidung zustimme und ihr das nötige Kleingeld gebe.« Jackson seufzt. »Sie will mich loswerden. Und dabei ein hübsches Sümmchen abkassieren. Womöglich ist dieser Julian ihr neuer Liebhaber. Oder nur ein Spion, den sie engagiert hat. Wer weiß das schon. Ich hege schon lange den Verdacht, dass sie nie auf den Philippinen war. Es gibt keine Buchungen auf unserer Kreditkarte, die das beweisen.«

Entsetzt schüttele ich mich.

»Ein solches Verhalten macht mir Angst.« Gruselig kalt läuft es mir den Rücken hinunter.

Jackson zuckt mit den Achseln. »Ich kenne meine Frau seit elf Jahren und weiß, wie sie tickt. Shalita rückt mich in ein denkbar schlechtes Licht, schadet dem öffentlichen Ansehen von *Vandas Construction* und bietet mir nächste Woche an, sich zurückzuziehen und alles zu dementieren, wenn ich die Scheidung einreiche.«

»Warum dieses Spielchen spielen? Das verstehe ich nicht.«

»Wir haben einen Ehevertrag«, klärt der noch Verheiratete mich auf. »Wenn *ich* die Scheidung einreiche, bekommt Shalita einen Teil des Vermögens. Wenn *sie* die Scheidung einreicht, bekommt sie nur einen überschaubaren Pflichtanteil, der sie zwingt, in Zukunft arbeiten zu gehen.«

Oh!

Mein Mund öffnet sich, um Jackson klarzumachen, dass er sich auf keinen Fall meinetwegen in die Ecke drängen oder zu etwas zwingen lassen darf, da klingelt sein Handy.

Mit einer üblen Vorahnung schließe ich den Mund und sehe auf das Display seines Handys, welches auf seiner Seite des Bettes auf dem Nachttisch liegt.

»Andrew ruft an«, informiere ich Jackson, der schon die Hand ausgesteckt hat. Das Drama ist dabei seinen Lauf zu nehmen.

Kapitel 28

Jackson

»Wie ich das sehe, hast du drei Möglichkeiten«, klärt Andrew mich eine Stunde später in meinem Büro auf. Er sitzt mit übereinandergeschlagenen Beinen vor meinem Schreibtisch und versucht, gute Miene zum bösen Spiel zu machen.

»Dann schieß los! Wie ich die Situation einschätze, wird keiner deiner Vorschläge mich glücklich stimmen.«

»Für dein Glück bin ich nicht verantwortlich«, antwortet Andrew trocken und ohne Humor, so wie ich es von ihm erwarte.

Nein. Für mein Glücksgefühl sorgt Kortney. Heute Morgen war ich schon ziemlich glücklich, bevor der Shitstorm, mit dem wir in der Form nicht gerechnet haben, über uns hereingerochen ist.

»Lass hören!«, fordere ich meinen PR-Berater auf, bevor er mir am Gesicht abliest, woran ich gerade denke.

»Also schön. Erster Vorschlag: Du könntest die Scheidung einreichen und deiner Frau geben, was sie will.« Andrew hebt die Schultern. »Sicher würden in dem Fall auch Shalitas leeres Gerede ihre Krankheit betreffend aufhören. Schließlich bekommt sie, was sie will.«

Mein Seufzen kommt automatisch. »Ganz schlechte Idee. In dem Fall verliere ich die Hälfte meiner Firma und muss mich auf zukünftigen Vorstandsitzungen mit meiner Ex-Frau oder ihres Vertreters rumschlagen. Ein gruseliger Gedanke.«

»Ich zeige dir nur die Möglichkeiten auf«, erwidert Andrew. »Entscheiden musst du selbst.«

»In dem Fall …« Ich mache eine auffordernde Handbewegung. »Dein nächster Vorschlag, bitte.«

»Triff dich mit deiner Frau auf neutralem Boden und führe ein erwachsenes Gespräch. Höre dir an, was sie möchte. Biete ihr eine angemessene Summe, damit sie von sich aus die Scheidung einreicht und verdeutliche ihr, dass du unter keinen Umständen bereit bist, auf einen Teil deiner Firma zu verzichten.«

Echt jetzt?

Wut züngelt in mir hoch.

»Himmel, Andrew! Wann bist du zum Softie mutiert? Meine Frau verdient es, dass ich es ihr mit gleichen Mitteln vergelte. Sie ist nicht todkrank. Sie ist eine Lügnerin. Und was noch viel schlimmer ist – sie tanzt mir auf der Nase herum. Ich will ihr keinen Cent geben. Das hat sie nicht verdient. Sie benutzt eine gefährliche Krankheit, um ihren Willen zu bekommen. Dieses Verhalten ist abscheulich. Man sollte sie mit Krebspatienten sprechen lassen, die nicht mehr lange zu leben haben. Vielleicht hilft das ihrer Moral.«

Andrew zeigt sich von meinem Ausbruch wenig beeindruckt. »Deine Frau ist vor allen Dingen eins – schlau.«

Damit trifft er den Nagel auf den Kopf.

Verstimmt wie noch nie gebe ich ein mürrisches Brummen von mir. »Hoffentlich taugt dein letzter Vorschlag mehr. Die ersten waren großer Mist.« Aus einem Bedürfnis heraus überkreuze ich die Arme und warte ab.

Andrew grinst minimal, was mich hoffen lässt. »Zugegeben, die nächste Idee sagt mir am meisten zu.« Sein Tonfall hat plötzlich etwas Listiges.

Endlich!

Jetzt kommen wir der Sache näher. Ich spüre es in den Eingeweiden und setze mich aufrechter. »Lass hören!«, fordere ich meinen PR-Berater erneut auf und löse die Arme.

»Bei all meinen Empfehlungen wirst du zahlen müssen, daran geht kein Weg vorbei. Schließlich wart ihr elf Jahre verheiratet. Ganz ungeschoren kommst du aus der Nummer nicht heraus.«

Ungeduldig greife ich nach einem Stift, obwohl ich gar nichts aufschreiben möchte. Warum muss Andrew es so spannend machen? Kann er nicht einfach sagen, was er zu sagen hat.

»Nun rede endlich. Sonst sitzen wir im neuen Jahr noch hier.«

»Bei diesem letzten, von mir favorisierten Ratschlag, würdest du das Geld nicht Shalita geben, sondern in eine Stiftung stecken.«

»Eine Stiftung?«

Mein PR-Berater nickt. »Du könntest den Spieß umdrehen, genau wie wir es mit Kortneys Bakery gemacht haben. Du hast die Schlagzeilen bestätigt und deiner Freundin eine Bäckerei gekauft. Sofort war der Fall erledigt.«

Überfordert kneife ich die Augen zusammen und versuche einen Sinn hinter den Worten zu entdecken. »Ja sicher aber …, ich versteh noch nicht ganz, was das mit Shalita und ihren Lügen zu tun hat.«

»Informiere die Presse, dass Shalita an Bauchspeicheldrüsenkrebs im Endstadium leidet. Deine Frau hat keine Einzelheiten zu ihrer Krankheit verlauten lassen. Höchstwahrscheinlich wollte sie sich nicht tiefer in die Nesseln setzen als nötig.« Andrews Miene bekommt einen rücksichtslosen Zug. »Schlachte ihre Lügen zu deinem Vorteil aus. Gebe dich vor der Presse mitfühlend, sprich davon, dass deine Frau optimal und von den besten Ärzten betreut wird. Dass es keine Hoffnung auf eine Heilung gibt, du aber beschlossen hast, gemeinsam mit ihr eine Stiftung zu gründen, die sich um sozial benachteiligte Patienten mit Bauspeicheldrüsenkrebs kümmert. Dass ihr trotz Trennung Freunde und eng verbunden seid und so weiter.«

Interessanter Schachzug.

»Hm.« Meine Hand wandert zum Kinn, während ich mir das Gesagte durch den Kopf gehen lasse. »Ich würde mein Geld um ein Vielfaches lieber in eine Stiftung stecken, als es meiner Frau in den Rachen zu werfen. Aber warum glaubst du, dass Shalita sich fügt und die Scheidung einreicht? Vermutlich schüre ich mit meinem Angriff nur ihre Wut auf mich und sie reagiert erst recht bockig.« Ich lege den Stift zurück auf den Schreibtisch und falte die Hände, weil ich in der Position besser nachdenken kann.

»Natürlich wird deine Frau unzufrieden mit der Situation sein, vielleicht sogar wütend. Aber sehr wahrscheinlich würde sie bald aufhören gegen dich zu wettern. Du bringst sie in eine schwierige Lage, da sie nicht krank ist und auch nicht innerhalb weniger Monate sterben wird. Biete ihr an, das Geheimnis zu wahren, wenn sie die Scheidung einreicht. Und überlasse ihr die Organisation der Stiftung. So bekleidet sie zukünftig eine leitende Führungsposition und kann sich auf ihre Art einbringen. Spendengalas mit immer neuen Abendkleidern zu besuchen, gehört doch zu Shalitas Lieblingsbeschäftigungen. Bestimmt wäre sie mit einer unterstützenden, vielleicht prominenten, Kraft an ihrer Seite gar keine schlechte Besetzung für die Leitung.« Andrew hebt die Schultern. »Damit es ihr leichter fällt, deinem Vorhaben zuzustimmen, könntest du ein monatliches – nennen wir es Taschengeld – dazu packen.« Andrew hebt die Schultern und räuspert sich. »Es ist richtig, du müsstest eine Menge Geld investieren, aber mit dieser Lösung würdest du deine Frau aus *Vandas Construction* heraushalten und bräuchtest dich in Zukunft nicht um fehlende positive Presse sorgen. Du würdest zwei Fliegen mit einer Klappe schlagen.«

Und Kortney bekommst du obendrauf, füge ich in Gedanken hinzu. Der Vorschlag gefällt mir. Oh ja!

»Kannst du …«

Andrew lässt mich nicht ausreden. Er hebt die Hand und steht auf. »Tüchtig und scharfsinnig wie ich bin, habe ich vorhergesagt, dass dir meine letzte Idee zusagt und bereits mit den zuständigen Leuten, die uns in Sachen Stiftung zur Hand gehen können, Kontakt aufgenommen.«

Mustergültig. Andrew Lamar kennt mich zu gut.

»In dem Fall lass uns den Sack zumachen und dafür sorgen, dass Shalitas Mätzchen ein für alle Mal Geschichte sind. Ich will diese Stiftung und die Scheidung. Am besten gestern.«

***

Am Abend führe ich Kortney in mein Lieblingsrestaurant in Dorchester aus. Gemeinsam haben wir beschlossen, uns nicht die Laune verderben zu lassen und den Tag trotz Shitstorm zu genießen. Außerdem ist Ettores süditalienische Küche, die nur aus ausgewählten Zutaten und vorzüglich abgeschmeckten Gewürzen besteht, einfach göttlich. Kortney muss mindestens drei Gerichte probieren, die mir spontan in den Sinn kommen. Da meine Freundin in den letzten Wochen stark abgenommen hat, kann es nicht schaden, wenn ich sie ein wenig mit kalorienreichen Köstlichkeiten verführe.

»Schmeckt es dir?« Mein Blick klebt an ihrem Teller, auf dem sie lustlos herumstochert. Ich würde mir wünschen, dass Kortney mit größerem Appetit essen würde. Mich beschleich der Verdacht, dass sie etwas bedrückt und es mir zu liebe für sich behält.

»Es ist vorzüglich, wie du es mir versprochen hast.« Ihr Lächeln ist echt. Sie legt das Besteck weg, greift nach der Serviette und tupft sich den Mund ab.

Sie kann unmöglich satt sein.

»Lass mich raten«, wage ich mich vor. »Das Restaurant ist zu nobel. Du fühlst dich hier nicht wohl.«

»Das ist es nicht.« Die Serviette wandert zurück auf ihren Schoß. Meinem Blick weicht sie aus.

»Aber es ist etwas?«, bohre ich tiefer.

»Irgendwie schon«, gibt sie widerwillig zu.

»Dann raus damit.« In Erwartung lege ich das Besteck zur Seite und spitze die Ohren.

»Gibt es zukünftig einen Verhaltenskodex für mich? Als deine Freundin, meine ich«, platzt es wie aus dem Nichts aus ihr heraus.

Fassungslos halte ich inne.

»Wie kommst du denn darauf? Du kannst sein, wie du immer bist. Und tun, was du immer tust. Wieso solltest du anders sein müssen?« Ich versteh nicht, wie sie auf solche absurden Gedanken kommt. Hat jemand etwas zu ihr gesagt?

»Gut.« Kortney nickt und greift nach dem Weinglas, um daran zu nippen. »Dann hättest du also nichts dagegen, wenn ich mich mit deiner Frau treffen würde, um mit ihr zu reden.« Sie stellt das Glas zurück. »Ein ernstes Gespräch … sozusagen von Frau zu Frau.«

Auf keinen Fall.

Wieso zum Geier möchte sie das tun?

»Natürlich hätte ich etwas dagegen.« Ich versuche meine Stimme ruhig zu halten. Es fällt mir nicht leicht. »Shalita ist eine Bitch. Es würde mein Missfallen erregen, wenn sie dich auf irgendeine Art verletzt.« Meine Frau würde niemals handgreiflich werden, dazu ist sie nicht fähig. Gewalt ist nicht ihre Sprache. Aber Worte können manchmal mehr anrichten als Fäuste. Ich möchte Kortney vor allem und jedem beschützen. Erst recht vor meiner Frau.

»Du hast gerade gesagt, es gibt keinen Verhaltenskodex für mich. Ich kann tun und lassen, was ich möchte.«

Teufel auch!

Kortney hat mich reingelegt. Mit meinen eigenen Waffen geschlagen. Wie war das noch? Skorpione sind spitzfindig und schlau.

»Aber damit …«, setze ich an und unterbreche mich gleich wieder. Verflixte Zwickmühle. »In dem Fall gibt es eben doch einen Kodex. Ich möchte nicht, dass du dich allein in die Höhle des Löwen wagst.« Meine Stimme wird weicher. »Ich möchte dich beschützen, Kortney.«

Ein Augenrollen geht der Antwort voraus.

»Und ich möchte helfen. Dir – und mir. Wenn ich mich bemühe, kann ich sehr diplomatisch und vernünftig sein. Vielleicht könnte ich vermitteln … und …«

Nein! Unter keinen Umständen lasse ich sie einen solchen Unsinn tun. Was wäre ich für ein Mann, wenn ich meine Freundin für mich kämpfen ließe?

»Du musst nicht mit Shalita sprechen. Andrew hat bereits eine Lösung gefunden«, unterbreche ich sie, bevor sie sich um Kopf und Kragen reden kann. Wobei … das sicher süß mitanzusehen gewesen wäre. Höchstwahrscheinlich würden ihre Wangen zu glühen beginnen, sobald sie in Fahrt käme.

»Welche Lösung?« Misstrauen schwingt mit. Sie glaubt mir nicht.

»Wenn du dein Essen nicht weiter kaltwerden lässt, erzähle ich dir, was Andrew sich überlegt hat und welchem Vorschlag ich bereits zugestimmt habe.« Mit einem langen ausatmen deute ich auf ihren Teller, der noch fast voll ist.

»Also schön«, sie greift nach ihrem Besteck »Du hast gewonnen. Ich höre.«

In den nächsten Minuten, während Kortney ihre Cannelloni mit Ricotta isst, erzähle ich ihr von Andrews Vorschlag, eine Stiftung in Shalitas Namen für Krebspatienten zu gründen. Ich lasse nichts aus und stelle überrascht fest, dass mir die Idee, jetzt, wo ich sie mit meinen eigenen Worten wiedergebe, sogar noch besser gefällt. Andrew hat mitgedacht und Köpfchen bewiesen. Sobald alles unter Dach und Fach ist, werde ich ihm eine Gehaltserhöhung anbieten.

Kortney scheint von der Idee ebenfalls angetan. Ihre Miene hat sich mit jedem Wort gehoben und ihr Teller ist leer. Anscheinend hatte sie doch Hunger.

»Wenn ich deinen PR-Berater das nächste Mal treffe, werde ich ihm zu diesem gutdurchdachten Plan gratulieren. Er holt stets das Beste für dich heraus.«

»Glaub mir, ich weiß das und bin heilfroh ihn zu haben.«

»Jackson?«

Verdammt!

Ich höre wie mein Name gerufen wird, traue mich aber nicht, mich auf meinem Stuhl umzudrehen und in die Richtung zu schauen. Die Stimme ist mir bekannt. Leider zu gut.

Tief durchatmen.

Da ignorieren nicht helfen wird, wende ich mich nun doch um und sehe wie die Hostess, die für die Tischreservierungen zuständig ist, Shalita am Arm gefasst hält. Meine Frau ist aus dem Ei gepellt wie immer. Haare und Make-up sind tipp topp. Und das Kleid, welches sie trägt, ist selbstverständlich nicht von der Stange. Anscheinend wollte sie direkt bis zu uns an den Tisch stürmen, bevor sie aufgehalten wurde. Ob sie sauer ist, kann ich anhand der versteinerten Miene nicht erkennen. Zumindest hat sie es ziemlich eilig zu uns durchzukommen.

»Wie es scheint, bekomme ich doch noch die Möglichkeit, mit deiner Frau zu sprechen«, sagt Kortney überaus zufrieden.

Der Abend hätte so schön werden können. Mir bleibt nichts anderes übrig, als in den sauren Apfel zu beißen.

Mit einem Seufzen gebe ich der Hostess ein Zeichen, sodass sie Shalita durchlässt. Besser meine Frau bekommt die Möglichkeit loszuwerden, was sie loswerden möchte, als dass sie einen Wirbel veranstaltet und andere Gäste auf uns aufmerksam macht.

Nicht auszudenken was ich mir von meinem übereifrigen PR-Berater anhören darf, sollten Morgen neue Fotos oder Videos der Familie Vandas im Netz auftauchen.

»Andrew hat sich bei mir gemeldet«, sagt Shalita statt einer Begrüßung, kaum dass sie vor uns am Tisch steht. Sie sieht nur mich an und vermeidet es, in Kortneys Richtung zu blicken.

»Gut. So war es beabsichtigt.« Gelassener als ich bin, lehne ich mich zurück. »Setz dich«, fordere ich sie auf und deute auf den freien Stuhl zu Kortneys Linken. Einige Leute sehen bereits zu uns herüber. Wir hätten keinen schlechteren Ort für ein Gespräch wie dieses auswählen können.

»Woher wusstest du, dass ich hier bin?«

»Andrew.« Shalita nimmt Platz und hat sogar ihre Stimme um ein paar Oktaven gesenkt. Wenigstens etwas. Kortney behandelt sie allerdings immer noch als wäre sie Luft. Sie hat sie nicht einmal begrüßt. Mich zwar auch nicht, aber es stört mich trotzdem. Ihr Benehmen stimmt mich nicht gerade positiv. Hoffentlich ist das, was sie uns sagen möchte, erfreulicher.

Einen Moment lauschen wir den Geräuschen der Gäste um uns herum und warten.

Warum ist meine Frau plötzlich verstummt? Denkt sie nach? Hofft sie, dass ich den Anfang mache? Oder muss sie sich die Worte erst zurechtlegen. Ihr gegensätzliches Verhalten verwirrt mich.

Du sitzt mit deiner Frau und deiner Freundin an einem Tisch, Jackson. Kein Wunder, dass du durcheinander bist. Schräger geht es kaum.

Konzentration.

Zeit zum Angriff überzugehen. Schweigen bringt uns nicht weiter.

»Wenn dir mein Vorschlag nicht gefällt oder du dich mit mir streiten möchtest, dann komm morgen in mein Büro.« Kurz zögere ich. »Oder ich komme zu dir in unsere Wohnung. Wie es dir lieber ist.«

Shalita schweigt immer noch, wirkt aber irgendwie friedvoll und in sich ruhend.

Was hat dieses Benehmen zu bedeuten? Mittlerweile verliere ich den Überblick über das, was echt und was geschauspielert ist.

»Mir gefällt dein Angebot.« Sie drückt das Kreuz durch, hebt das Kinn und sieht zu Kortney, die abwartend die Hände auf den Schoß gelegt hat. »Ich bin gekommen, um dir meine Entscheidung in der Sache schnellstmöglich mitzuteilen.«

Interessant.

»Warum diese plötzliche Eile?« Nach ihren letzten Kommentaren in der Presse ist es befremdlich, dass Shalita mich nicht zappeln lassen will. Schließlich hält sie die Karten in der Hand und kann entscheiden, welche sie zuerst ausspielt.

»Ich fliege morgen auf die Philippinen.« Sie räuspert sich. »Um es uns so einfach wie möglich zu machen, werde ich ein Unternehmen beauftragen meine Sachen zusammenzupacken und einzulagern. Die Wohnung gehört dir. Ich will sie nicht.«

Wie löblich.

»Du musst nichts überstürzen. Ich fühle mich im Hotel sehr wohl.« Es tut gut zu schwärmen. Soll sie ruhig wissen, dass ich es mir mit meiner Freundin gut gehen lasse.

»Das denke ich mir. Du warst schon immer ein Genießer.« Wieder sieht sie kurz zu Kortney, die sich bewundernswerterweise zurückhält. An ihrem Gesichtsausdruck erkenne ich, dass sie nur auf den richtigen Moment wartet, um sich einzumischen. Sie hat Shalitas Missfallen zwischen den Zeilen ebenfalls gehört.

»Du bist also mit der Stiftung sowie der Scheidung einverstanden?«, bringe ich die Fakten auf den Punkt. Das wäre ein Volltreffer auf ganzer Linie. Fast zu schön, um wahr zu sein.

Aufregung erfüllt mich und lässt meine Haut kribbeln. Kann das wirklich sein? Wird Shalita dem einfach so zustimmen? *Jetzt nur nicht überreagieren.*

Die Frau, die für den Hass der letzten Tage verantwortlich ist, nickt. »Mein Anwalt kann deinen Anwalt kontaktieren. Ich bin mit den Eckdaten einverstanden.« Sie senkt ihr Kinn. »Sobald die Einzelheiten geklärt sind und dein Anwalt den Vertrag aufgesetzt hat, reiche ich die Scheidung ein. Glückwunsch. Du bekommst, was du willst.«

»*Du* bekommst, was du willst«, erwidere ich, da sie offensichtlich vergessen hat, dass sie zuerst von Scheidung gesprochen hat. Schon vor Monaten, lange bevor ich mich in Kortney unwiderruflich verguckt habe.

»Wie man es nimmt.« Shalita zuckt mit den Schultern. »Mittlerweile wünschst du dir die Scheidung genauso sehr wie ich. Oder sehe ich das falsch?«

Ich zwinge mich, einen langen Atemzug zu machen, bevor ich antworte, um die Wahrheit zu sagen.

»Nein. Das siehst du richtig.« Unter dem Tisch greife ich nach Kortneys Hand. »Ich liebe Kortney Starr. Für mich ist die Zeit gekommen, etwas Neues zu beginnen.«

»Für mich auch.« Shalita macht Anstalten sich zu erheben. Ihre eilig ausgesprochenen Worte rufen mir die Social-Media-Posts über Guru Julian in den Sinn. Hat Shalita bereits Ersatz für mich gefunden? Ist dieser Julian der Typ mit dem Cap, der mit Benton gesprochen hat? Ich muss es wissen.

»Verrate mir eins; warst du in den vergangenen Wochen wirklich auf den Philippinen?«

»Nein. Aber ich wollte schon immer mal da hin.« Sie zuckt mit den Schultern. »Du solltest es nur glauben.«

»Ich und der Rest der Welt«, platzt es aus mir heraus. Ich möchte nicht wütend sein, aber irgendwie bin ich es wohl doch. Kein Mann lässt sich gerne über den Tisch ziehen.

»Möchtest du das ausdiskutieren?«

»Nein.« Ich lehne mich auf dem Stuhl zurück. »Verrate mir nur, ob dein Guru Julian existiert und ob der Typ für dich rumgeschnüffelt hat.«

Shalitas Miene verrät mehr als Worte es könnten. Ich habe einen Volltreffer gelandet.

»Julian ist Privatdetektiv. Ich habe ihn auf dem Barbecue bei den Hendersons kennengelernt. Serina hat uns miteinander bekannt gemacht.«

Krass. Die Wahrheit kann schmerzhaft sein.

Ich öffne den Mund, um etwas zu sagen, aber Kortney schüttelt den Kopf und hält mich auf. Sie hat recht. Das Gesagte zu kommentieren, würde nichts besser machen. Es ist vorbei. Aus und vorbei.

»Wirst du deine Stiftung von den Philippinen aus leiten?«, frage ich, bevor sie verschwindet. Mit einem geeigneten Führungsteam würde es eventuell funktionieren. Aber es wäre höchstwahrscheinlich nicht förderlich, wenn das Gesicht der Stiftung niemals vor Ort wäre.

Shalita richtet sich auf. »Sei nicht albern.« Mit gewohnter Coolness wirft sie das Haar über die Schulter. »Bis alles geregelt ist und ich die erste Spendengala organisieren kann, vergehen Monate. Währenddessen gibt es für mich keinen Grund im kalten Boston zu verweilen.«

Ich verstehe. »Du hast dir nie viel aus Weihnachten gemacht.« Ein solches Verhalten passt zu Shalita.

»Du doch auch nicht.«

»Zumindest nicht, seit meine Eltern gestorben sind«, gebe ich ihr recht.

»Ich muss los. Ein paar Dinge müssen noch geklärt werden, bevor ich in den Flieger steige.« Sie rückt das goldene Kettchen ihrer Handtasche zurecht. »Du hörst von meinem Anwalt.« Mit dem Schlusssatz und einem Nicken dreht Shalita sich um und stolziert auf ihren High Heels davon.

»Was für ein Abgang.« Kortney sieht meiner baldigen Ex-Frau hinterher. Sie wirkt verwundert, verblüfft trifft es eher.

»Ich dachte, du wolltest mit ihr reden«, ziehe ich sie auf und beuge mich vor, um sie zu küssen. Meine Laune hat sich gerade um zweihundert Prozent angehoben. Am liebsten würde ich einen verdammten Dreifachsalto machen – gleich hier am Tisch.

»Hab es mir anders überlegt«, kommt die Antwort von Kortney, bevor sie unsere verschränkten Hände von ihrem Schoß auf den Tisch hebt. »Es war nicht nötig meine innere Bitch auszupacken und den zerbrechlichen Frieden, den deine Frau uns angeboten hat, zu gefährden. Ihre Offenheit sollten wir zu schätzen wissen.«

»Du hast ein kluges Köpfchen. Ein Wortgefecht wäre pure Energieverschwendung gewesen.« Ich küsse erst unsere Finger und anschließend sie. »Dabei möchte ich unsere Kraft und Ausdauer auf ganz andere Art und Weise verschwenden.« Mein Mund verzieht sich und das Glücksgefühl in meinem Innern steigert sich. »Jetzt, wo deine Speicher aufgefüllt sind …« Zufrieden deute ich auf ihren leeren Teller. »… müsstest du ausreichend Power haben, um es mit einem erfahrenen Mann wie mir aufzunehmen.«

Kortney grinst frech. »Du hast Glück, dass ich Skorpion bin.«

Ihr Kommentar bringt mich zum Lachen. Wie oft werde ich mir diese haarsträubende Begründung für alles Mögliche noch anhören müssen?

»Ach ja?«, frage ich glucksend. Wann habe ich mich das letzte Mal so euphorisch gefühlt? Das muss lange her sein.

»Ja, natürlich hast du Glück. Großes Glück sogar.« Kortney lässt meine Hand los und schiebt den Stuhl zurück, als wollte sie umgehend aufbrechen. Sie greift sogar nach ihrer Handtasche. »Denn im Sternzeichen Skorpion geborene haben ein erhöhtes Lustgefühl, wenn sie Cannelloni mit Ricotta gegessen haben.«

Wie?

Verstehe ich das richtig oder träume ich? Von welchem Lustgefühl spricht meine Freundin?

Halleluja! Weihnachten wurde gerade vorgezogen.

»In dem Fall … los!«

Schlagartig in Aufbruchsstimmung, rücke ich ebenfalls den Stuhl zurück und gebe dem Kellner ein Zeichen, dass wir es eilig haben und zahlen möchten.

»Dieses neu gefundene Lustgefühl muss ich mir unbedingt zu Nutze machen. Schließlich will ich erfahren, wie draufgängerisch und verwegen mein kleiner Skorpion wirklich ist.« Übermütig, wie ich nie bin, präsentiere ich diesem Früchtchen vor mir mein bestes Zwinkern. »So verhalten sich im Sternzeichen Fische geborene Bauunternehmer nämlich, wenn sie bis über beide Ohren verliebt sind.«

Boston News

Pressebericht © Rubio Silverman

Shalita Vandas flüchtet erneut in ein wärmeres Klima.

Die brisanten Meldungen um die Familienstreitigkeiten der Vandas reißen nicht ab. Bestätigten Informationen zufolge ist die Frau des erfolgreichen Unternehmensinhabers Jackson M. Vandas heute Morgen erneut auf die Philippinen gereist.

Es stellt sich die Frage: Urlaub oder Flucht? Offenbar möchte Mrs Vandas der neuen Kritik an ihrer Person entkommen. Ist sie gar nicht sterbenskrank, wie sie uns in den letzten Tagen glauben lassen wollte? Sollten die neuesten Meldungen stimmen, ist das diesjährige Weihnachtsfest nicht das letzte für die sechsundvierzigjährige, wie sie erst kürzlich behauptet hat.

Jackson M. Vandas versicherte uns, dass seine Frau im neuen Jahr die Scheidung einreichen wird. Nach der dringend benötigten Erholungsphase, bei ihrem bevorzugten Guru und Universalgelehrten, wird sie wieder zurück nach Boston kommen, so Vandas Worte.

Die Eröffnung des Elefantenhauses im *Green Lane Zoo* am 23. Januar wird Jackson M. Vandas, der den Zoo beim Bau mit einer sechsstelligen Summe unterstützt hat, mit seiner neuen Freundin Kortney Starr besuchen.

Epilog 1

Kortney

Erster Weihnachtstag

»Erkläre es mir bitte noch mal. Warum konntest du mir dein Weihnachtsgeschenk nicht gleich nach dem Aufwachen im Bett geben?«, fragt mich Jackson, während wir uns dem Haus meiner Eltern nähern. Es ist kurz nach zehn Uhr, Frühstückszeit an Feiertagen im Hause Starr.

»Weil es so viel schöner ist und …«, ich gebe ihm einen schnellen Kuss auf die Wange, »… du keine fünf Jahre mehr bist und gelernt hast, dich zu gedulden.«

»Habe ich das?« Im nächsten Augenblick spüre ich eine Hand auf meinem Po. Der Mann ist unverbesserlich, unersättlich auch.

Mit einem glücklichen Lächeln greife ich nach hinten und lege meine Hand auf seine. Anschließend ziehe ich sie hoch um meine Taille. »Wie soll ich, wie sollen wir, meinen Eltern gegenübertreten, wenn du sowas machst?« Ich schüttele den Kopf.

»Deine Eltern sind cool.«

In dem Punkt hat Jackson recht. Er hat Liz und Paul letzte Woche kennengelernt. Meine Eltern, denen der

Großteil der Schlagzeilen, um Jackson und seine Frau nicht entgangen sind, haben wunderbar reagiert. Meine Mutter geht stets unvoreingenommen an eine Sache heran und hat ein großes Herz. Ihr gefällt, dass ich einen Mann von Jacksons Format an meiner Seite habe, der mich liebt. Dass er unglaublich reich ist, ist ebenfalls ein Pluspunkt in ihren Augen. Bei meinem Vater hege ich leise Zweifel. Er vergisst manchmal, dass ich erwachsen bin und meine eigenen Entscheidungen treffe, egal wie die aussehen. Paul hat es nicht laut ausgesprochen, aber ich vermute, dass er Jackson ein paar Jährchen zu alt für seine Tochter findet. Zum Glück hat er sich bei dem ersten Aufeinandertreffen nicht kritisch dazu geäußert. Etwas Derartiges hätte ich ihm übelgenommen.

»Wo ist eigentlich dein Geschenk für mich?«, reißt mein Freund, an dessen Arm gleich mehrere Geschenketüten baumeln, mich aus meinen Gedanken. »Ist es so klein, dass es in deine Hosentasche passt?« Jacksons Hand geht auf Wanderschaft und tastet mich ab.

Himmel! Jetzt befummelt Mr Unersättlich schon wieder meinen Po. Über dem Mantel. Nicht zu fassen.

Mein Schmunzeln verbreitert sich. Ich liebe seine Ungeduld. Anders als erwartet, ist Jackson die Neugier in Person. Niemals hätte ich gedacht, dass ein Mann, der sich alles kaufen kann, so großen Wert auf ein Weihnachtsgeschenk legt, das kaum etwas gekostet hat. Natürlich war es gemein auf dieser Kleinigkeit herumzureiten und seine Neugier damit ins Unendliche zu steigern.

Jackson ist so verflucht begierig, dass ich Benton gebeten habe, das Geschenk bis heute zu verwahren. Auf keinen Fall soll mein Freund sich selbst die Überraschung verderben, weil er zufällig – oder weniger zufällig – etwas in meiner Wohnung findet.

»Du kannst deine Finger bei dir behalten.« Wir steigen die drei Stufen bis zur Eingangstür hoch. »An meinem Körper wirst du es nicht finden. Abtasten bringt nichts. Benton hat dein Geschenk sicher verborgen«, weihe ich Jackson ein.

»Dein Bruder hat *mein* Geschenk?« Empörung schwingt mit.

»Ja.« Zum Glück behalte ich meine Coolness. »Eins der beiden.«

»Was?« Jacksons Überraschung ist greifbar. Er steht augenblicklich völlig unbeweglich da. »Ich bekomme zwei Weihnachtsgeschenke von dir?«

Hochzufrieden, den Gesichtsausdruck werde ich abspeichern, drehe ich mich zu Jackson, lege ihm die Arme um den Hals und küsse ihn. Vor der Haustür meiner neugierigen Eltern, was vermutlich nicht sehr schlau ist. Sicher bleiben wir nicht mehr lange unentdeckt.

»Ja, du bekommst zwei Geschenke vom Weihnachtsmann«, antworte ich, nachdem ich mich wieder gelöst und seine Krawatte zurechtgerückt habe. Selbstverständlich trägt mein Freund einen Anzug unter dem Kaschmirmantel, den ich so an ihm mag. Und selbstverständlich sieht er darin umwerfend aus. »Eines bringt Benton mit und das andere … das habe ich in meiner neuen unglaublich tollen Küche versteckt.« Jackson hat dafür gesorgt, dass es in meiner Bakery nur die technisch neusten Geräte geben wird. Dort zu backen, wird einem Traum gleichkommen, sollten die Renovierungsarbeiten jemals abgeschlossen sein. Meine Geduld wird in den nächsten Monaten sicher noch öfter auf die Probe gestellt. Wenigstens der Kühlraum ist bereits fertig und funktionstüchtig.

»Du bist gemein. Auf die Idee dort zu suchen, bin ich nicht gekommen.«

Zum Glück. Seit zwei Tagen arbeite ich gefühlt rund um die Uhr an meiner Überraschung.

»Das hatte ich gehofft. Aus dem Grund habe ich es auch dort versteckt, du Nervensäge mit Ausdauer.« Und weil es kalt gelagert werden muss und nicht in einen herkömmlichen Kühlschrank passt. Selbstverständlich sage ich Jackson nichts davon. Er wird es selbst herausfinden. Später …

Auf den Spaß freue ich mich schon jetzt.

Die Eingangstür wird ohne Vorwarnung aufgemacht, natürlich bevor wir geklingelt haben. »Da seid ihr ja – endlich«, begrüßt meine Mutter uns. »Frohe Weihnachten. Kommt doch herein. Benton ist bereits da.«

»Frohe Weihnachten, Mom«, begrüße ich meine Mutter, mit einem Kuss auf die Wange, nachdem ich mir die Füße auf der Fußmatte abgetreten habe.

»Frohe Weihnachten, Mrs Starr.« Jackson überreicht meiner Mutter eine Schachtel ausgewählter Pralinen.

»Danke, für die Einladung, bei dem Familienzusammentreffen dabei sein zu dürfen.«

»Rede keinen Unsinn.« Die Augen meiner Mutter beginnen zu leuchten, als sie die Schachtel in Augenschein nimmt. »Oh, die sind mit Williams-Christ-Birne gefüllt.«

»Ihre Tochter hat mir den Tipp gegeben«, sagt Jackson und zwinkert. Sein Charme wirkt auch bei meiner Mutter. Es ist nicht zu übersehen.

Ich habe das Gefühl, Jackson gefällt es außerordentlich ein Teil dieser Familie zu werden. Seine Eltern leben nicht mehr, weshalb ich sein Empfinden nachvollziehen kann. Bisher hat er Weihnachten allein verbracht und nun … nun hat er nicht nur mich, sondern auch den Rest der Starrs. Obwohl unsere Beziehung noch frisch ist und Jackson meine Eltern erst einmal getroffen hat, fühlt der Moment sich bereits vertraut und richtig an.

»Da seid ihr ja. Endlich!«, ruft mein Bruder aus dem Wohnzimmer. »Ich habe Hunger und brauche mein Frühstück.«

Mein Augenrollen kommt automatisch.

»Gleich behauptet er, noch im Wachstum zu sein«, flüstere ich Jackson zu, während wir unsere Jacken an der Garderobe aufhängen.

»Ich bin noch im Wachstum, Kort. Das weißt du doch.

»Du kennst deinen Bruder ziemlich gut.« Jackson schmunzelt.

»Hast du mein Geschenk für Jackson mitgebracht?«, rufe ich in gewohnter, leicht übersteuerter Lautstärke und gehe ins Wohnzimmer.

Benton sitzt auf der Couch, eine Kaffeetasse in der Hand und die Füße, die in grün-rot-gestreiften Stricksocken stecken, auf dem Wohnzimmertisch gelegt. »Natürlich habe ich das.« Er wackelt mit den Zehen, als bräuchten seine neuen Prachtstücke mehr Aufmerksamkeit. »Liegt unter dem Weihnachtsbaum.«

»Wer hat dir die Socken geschenkt?«, frage ich und suche Jacksons Päckchen.

»Verrate ich nicht.«

»Hast du eine Freundin, von der ich nichts weiß?« Überrascht, weil mein Bruder seit Jahren eingefleischter Single ist, hebe ich die Augenbrauen und wende mich ihm zu. »Hat sie dir die Socken, die du uns so voller Stolz präsentierst, geschenkt? Vielleicht sogar selbst gestrickt?«

Treffer und versenkt!

So sieht ein Benton aus, wenn ich mit meiner Vermutung richtig liege.

»MOM! DAD! Kommt ihr zu uns ins Wohnzimmer?«, ruft mein Bruderherz so laut, dass mir die Ohren abfallen. »Jackson und Kortney möchten ihre Geschenke auspacken. Sie können nicht länger warten.«

»Feigling«, kommentiere ich Bentons Verhalten. Wann wird er endlich aufhören sich zu verstecken.

In der hintersten Ecke finde ich Jacksons Geschenk und bin erleichtert, dass weder der Karton beschädigt noch das Papier zerrissen ist. Mein Bruder geht für gewöhnlich wenig sorgsam mit Sachen um, die ich in seine Obhut gebe. Was wird Jackson wohl zu dem Inhalt sagen?

Möglicherweise war meine Idee doch nicht so kreativ wie ich angenommen habe. Zweifel überkommen mich. Hoffentlich macht Jackson mein Geschenk so glücklich, wie Benton seine Socken. Was da wohl für eine Geschichte dahinter steckt?

Egal. Ich bin zu ungeduldig, um länger über Benton und seine neue Freundin, die nicht hier ist, nachzudenken.

Es dauert endlose lange zehn Minuten, bis alle um den Weihnachtsbaum sitzen und bereit sind ihre Geschenke auszupacken. Mein Vater hat Jackson nach mir begrüßt und ihm sogar etwas zugeflüstert, was ich nicht verstanden habe. Hecken die beiden etwas aus oder hat mein Vater nur beschlossen Jackson besser kennenzulernen?

Sicher werde ich es bald erfahren.

»Ich fange an«, rufe ich und fühle mich, als wäre ich noch mal Kind.

»War ja klar. Du fängst immer an«, antwortet Benton.

Gut gelaunt ignoriere ich den Stricksockenverliebten und gebe Jackson mein Geschenk. Der Karton hat etwa die Größe einer Kleiderschachtel. »Frohe Weihnachten«, sage ich, während ich das Geschenk auf Jacksons Schoß abstelle und ihm einen schnellen Kuss auf den Mund gebe. Für mehr ist später noch Zeit.

Jacksons Augen leuchten. Er wirkt sogar verlegen. Für einen Moment bereue ich es, dass wir unsere Geschenke nicht ausgetauscht haben, als wir noch unter uns waren.

»Nun mach es schon auf«, fordert Benton meinen Freund wenig nachsichtig auf. »Erlöse meine Schwester und … wehe du freust dich nicht.« Gespielt drohend hebt er den Zeigefinger.

Jackson legt sich kurz die Hand aufs Herz. »Das würde ich mich niemals trauen.«

Gefühlt halten alle den Atem an, als er die Schachtel öffnet. Armer Jackson, die komplette Familie Starr beobachtet ihn. Ich am meisten.

Zuckt da ein Mundwinkel? Hat er schon gesehen, was sich zwischen dem Seidenpapier verbirgt?

»Gummistiefel? Du schenkst mir grüne Gummistiefel.« Mein Freund zieht die Garanten für Schweißfüße aus dem Karton. Und ja, da zucken gleich zwei Mundwinkel. Mein einfallsreiches Geschenk amüsiert ihn königlich.

Ein Stein fällt mir vom Herzen. Ein verlegenes Schweigen bleibt mir, dem Himmel sei Dank, erspart.

»Damit du dir nicht deine teuren Loafers versaust, wenn du mich in Zukunft im Zoo besuchen kommst«, erkläre ich unnötigerweise.

»Gut mitgedacht.« Seine Miene ist ein Strahlen. »Vor allem, da die Sanierung der Wege noch einige Zeit in Anspruch nehmen wird.«

»Genau.« Mein Strahlen steht seinem in nichts nach. »Deshalb gehört zu den Gummistiefeln auch das.« Ich stecke meine Hand in den Schaft und ziehe ein Päckchen Blasenpflaster heraus. »Die wirst du brauchen.« Mein Lachen kommt automatisch. »Glaub mir, ich spreche aus Erfahrung.«

»Danke.« In Hochstimmung stellt Jackson die Stiefel auf den Boden und zieht mich auf seinen Schoß. »Ich liebe die Gummistiefel schon jetzt.« Er umarmt mich und ich spüre seine Dankbarkeit. »Das zweite Geschenk bekommst du später«, flüstere ich ihm ins Ohr und streife unauffällig mit meiner Unterlippe über seinen Hals. Sofort durchläuft Jackson ein deutliches Schaudern.

Ich sehe es nicht, aber ich spüre wie Benton zur Decke sieht und die Augen verdreht.

»Können wir jetzt endlich weitermachen? Kannst du nun Jacksons Geschenk auspacken, damit die Bescherung Fahrt aufnimmt und wir frühstücken können?«, meckert mein Bruder.

Himmel. Was ist heute los mit ihm? Wenn es ihn stört, dass seine Freundin nicht dabei ist, hätte er sie mitbringen sollen. Bestimmt hätten Mom und Dad sich über den zusätzlichen Besuch gefreut.

»Dein Bruder hat recht«, fällt Jackson mir unerwartet in den Rücken. »Du musst dein Geschenk bekommen.« Er sieht meinen Vater an, der daraufhin nickt.

Was zur Hölle …

»Du bist nicht die Einzige, die Weihnachtsgeschenke verstecken kann, meine Kleine.«

Würde ich mich nicht zusammenreißen, würde mir jetzt die Kinnlade aufklappen.

Mein Vater, der offenbar ein Geheimnis vor mir bewahrt hat, reicht Jackson eine in Leder gebundene Mappe. Wo hat er die so schnell hergezaubert?

Egal was in der Mappe ist, in ledergebundene Sachen sind immer schweineteuer. Dabei hat Jackson versprochen, mir keine kostspieligen Geschenke zu machen, nachdem er erfahren hat, dass meine Überraschung keinen außerordentlichen Wert hat. Es war eine Abmachung zwischen uns beiden, da ich über kein Vermögen verfüge und niemals auf seinem Niveau erwidern könnte.

»Frohe Weihnachten.« Jackson reicht mir die Mappe und legt anschließend locker beide Arme um mich. Seinen Kopf lehnt er gegen meine Schulter. Da es bequem ist, bleibe ich auf seinem Schoß sitzen und genieße die Nähe. Meine Familie darf gerne sehen, dass ich zurzeit überaus glücklich bin.

Alle sind still und beobachten mich. »Warum habe ich das Gefühl, dass hier jeder Bescheid weiß – jeder außer ich?«, frage ich und fahre mit den Fingerspitzen über das feine Leder.

»Weil es so ist«, antwortet Benton. Seine Ungeduld scheint plötzlich verschwunden zu sein. Noch etwas, das mich misstrauisch macht.

O Jackson, was hast du angerichtet?

Voller Erwartung, aber auch mit ein wenig Angst, klappe ich die Mappe auf und sehe auf das Blatt, welches obenauf liegt. Die Mitte des Papieres ziert ein Skorpion. Ein Skorpion, der auf einem Cupcake tanzt und dabei ein niedliches Gesicht zieht. Darunter steht in einem Halbkreis, der nach oben ausgerichtet ist und wie ein Lächeln aussieht: *Kortney's Bakery.*

Es macht klick …

Laut und deutlich schnappe ich nach Luft.

»Ein Logo«, stelle ich fest. »Ein Logo für meine Bakery.«

»Es ist mehr als ein Logo«, sagt Benton und ich höre ein klein wenig Neid aus seiner Stimme heraus. »Du musst blättern«, weist er mich an, da Jackson kein Wort sagt. Ich bedauere, dass ich auf seinem Schoß sitze und sein Gesicht nicht sehen kann.

Warum sind meine Eltern so still? Und warum zum Geier sieht mein Vater so glücklich aus?

Ich blättere, wie Benton es mir befohlen hat, und traue meinen Augen nicht.

Ach. Du. Grüne. Neune.

»Das ist …« Mit zittrigen Fingern blättere ich weiter. Eine Seite nach der anderen. »Das ist … eine notariell beglaubigte Besitzurkunde. Nein, es ist mehr. Eine Besitzurkunde und eine Kopie des Grundbucheintrags, auf denen mein Name steht.« Hin und weg drehe ich mich auf Jacksons Schoß und kann nicht verhindern, dass mein Herz aufgeht. Für einen kurzen Moment fehlen mir die Worte. Noch nie habe ich ein solch besonderes Geschenk bekommen. »Du schenkst mir die Bakery?«, frage ich, obwohl das die unnötigste Frage ist, die je gestellt wurde.

»Ja – und das Logo. Das darfst du nicht vergessen.« Jackson sieht so glücklich aus wie ich mich fühle. »Ich finde die Grafikerin hat ausgezeichnete Arbeit geleistet. Es gibt in ganz Boston keine Bakery, die einen Skorpion als Markenzeichen hat.«

»Bestimmt, weil der Skorpion ohne seinen Stachel wie ein Krebs aussieht und damit eher an ein Fischrestaurant als an eine Bakery erinnert«, flüstert Benton, dem ich keine Aufmerksamkeit schenke, egal wie blöd seine Kommentare noch werden.

»Du bist verrückt.« Ich lege meine Hand an Jacksons Wange und gebe ihm einen Kuss. Die Leute um uns herum blende ich aus. »Ich wollte doch Miete zahlen.«

»Das brauchst du jetzt nicht mehr.«

Unverschämtheit. »Was ist mit unserer Vereinbarung? Wir wollten uns doch nichts Teures schenken.« Ich freue mich viel zu sehr, um meiner Stimme den nötigen anklagenden Tonfall zu verleihen.

Jackson grinst, wie es scheint, ohne schlechtes Gewissen. »Die habe ich ignoriert.«

»Einfach so.« Fassungslos lasse ich meine Hände sinken und schüttle den Kopf. »Das ist deine Antwort? Du hast unsere Vereinbarung ignoriert?« Wenn das in Zukunft so weiter geht, haben wir bald unseren ersten Streit.

»Yep. Dein Vater fand die Idee hervorragend.«

Wie bitte?

»Mein Vater?« Ich hebe den Kopf, um dem Mann, der es faustdick hinter den Ohren hat, einen bösen Blick zuzuwerfen, aber er ist nicht mehr im Wohnzimmer. Er hat sich nicht in meine Angelegenheiten einzumischen.

Leider hat der Schlaukopf das Weite gesucht, genau wie meine Mutter, die offensichtlich ebenfalls Bescheid wusste. Sehr pfiffig. Was für weise Entscheidungen die beiden doch treffen können. Wenn heute nicht Weihnachten wäre, könnten sie etwas erleben.

»Ein solches Geschenk ist zu viel, Jackson. Das Logo ist unglaublich schön. Es gefällt mir. Ich liebe es und hätte es nicht besser machen können. Aber ein renoviertes Gebäude in der Größenordnung, inmitten von Boston, ist eindeutig zu viel des Guten.«

»Nein, ist es nicht.« Der Mann, auf dessen Schoß ich noch sitze, steht auf und stellt mich auf die Füße. Sein Widerwille ist deutlich zu spüren. »Ich denke, wir sollten endlich das Weihnachtsfrühstück starten und den Rest der Geschenke im Anschluss auspacken.«

»Dem Christkind sei Dank. Es wurde höchste Zeit, dass jemand Klartext spricht.« Benton hebt die Füße vom Tisch. »Ich schenke dir zu Weihnachten übrigens explodierende Skorpionfiguren aus Pappmaschee, für die Eröffnung deines Nobelschuppens, Schwesterchen. Sie werden über die Tische krabbeln, bevor sie in Schall, Rauch und Konfettiregen aufgehen.«

Jackson und ich bleiben wie angewurzelt stehen, erstarren förmlich. Verdammt! Mein Bruder sieht nicht aus, als würde er Witze reißen.

Epilog 2

Jackson

Am selben Tag

Mit verbundenen Augen sitze ich auf einem Stuhl, in der Küche von Kortneys neuer Bakery, die eine verfluchte Baustelle ist. Der Boden ist so staubig und dreckig, dass ich es bereue, meine neuen Gummistiefel nicht angezogen zu haben. Außerdem riecht es nach Zementstaub und nicht nach frisch Gebackenem. Dieser Ort ist noch weit davon entfernt, eine heimelige Bakery mit den leckersten Köstlichkeiten zu werden.

»Dauert es noch lange?«, rufe ich und zupfe mit den Fingern an meiner Augenbinde. Ich darf sie erst abnehmen, wenn meine strenge Freundin es erlaubt. Aber das Lünkern wurde mir nicht verboten. »Wie lange kann es eigentlich dauern, etwas aus dem Kühlraum zu holen?«, frage ich und bin mir meiner Ungeduld bewusst. Wo ist meine Gelassenheit hin, die ich für gewöhnlich zu gerne voller Stolz präsentiere?

Ohne Frage hat Kortney für mich gebacken. Mir war sofort klar, dass es sich bei dem zweiten Weihnachtsgeschenk um etwas Essbares handelt. Kekse, Kuchen, vielleicht etwas Puddingähnliches, mit dem sie mich füttern kann, bevor sie mir einen Rest Pudding vom Mund küsst. Natürlich würde ich die Augenbinde in der Vorstellung aufbehalten und meine Hände auf dem Rücken verschränken, als wären sie dort gefesselt.

Komm runter! Es ist Weihnachten. Solche Fantasien gehören nicht in eine besinnliche Zeit.

Frust überkommt mich. Warten gefällt mir nicht. Kein bisschen.

»Kortney! Bist du noch da?«, rufe ich, nachdem ich ein Knurren, meiner Laune entsprechend, ausgestoßen habe.

Ich bekomme keine Antwort. Nicht mal ein Rascheln ist zu hören. Alles ist verflucht still um mich herum.

Was hat das zu bedeuten?

»Kortney! Es macht mich nervös, dass mein Stuhl auf einer Plane steht.« Mein gekünsteltes Lachen hallt von den Wänden wider. »Du würdest mich doch vorwarnen, wenn du etwas Ungesetzliches planst, oder?«

Sie wird dich schon nicht umbringen.

»Kortney! Verflixt, wenn du nicht bald etwas sagst, nehme ich die Augenbinde ab und komme dich suchen. Das ist ein Versprechen.«

Etwas im Nebenraum kracht lautstark zu Boden.

Endlich eine Reaktion.

»Wag es bloß nicht!«, kommt die Antwort, die ich umgehend aufsauge. Lust schießt mir in die Eingeweide. Dieser harsche Befehlston ist unglaublich sexy. Womöglich sollte ich öfter ein bisschen ungezogen sein, damit mich diese wohlige Gänsehaut überläuft und mich die Vorfreude auf herausragenden Sex in den Wahnsinn treibt.

»Zwei Minuten.« Ich bin gnädig. »Du hast noch zwei Minuten. Sobald die abgelaufen sind, komme ich dich suchen, liebe Kortney. Überraschung hin oder her.« Es ist Zeit ein wenig Druck aufzubauen.

Obwohl ich vor Neugier fast platze, spiele ich gelangweilt am Knoten der Augenbinde. Sollte Kortney mich beobachten, darf sie ruhig sehen, dass ich kurz davorstehe, diesem Humbug ein Ende zu bereiten. Ich hasse Überraschungen.

»Kortney?«

Stille ist die Antwort.

Verdammt noch mal!

»Noch eine Minute, dann komme ich dich suchen. Versprochen.«

Mehr Schweigen.

»Ich bluffe nicht«, drohe ich ungehalten und unterstreiche meine Worte mit einem missgestimmten Grummeln.

Im nächsten Augenblick geht Musik an. Mein Mund, der sich gerade für einen weiteren Protest geöffnet hat, schließt sich wieder – ich lausche.

Eindeutig *keine* Weihnachtsmusik. Diese weichen fließenden Töne, die zum Bewegen einladen und langsam lauter werden, könnten in einem Stripclub gespielt werden. Oder …

Heiliger Donnerschlag!

Tanzt Kortney für mich an einer Pole Dance Stange? Kaum gedacht, schießen mir tausend nicht jugendfreie Bilder durch den Kopf und setzen meinen Körper unter Strom. Meine Coolness ist Geschichte. Es kostet mich alle Kraft der Welt, mir nicht die Augenbinde herunterzureißen.

Hat Kortney so lange gebraucht, weil sie in ein wenig hautbedeckendes Kostüm schlüpfen musste? Brauchen wir die Plane auf dem Boden, weil es gleich nass wird? Oder ölig?

Ein weiterer Fluch liegt mir auf den Lippen. Ich will endlich sehen, was um mich herum passiert.

Dieses Weihnachtsgeschenk hat die Chance, das Beste zu werden, dass ich je bekommen habe.

Mein Herzschlag pocht laut und deutlich. Sogar das Blut höre ich in den Ohren rauschen.

»Kann ich die Augenbinde jetzt abnehmen?«, frage ich, diesmal höflicher und mit Andacht in der Stimme. Die Musik wird nicht mehr lauter. Egal, was Kortney gemacht oder hereingerollt hat, nähert sich nicht weiter. Gibt es mobile Pole Dance Stangen? Ob so eine Stange mit einer halbnackten Kortney gleich vor mir steht, sobald ich die Augen öffnen darf? Ich glaube, ich habe winzige Räder quietschen gehört.

Den Geräuschen zufolge wäre meine Vorstellung durchaus denkbar. Außerdem würde es erklären, warum Kortney mir das Geschenk nicht bei ihren Eltern geben konnte. Jegliche Form von Backwerk hätte sie auch mitbringen können. Dann hätten wir es gemeinsam nach dem Frühstück verschlingen können.

Nein!

Es muss eine Pole Dance Stange sein. Eine mobile Pole Dance Stange, ich bin mir absolut sicher. Nichts anders ist möglich. Nichts anderes ergibt Sinn.

»Ich nehme die Augenbinde *jetzt* ab«, drohe ich und freue mich auf meine sexy Freundin, die bereit ist, den Abend auf verruchte Weise ausklingen zu lassen.

»Kortney?«, gebe ich ihr eine letzte Chance zu antworten.

Nichts. Außer der Musik höre ich rein gar nichts. Alles ist still. Was hat das zu bedeuten?

Unsicherheit überkommt mich. Mist! Ich fühle mich nie unsicher. Niemals.

»Okay. Selbst schuld. Du hast es nicht anders gewollt. Drei, zwei, eins …« Mit einer fließenden Bewegung ziehe ich mir das Tuch vom Kopf und … reiße die Augen auf.

Oh!

Surprise! Surprise!

Das ist keine Pole Dance Stange! Bei weitem nicht.

»Ist das eine Torte?«, frage ich und sehe mich nach Kortney um. Wo steckt sie? Meine Freundin ist nicht da. Nur diese übergroße dreistöckige, mindestens ein Meter fünfzig große Torte, die auf einem Tisch steht, der widerherum auf einem Rollbrett steht. Also doch. Ich habe Räder quietschen hören, ich habe mich nicht getäuscht.

»Kortney?«, rufe ich und besehe mir das Kunstwerk vor mir genauer. Die Torte ist blau und nicht nur eins fünfzig hoch, sondern misst auch mindestens einen Meter im Durchmesser. Alle drei Ebenen sind in unterschiedlichen Blautönen gestaltet. Und auf dem Rand, wo sonst die Sahnehäubchen aufgereiht sind, stehen winzig kleine Kackhaufen.

Mein Grinsen kommt automatisch – und es wird sogar breiter.

»Du schenkst mir eine blaue Torte mit Kackhaufen?«, frage ich in den leeren Raum und stehe auf, um den Finger in die blaue Kuchenmasse zu tauchen. Dabei kann ich mir meine Belustigung nicht verkneifen.

Die Torte und die Idee passen zu Kortney. Das ist eindeutig ihr Stil. Es fehlt nur noch der explosive Teil, für den Benton zu…

Kaum gedacht, schwillt die Musik an und der Deckel der Torte fliegt in hohem Boden über meinen Kopf. Er landet mit einem Platsch auf der Abdeckplane hinter mir. Den Stuhl verfehlt er nur knapp.

Was …?

Gut gezielt.

Ich komme nicht dazu, mir länger über die Präzision, mit der der Tortendeckel geflogen ist, Gedanken zu machen, denn plötzlich erhebt sich Kortney – aus der Torte.

Direkt aus der Mitte.

Direkt vor meinen Augen.

Meine Freundin schlängelt sich mit nichts an als einem blauen Bikini, der wunderbar zu ihren blauen

Haaren passt, nach oben. Rhythmisch mit ihren Bewegungen verändert sich die Musik und wird lauter.

Grundgütiger.

Erlebe ich das gerade wirklich?

Kortney zwinkert mir zu und berührt ihr Schlüsselbein mit dem Zeigefinger.

Halleluja!

Die atemberaubende Frau vor mir berührt nur ihr Schlüsselbein und ich habe das Bedürfnis, mich zu setzen. Warum ist es plötzlich so heiß hier drin? Draußen herrschen Minusgrade, es kann unmöglich heiß sein. Stickig vielleicht, aber nicht heiß.

Mein Blick klebt an der tanzenden Bikini-Kortney. Sie hat durchaus Talent und kann sich eindeutig besser bewegen als ich.

Hilfe!

Völlig durch den Wind lockere ich meine Krawatte und lasse mich auf den Stuhl hinter mir fallen. Ein Segen, dass er noch dort steht.

Vorausschauend mitgedacht, Jackson. So gibst du Kortney Platz aus der Torte zu steigen.

Seit wann belüge ich mich selbst? Meine Knie fühlen sich, anders als andere Teile meines Körpers, butterweich an.

»Frohe Weihnachten«, flüstert Kortney und steigt wirklich und wahrhaftig aus der Torte. Sie ist geschickt, hebt ihre sexy Beine und klettert erst auf den Tisch, um anschließend mit einem eleganten Sprung auf den Boden zu landen.

Eine Wahnsinnsfrau steht vor mir. Der blaue Bikini und die blauen Haare … dazu ihre Kurven … ich verschlinge sie mit Blicken und hoffe, dass sie sich auf meinen Schoß setzen wird.

Bitte ja! Der Wunsch lässt mich kurz die Augen schließen. Hoffentlich kann Kortney Gedanken lesen.

»Was muss ich tun, damit du dich auf meinen Schoß setzt?«, frage ich und öffne die Augen wieder. Nur wer fragt, dem wird gegeben … oder so ähnlich geht die Lebensweisheit.

Kortney lacht und streicht mit dem Finger über den Träger ihres Oberteils. Er bleibt kleben.

Shit!

Ich traue meinen Augen nicht.

Der verdammte Träger bleibt an ihrem Finger kleben. Er ist nicht echt. Er ist aus Sahne oder etwas anderem Weichem, offensichtlich Essbarem.

Wow!

Die Realität ist so viel besser als die Pole Dance Stange aus meiner Fantasie.

Mein Blick wandert tiefer, während Kortney sich mir nähert. Sämtliche Spucke in meinem Mund verschwindet. Löst sich in Luft auf.

Heilige …

»Wenn es dir nichts ausmacht, dass ich deinen Anzug verschmiere, sobald ich mich auf deinen Schoß sinken lasse, mache ich das gerne.« Kortney steht jetzt direkt vor mir. Sogar das Dreieck über ihrer Mitte ist aufgesprüht.

Kurz fehlen mir die Worte, um zu antworten.

Ist das mein Nachtisch? Darf ich das alles ablecken?

»Jackson?« Kortney lacht leise und berührt mich am Kopf, während die Musik weiter dudelt.

Wie von einem Stromschlag getroffen reiße ich meinen Blick los. Überfahren starre ich hoch. »Was?«

»Dein Anzug? Darf ich mich auf deine Oberschenkel setzen? Du darfst mich anknabbern so viel du willst, aber ich werde deinen kostbaren Anzug höchstwahrscheinlich mit der Aktion ruinieren. Fettflecken gehen selbst bei einer professionellen Reinigung nur schwer wieder raus.«

Mein Anzug?

Fettflecken?

Ernsthaft?

Glaubt diese Frau wirklich ich würde mir in diesem wunderbaren Augenblick Gedanken über meinen bedeutungslosen Anzug machen?

Der Moment ist gekommen …

Ohne länger zu fackeln strecke ich die Hände aus, fasse ihre Taille und ziehe sie auf meinen Schoss. Meine Härte trifft ihre Mitte und lässt Kortney erschaudern.

»Du bist unglaublich.« Verzückt betrachte ich das Muster mit dem sie ihre Brüste verziert hat. Sind das kandierte Kirschen auf ihren Brustwarzen? Wieso trotzen sie der Schwerkraft? Und wieso habe ich sie nicht schon früher bemerkt?

»Ich weiß.« Meine Freundin greift mir mit beiden Händen in die Haare und hält mir ihre Prachtstücke direkt vor die Nase. Eher vor den Mund

Du bist gerade in den Himmel aufgefahren, Jackson. Irgendwas hast du richtig gemacht.

»Und ich bin nicht nur unglaublich, ich bin auch lecker.« Kortney drückt die Brust raus. »Probier mal.

Probier mal?

War ich jemals in meinem Leben so erregt? Ich glaube nicht. Jede Stelle in meinem Körper summt vor Anspannung und Aufregung. Und natürlich Vorfreude.

»Verlass dich drauf«, finde ich meine Stimme wieder, obwohl es ohne Spucke im Mund schwerer zu sprechen ist. »Ich werde dich probieren. Ich werde dich aufessen. Auf das süße Dreieck – da unten – freue ich mich besonders.«

Kortney schmunzelt wissend. »Auf meinen Brüsten befindet sich Blaubeercremetorte mit Amarena-Kirschen … und dort«, sie deutet zwischen ihre Beine, »habe ich etwas Neues ausprobiert. Ich sage nur Pfirsichschnaps und dunkle Schokolade.«

Der Wahnsinn.

»Jetzt wird mir auch klar, warum du eine Plastikplane unter mir ausgerollt hast.« Mein Mund nähert sich ihrem. »Du wolltest mich gar nicht umbringen.« *Oder vielleicht doch?*

Kortney küsst mich, bevor ich es kann. Wie schon so oft. »Nein, ich wollte dich nur verführen«, haucht sie über meine Lippen.

Frohe Weihnachten, Jackson.

»Die Verführung ist dir gelungen. Aber so was von.« Ich erhebe mich mit ihr auf dem Schoß, stoße den Stuhl mit dem Fuß beiseite und lasse uns zu Boden sinken. Es ist höchste Zeit, sich meinem zweiten Weihnachtsgeschenk zu widmen. »Ich liebe dich.«

»Ich liebe dich auch.«

»Und ich liebe Pfirsichschnaps«, füge ich hinzu und sehe auf Kortney hinab, die wie ein Kunstwerk auf der Plane liegt. »Es könnte sogar sein, dass ich ihn nach dem heutigen Tag noch ein klein wenig mehr liebe.«

Nachwort

Natürlich habe ich keine Ahnung, ob im Sternzeichen Skorpion geborene zu Übersprunghandlungen neigen – oder ob Waagen leichter durchs Leben kommen. Diese Fakten sind frei erfunden. Wie alles, was in der Geschichte mit Astrologie zu tun hat.

Ein Geheimnis über mich … ich kann nicht backen und habe auch wenig Ambitionen, es in naher Zukunft zu erlernen. Ich bin die Tochter eines Konditormeisters und in einer Bäckerei zwischen Brot, Brötchen und den verschiedensten Köstlichkeiten aufgewachsen. Nur aus dem Grund habe ich mich an diese Geschichte herangetraut. Obwohl ich von der Backkunst keine Ahnung habe, war das Terrain mir sehr wohl vertraut – wie nach Hause kommen.

Mein Papa macht übrigens noch bessere Kekse als Kortney. Seine Ergebnisse sehen zwar nicht immer so extravagant und formvollendet aus, aber sie schmecken göttlich. Das Lob ist schon lange überfällig.

Obwohl der *Green Lane Zoo* in Boston ein fiktiver Zoo mit einer fiktiven *Christmas Paradise* Veranstaltung ist, habe ich mir eine Jahreskarte vom Zoo in meiner Nähe gekauft. Ich wollte so viel Informationen aus erster Hand sammeln wie möglich. Nicht nur über die Tiere, auch über das Zoo-Restaurant und die Außenstände, an denen die verschiedensten Snacks angeboten werden. Das waren interessante 365 Tage …

Höchstwahrscheinlich werde ich mir im nächsten Jahr erneut eine Jahreskarte zulegen und mich von der Umgebung inspirieren lassen.

Ich backe so schlecht wie ich Elefantenhäuser entwerfe. Zum Glück kenne ich einen erfahrenen Ingenieur, der sich mit so was auskennt und mir mit Rat und Tat zur Seite stand. Sollten sich bauliche Mängel oder Fehler eingeschlichen haben, gehen die allein auf meine Kappe.

Ups! Beinahe vergessen. Benton und seine gestrickten Weihnachtssocken. Sicher fragt ihr euch, was es damit auf sich hat. Im Grunde frage ich mich das auch.

Während des Schreibens habe ich mich ein winziges bisschen in den Bruder, der das Zündeln und Experimentieren nicht lassen kann, verliebt. Ich finde, er braucht dringend eine feste Freundin – eine die ihm Socken strickt.

Mal sehen, wann die Geschichte geschrieben werden will. Ihr erfahrt es, sobald es soweit ist …